本书系教育部首批“三全育人”综合改革试点院系项目阶段性成果
“三全育人”理念下高校辅导员工作创新研究阶段性成果

安徽师范大学文学院“青春丝语”文丛

风景这边独好 II

安徽师范大学文学院学生社会实践活动优秀作品集

戴和圣 主编

安徽师范大学出版社
·芜湖·

图书在版编目(CIP)数据

风景这边独好.Ⅱ/戴和圣主编.—芜湖:安徽师范大学出版社,2020.1
ISBN 978-7-5676-4217-1

Ⅰ.①风… Ⅱ.①戴… Ⅲ.①中国文学—当代文学—作品综合集 Ⅳ.①I217.1

中国版本图书馆CIP数据核字(2019)第294912号

风景这边独好Ⅱ

——安徽师范大学文学院学生社会实践活动优秀作品集

FENGJING ZHE BIAN DU HAO Ⅱ

ANHUI SHIFAN DAXUE WENXUEYUAN XUESHENG SHEHUI SHIJIAN HUODONG YOUXIU ZUOPIN JI

戴和圣　主编

责任编辑:房国贵
责任校对:何章艳
装帧设计:丁奕奕
责任印制:桑国磊
出版发行:安徽师范大学出版社
芜湖市九华南路189号安徽师范大学花津校区
网　　址:http://www.ahnupress.com/
发 行 部:0553-3883578　5910327　5910310(传真)
印　　刷:江苏凤凰数码印务有限公司
版　　次:2020年1月第1版
印　　次:2020年1月第1次印刷
规　　格:700 mm × 1000 mm　1/16
印　　张:18.25
字　　数:292千字
书　　号:ISBN 978-7-5676-4217-1
定　　价:68.00元

本书编委会

主　编　戴和圣

副主编　徐雅萍

编　委　（按姓氏笔画排序）

孙霁雯　李　震　李维岩　杨穆龙　何　涛　汪　旭

周青松　赵　静　赵　瑜　徐雅萍　戴和圣

总　　序

青春有很多底色，奋斗的青春最美丽；青春有很多条路，追梦之路风景这边独好；青春有很多迷茫，亦有诗和远方；青春有很多故事，故事里的你我是最美的风景；青春有很多味道，但无论酸甜苦辣，品味起来，都是我们的青春。

习近平总书记指出："历史只会眷顾坚定者、奋进者、搏击者，而不会等待犹豫者、懈怠者、畏难者。"作为中国力量重要贡献者的青年大学生更要认清时代之变和使命担当，以不屈的斗志、昂扬的姿态、奋进的脚步去追逐梦想和光芒。为了全面提升学生综合素养，文学院秉承"文以载道、学以化人"的育人理念，搭建发展型学生成长平台——青春丝语，以青春的名义讲好中国故事，唱响中国旋律，彰显青春正能量。

我们致力于将"青春丝语"打造成大学生思想政治工作的综合平台和抓手，主要包括：研究层面，开设"学生工作沙龙"，结合大学生成长实际加强校本课题研究、工作案例研究、专项课题研究，催生新项目、新课题和新文章，强化日常积累。辅导层面，建成大学生发展辅导站（学院心理咨询室），对接学院课程群辅导室，搭建师生沟通交流平台，构建教师对大学生发展辅导"进教室、进宿舍、进辅导站"的"三进"良性循环体系。讲座层面，精心打造大学生成长辅导讲座，基于大学生成长需求，举办青春励志、心理健康、人际交往、创新创业类讲座，助力大学生学知识、攒经验、长才干。活动层面，根据大学生思想政治工作要求，结合大学生身心特点和专业实际，举办心理健康教育月、精神文明月、戏剧戏曲节、体育文化节、传统文化进校园等活动，寓教于乐，潜移默化，润物无声。文字层面，既要固化活动成果，汇集成型成熟的作品，也要发挥作品在育人中的标杆作用、影响作用和引领作用。

我们致力于打造诗文朗诵、话剧汇演、双迎晚会、社会实践等校园文化活动品牌，联动“四个课堂”：第一课堂长知识，强化课程思政，促进教书育人和谐统一；第二课堂长技能，强化素质拓展，促进文化育人和谐统一；第三课堂长经验，强化社会实践，促进实践育人和谐统一；第四课堂长素养，强化网络意识，促进网络育人和谐统一。凝聚青春力量，助力大学生成长。

我们致力于培育和支持大学生自我教育、自我管理、自我服务、自我监督能力的提升，营造健康、积极、宽松、和谐的校园文化环境，大力支持赭麓书画社、江南诗社、太阳话剧社、汉语桥协会、五四爱心学校、江淮秘书社、德雅书苑等大学生社团的建设，形成百花争艳满园春的局面，促进大学生身心健康快乐发展。

我们致力于打造大学生专业拓展活动品牌，大力培育和发展汉语言文学（师范）专业“师范生技能培养工程”、汉语言文学（应用）专业“玩转汉语言”、汉语国际教育专业“带你读懂中国”、秘书学专业“秘书实务调研（国际秘书节）”、戏剧影视文学专业“传统戏剧进校园”等素质拓展平台，实现“专业—社团—平台—学生”互联互动、共同发展的育人局面。

我们致力于鼓励和支持学生会、社团联合会、班级独立自主开展工作，大力扶持中国大学生在线校园网络通讯站、中国青年网校园通讯社通讯站提升运行能力，努力实现学生人人有成长梦想、人人有展示舞台、人人有发展机会的育人格局。

安徽师范大学文学院“青春丝语”文丛包括大学生原创校园诗歌、校园话剧和社会实践作品，同时选录部分优秀校友访谈录，等等。这既是大学人才培养改革创新的最新成果，也是大学生思想政治工作的有益探索。育人的工作，一直在路上。我们学着优雅地转身，时时不忘专注地回头，微笑着向前……

所有的选择都因为爱。当青春遇见新时代，我们用读书厚积青春，用青春激扬文字，用文字拥抱梦想。

谨以此献礼安徽师范大学九十周年校庆、安徽师范大学文学院（中文系）九十周年院庆。

戴和圣

二〇一七年十一月二十四日

前　　言

时代是思想之母，实践是理论之源。长期以来，安徽师范大学文学院积极响应党和国家的号召，高度重视实践育人工作，系统谋划，统筹部署学生实践活动，推进志愿服务向制度化、规范化、科学化发展。牢固树立“实践主题反映时代特征、方案实施结合地方特色、团队品位体现高校特质、活动形式彰显学生特点”的“四特”育人理念；坚持聚焦“会做一些事，增长才干；有一些思考，受到教育；能帮一些人，做出贡献”的三重育人目标；着力打造实践育人“第三课堂”，将社会实践融入人才培养课程化体系，遵循活动课程规律，有效衔接“第一课堂”课程教学，延伸“第二课堂”素质拓展，借力“第四课堂”网络育人，形成“四个课堂”联动育人局面。

让青春与时代同呼吸。引导青年学生做一次有所谓的事，在实践中受教育、长才干、做贡献、展形象，追求、传播、弘扬真善美；做一次能给予的事，在实践中不断强化创新精神，提高实践能力，增强社会责任感，做时代的开拓者、奋进者、奉献者；做一次精神富有的事，在实践中走进群众、亲近群众、学习群众、服务群众，汇聚青春正能量，将火热“青春梦”融入伟大“中国梦”。

用实践丈量青春与理想的距离。在奋进新时代的征途中，社会实践之于青年大学生，已渐趋潮流和风尚。每年盛夏，文学院大学生志愿者背起行囊，奔赴祖国各地，在实践中创造美、展现美、传递美。社会调研，同学们走街串巷，从羞于开口到与陌生人侃侃而谈，只为找寻故事背后的力量；专业实践，从弘扬国学经典到创新阅读、创意写作，同学们走上讲台，努力站稳讲台；留守儿童情感陪护，每次不少于30天的入户式亲情陪伴，同学们接力传承，只为那一句“明年我还会再来”的承诺；彝汉同胞情，每次47小时的跋山涉水，横跨东西近三千公里路程，同学们从不言苦累，只为琅琅书声回荡在哀牢山里……历练下的青春，有汗水，有泪水，但更多的是满足，是欢笑。

汇聚志愿力量，共筑中国梦想。2016—2018年，文学院共组建实践团队128支，其中，国家级重点团队3支、校级重点团队14支，实践主题涵盖优秀传统文化学习传承、少数地区教育帮扶、留守儿童情感陪护、社会热点调查研究等多个方面；先后有两支荣获国家级优秀实践团队、两支荣获省级优秀实践团队、8支荣获校级优秀实践团队；收到群众感谢信80余封、锦旗10余面、牌匾1块；学生创作实践征文、札记、心得4000余篇，实践活动被人民网、新华网、《安徽青年报》、阜阳电视台、《大江晚报》等省级及以上主流媒体关注报道3000余篇次。

实践育人，在行走的课堂根植梦想。为固化、展示实践育人成果，充分发挥实践育人在引领学生成长中的作用，充分挖掘文学院学子在实践中的感人故事，我们以暑期社会实践和五四爱心学校等典型、特色的志愿服务工作为主体，再次遴选真实、有温度、代表性强的优秀学生作品汇编成书，以期让读者读懂大学生社会实践，感受青春风采，体悟奉献力量。书名“风景这边独好”语出毛泽东《清平乐·会昌》中的诗句“踏遍青山人未老，风景这边独好”。我们希望借“风景这边独好”这一经典名句，表达对青春和实践的理解：其一，每一块实践地都是鲜活的课堂，都因为志愿者的存在而形成独一无二的美丽风景；其二，当青春遇见新时代，大学生蓬勃的生机焕发动人的光彩，因为实践而留下的所有记忆将成为生命中最美的风景；其三，在实践的征程中，我们要学会放慢脚步，注重实践过程，欣赏别样风景，在认真对待中体味未知的美好，在被需要中读懂自身的价值，在且行且思中感悟心灵的洗礼。

用奋斗的青春向青春的你致敬！2019年，盛逢中华人民共和国成立70周年。在这个特殊时刻，我们出版《风景这边独好Ⅱ——安徽师范大学文学院学生社会实践活动优秀作品集》，并纳入“安徽师范大学文学院青春丝语文丛”，献礼中华人民共和国七十华诞！

青春与时代同呼吸。我们以青春的名义，向中华人民共和国七十华诞深情献礼！

戴和圣

二〇一九年一月七日

目　　录

行路千里远

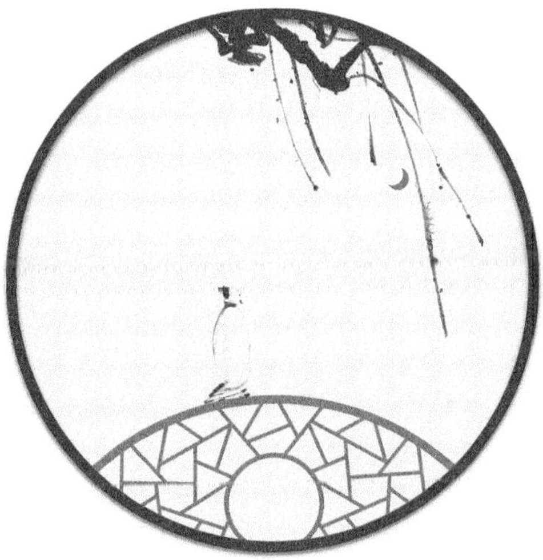

成长在路上

2014级汉语国际教育　雷皖云

快乐的时光总是弥足珍贵，短暂的经历总是耐人寻味，暑假的社会实践活动已经结束了，但社会实践给我们带来的巨大影响却远没有结束。社会实践是大学生思想政治教育的一个重要环节，对于促进大学生了解社会、了解国情、增长才干、奉献社会、培养品格、增强社会责任感具有重要作用。2016年的夏天，冒着芜湖的大雨，我开始了我的暑期社会实践。

作为赴西安调研汉唐文化暑期社会实践团队的队长，我组建这个团队有一个契机。在一堂韩语课上，一位韩国老师问我们："韩国的代表服饰是韩服，中国的代表服饰是什么呢?"班上的同学沉默了好一会，有人不确定地说："是汉服吧?"老师很疑惑："你们没有代表服饰吗？重要的节日也没有见到你们穿过。"上完课后我在想，诚然，中国历史悠久，代表服饰不胜枚举，而中国人似乎忽视了这些，于是我想在这个暑假到汉唐文化的发源地——西安，去调研中国历史上最为繁荣时期的城市文化。

七天的调研时间过得很快，转眼间就结束了。当我回顾这段时间的经历，我觉得收获与遗憾并存。

从主题选定起，到组建好团队，到队员一起为活动奔波，再到最终完成我们的调研，一步步一天天，一起成长。我明白了要带领大家去做成一件事，首先自己要成竹在胸，有比较完整可行的想法，并且要有一定的自信，这样队员们才有可能信服你，与你一起完成任务。我相信，每一个报名加入我们团队的人都是喜爱汉唐文化的，都是想要为继承发扬传统文化尽一点力的。只有这样，大家朝着同一个目标努力，我们的调研才能顺利进行。同时，沟通是一个不容忽视的问题，我们要的是一个开放自由的合作氛围，大家各抒己见，不断地完善我们的活动，使我们的行动向着更有效的方向发展。我一直认为，人多力量大，所以，大家一起集思广益才会让计划更完善，我一直坚持让大家畅所欲言，对于调研的想法以及其他的问题都可以提出来一起讨论。

除了这些，最大的收获应该是关于汉唐文化了。汉代和唐代在中国历史上是重要的里程碑式的节点，而西安作为汉代和唐代的都城，成了我们此次调研的目的地。西安尽管是非常先进的现代化大都市，不过对于古城的保护也做得非常完善，可以说西安集古代和现代的特色于一身，遗留下来的文物无一不在向我们诉说着古代的故事。尽管岁月在它们身上留下了斑驳的印记，但我们仍能从中窥见那个时代的辉煌，那是属于每个中华民族子孙的宝贵财富，是值得我们继承并发扬的骄傲资产。

西安夏天的气温很高，大家在太阳下集合，顶着烈日发调查问卷，采访市民。社会实践结束后，大家都黑了一圈。通过这次社会实践活动，我们逐步了解了社会，开阔了视野，增长了才干，并在社会实践活动中认清了自己的位置，发现了自己的不足，对自身价值能够进行客观评价。这在无形中使我们对自己的未来有一个正确的定位，增强了自身努力学习知识并将之应用到社会中的信心和毅力。虽然有时候也会有很多争论，但是大家都本着对集体负责、求同存异的态度共同商讨解决方案。我觉得我们团队的队员在团队合作方面表现出来的特色是很值得我学习的，这也是我们此次能够圆满结束的重要保证。

“纸上得来终觉浅，绝知此事要躬行。”在短暂的实践过程中，我深深地感觉到自己在实际运用中的专业知识的匮乏，这让我感到非常难过。在学校总以为自己学得不错，可一旦接触到实际，才发现自己知道的是多么少，这时才真正领悟到“学无止境”的含义。在炎炎夏日，我和我的队员们穿着志愿者服装奔走在大街小巷，一起用汗水浇灌青春，用笑容与阳光比灿烂。这是一笔珍贵的财富，这是一份不可多得的回忆！一路的艰辛与微笑，我虽有所收获，但在新的考验和抉择面前仍将砥砺前行、奋斗不息！

图1　责任与渴望

红纸有韵勤裁细剪，画笔凝神承俗传情

2015级秘书学　朱慧琴

镂金作胜承民俗，剪彩为人传气神。剪纸艺术作为中华民族的传统民间工艺，源远流长，是中国民间艺术中的瑰宝，已经成为世界艺术宝库中的一种珍藏。然而，随着时代的发展，剪纸却越来越淡出了人们的生活。为弘扬民族剪纸文化，继承优秀传统，安徽师范大学德雅书苑赴繁昌老年大学剪纸创作暑期社会实践团队正式成立。

蓄势待发：万事俱备，待远行

暑假，一支来自安徽师范大学的实践团队来到繁昌老年大学，他们身体力行，积极主动地去了解并学习剪纸工艺，实践结束后，他们在师大校园开设剪纸班，将剪纸文化带进校园，好评如潮。此次社会实践，新一批志愿者又踏入这片土地，作为校级重点团队来到繁昌老年大学，继续守望民族工艺，开展为期十天的暑期社会实践活动。

我们团队并非随意组成，通过笔试、面试，在对几十位学生进行全方位综合考评后，最终确定了13名参与实践的队员，她们来自不同学院、不同年级、不同专业，大家因为一个共同的目标相聚一起。“我们这次实践是带着任务而来的，是要将剪纸工艺带到师大、融入社会的。我们需要的不只是对剪纸有兴趣的人，更是能担起责任的人。”队长付亚男坚定地说道，“这次的实践我们已经准备好了，万事俱备，期待出发。”

舞刀弄剪：初学乍练，入佳境

8月17日，13名队员从全国各地赶至繁昌老年大学。

繁昌老年大学位于芜湖市繁昌县，在这里，有一群致力于传承优秀民族文化的老人。本次实践我们有幸请到了老年大学校长助理、老年书画联谊会副会长翟晓玲老师担任我们的授课老师，翟老师长期身体力行，宣扬、传播中华剪纸艺术，跟着她学习剪纸，队员们定当受益匪浅。

初学剪纸，大家的技巧还很生硬，剪出来的锯齿纹参差不齐、毛毛躁躁，剪出来的圆也奇形怪状、五花八门。尽管作品并不尽如人意，队员们依旧兢兢业业，反复练习，也坚持在第二天的揭牌仪式上举办一个小型作品展。作品虽然稍显稚嫩，但得到了参加仪式的老师和记者们的一致好评。这让队员们备受鼓舞。

实践期间，恰逢里约奥运会，队员们在老师的指导下，自行筹备并组织开展“为奥运健儿喝彩”主题活动。活动中，队员们认真准备、一起创作的“奥运竞技项目”和“里约健儿风采”等栩栩如生的奥运题材系列剪纸作品，将剪纸与奥运巧妙结合，得到了广大群众的褒扬。

之后，结合这次活动的成功经验，我们又举办了多个剪纸活动。如在繁昌图书馆举办了“花团锦簇，纸舞翩翩”安徽师范大学德雅书苑剪赠活动，现场民众十分热情，参与人数众多，活动效果显著；在繁昌县城关幼儿园举办了剪纸教学活动，同样收获如潮好评。

8月26日上午，暑期社会实践渐入尾声，“纸上师大”作品展也如约而至。从设计、绘制图样到剪刻、粘贴、展览，队员们历时四天，终于完成了第一次原创作品展。在这次展览中，高大雄伟的学校大门、端庄典雅的图书馆、窗明几净的教学楼、设施齐全的体育场、独树一帜的一食堂等安徽师范大学标志性建筑全部收入剪纸中，一砖一瓦、一草一木都跃然纸上、栩栩如生。授课老师翟老师动情地说道：“这次的作品工程量很大，很辛苦，可大家做得很好。我们是真的热爱剪纸，我很激动，也很欣慰。”

由初学乍练到渐入佳境，队员们的剪纸技巧进步了，实践活动的意义也在一步步提升。

学无纸境：长路漫漫，德雅行

一把看似笨拙的剪刀，一张平淡无奇的红纸，一门精湛绝伦的手艺。剪纸作为非物质文化遗产，在传承路上仍然面临着许多严峻考验。早在2003年，剪纸就被列为全国首批“中国民间文化遗产抢救工程”的抢救和保护项目，然而，纵观当代社会，老人们依旧是传承剪纸工艺的主力军，这不禁引起我们的思考，这些老人还能在传承路上走多远呢?

不为名利，老人们凭着对剪纸艺术的热爱，毅然走在剪纸传承之路的前沿。教授我们剪纸课的翟老师以及两位助手老师都已经是古稀之年，队员们都极其敬重她们，除了那些令人惊叹的剪纸作品，更让人动容的是老人们每次戴着老花眼镜坐在窗前一丝不苟剪纸的虔诚姿态。

为此，安徽师范大学德雅书苑赴繁昌老年大学剪纸创作团队再一次来到了这里，只为拾起民族工艺，传承中华传统文化。与以往不同的是，我们的态度更加虔诚，目标更加明确，决心更加坚定。“抢救文化遗产关键在于继承，我们希望将剪纸带进大学校园，继续开办剪纸班，让大学生有更多的机会去了解、继承剪纸文化。”队长付亚男说出了大家的心声。

学无止境，长路漫漫。德雅书苑将会秉承“以德为先传美仪，内外兼修浸慧雅”的宗旨，继续弘扬国学传统、传承优秀文化。

萤萤之光，闪烁希望

2015级秘书学　黄思蕾

从皖南抵达赣南，近15个小时的奔波让大家很是疲惫。作为团队的负责人之一，加之生于这片红土地，对我来说，与疲惫相比更多的是筹划与期待。短短十二天的调研生活，酸甜苦辣，担当与责任，温情与感动……我想这应该是此次青春之行与红都之声碰撞时给予我的最大的感受。

下基层·触民生

初抵华屋，青砖白瓦，流水淙淙，莲叶田田，真是群山环绕里的美丽乡村。夜不关门，门前便是大片的大棚种植区，安宁与祥和是它的另一特点。接下来每天十多公里的奔波，泥泞小路，笔直大道，乡间田野，大山深处，我们的足迹遍布在黄沙村里的每一处人家。

来到三间不足20平方米的青瓦水泥屋，顺着山腰往山上瞧，不远处是一个规模不大的养猪场，在前往养猪场的途中，那股刺鼻的味儿越来越浓。几声询问后，一位皮肤黝黑的男子走了出来，身后跟着两个不到五岁的孩子，他接过队员手中的问卷后，打量我们道："最近天气不错，我正在修缮养殖场。"在与这位养殖户的交流中，我们了解到他来自外地，对扶贫政策的了解不是很多，所建立的养殖场与政府没有太多联系。在养殖场建立之初也遇到了资金方面的问题，但主要是靠自己解决的。交谈中他对有关孩子的教育问题很关心。挨家挨户走访时，有些村民的闭门不见带给我们的是无奈与失落，有些村民的积极配合、鼓励与支持却是调研途中遇见的温暖。

在这片红土地上，有勤奋努力的小姑娘，怀满腔热血重返家乡创业的大学生，带领大家在康庄大道上越走越远的华东林，任劳任怨的村主任毛远明……他们身上所闪烁的光芒不正是对苏区精神最好的诠释吗？

独思量·自难忘

走入基层，深入了解精准扶贫政策，触摸民生百态，眼里所见，耳边所闻，作为红土地上的精准扶贫示范村，在这儿发出的声音值得我们去思考。

根据调研结果显示，大多数人对精准扶贫政策的概念停留在知道或听说层面，他们比较关心的是政策带来的惠利，而不是主动地了解、研读政策，从而学会利用政策。切实利益往往蒙蔽了一些百姓的双眼。

黄沙村存在的问题确实不可忽视。还记得在调研中，一位靠缝纫谋生的阿姨对我们说："精准扶贫是有所侧重，名额的分配存在不合理的地方。就拿我们家来说，我的丈夫常年卧病在床，在最困难的时期，我们是靠自己一点一点熬过去的，后来与其他村民合伙购置了几台缝纫机，通过缝缝补补赚些补贴，现在的状况略微好些。"因家里劳动力有限，阿姨把土地承包给其他人赚取部分收入，精准扶贫里的土地流转政策确实增加了当地村民的收入。

而在与一些承包户的交流中，我感受最深的是当地村民某些意识根深蒂固，抱着一亩三分地的思想，有地就有依靠。放眼其他地方，自身的局限性是不可否认的，当然这一方面受祖辈思想的影响，另一方面与政府的教育、引导的力度有关。问题的出现推动着政策不断调整，体制不断变革。将改革进行到底，需要的不仅是一颗具有温度的心，还要有魄力与勇气。

作为当代大学生的我们，或许一次调研可以改变的不多，所起的作用有限，可是我们愿意尽己所能走进基层，将他们的心声化为文字，形成调研报告，希望帮助到当地政府，起到一定的参考作用。

怀着复杂的心情离开土坯房，而小姑娘的模样却始终留在我的心里。自强不息，勤奋努力，我想那是苏区的希望……沿途中，屹立的碑上书写的

“振兴聚力，铭记党恩”八个大字映入眼帘，相信终有一天，它会化作霖霖春雨滋润着老百姓的心。

图2 仰　望

悟大美昆曲的前世今生

2016级戏剧影视文学　汪程娟

十九大以后，弘扬优秀传统文化蔚成风尚。在新的时代背景下，安徽师范大学赴苏州“迤逦昆曲”专业学习与实践调研团队深入贯彻十九大精神，弘扬传统戏曲文化，于2018年7月前往江苏省苏州昆剧院、平江路、山塘街等地进行为期九天的学习与调研。在积极投身暑期社会实践活动过程中，团队以了解昆曲为契机，身体力行，探寻民族艺术生存的土壤，在昆曲的大美至美中，体会中华民族的传统美学，增强民族文化自信心。不忘初心，牢记使命，作为青年大学生的我，有幸成为该实践调研团队的一员。

大美昆曲揽经典

每个民族都有高雅精致的表演艺术，深刻地表现出那个民族的精神和心声。希腊人有悲剧，意大利人有歌剧，俄国人有芭蕾，英国人有莎剧，中国人则有昆曲。诞生于明朝嘉靖年间的昆曲至今已有六百多年的历史，是中国最古老和最具影响力的戏曲剧种之一，也被誉为世界戏剧的三大源头之一，流传广布。昆曲发展几经波折，2001年，中国昆曲被列为“人类口述和非物质遗产代表作”，昆曲再次走进大众视野。青春版《牡丹亭》的流行，让更多的青年大学生了解和认识到昆曲。也正是源于一次青春版《牡丹亭》的演出，我组织了此次社会实践活动。我认识到对于昆曲的鉴赏必须通过一定的学习，掌握基本的昆曲艺术知识，才能真正了解这门高雅的艺术。

在苏州昆剧院的九天里，我们重点学习了《牡丹亭》经典唱段〔皂罗袍〕和〔好姐姐〕。对于非科班出身的我来说，专业学习可谓困难重重，尤其自己扮演的还是大花旦“杜丽娘”，需要全程唱跳，动作繁多且细致。为了后期能够更好地完成演出任务，我每天会进行长达九个小时的学习和训练，包括唱、念、做、打以及圆场、甩水袖、扇子功等基本功。

天气酷热，从进入排练厅开始，我的衣服就一直是湿的。更由于不停地练唱，我的嗓子几度发炎。那时我似乎理解了那句“台上一分钟，台下十年功”，我知道我的努力不及昆曲专业演员的千万之一。天道酬勤，当我化好妆，穿上一身华丽的戏服，我看着镜中的自己，一时间不知所以。那镜中的女子我见犹怜，仿佛我就是一个昆曲演员，我就是杜丽娘。走上苏州昆剧院厅堂的舞台，每一唱，每一舞，我都极力去表现，我希望用自己的力量去向他人展现昆曲的魅力。我很享受昆曲的舞台，享受昆曲带给我的美的体验以及每一种情绪，相信只要走近的人都会被其牵动心绪。

曲美，人更美

实践期间，作为实践团队队长的我，有幸采访了一位昆曲界的艺术大师，他就是国家一级演员、江苏省苏州昆剧院党支部副书记吕福海，他曾是戏曲梅花奖得主。吕福海老师从事昆曲表演已有40多年的时间，经历过改革开放时期昆曲发展的步履维艰，也见证了昆曲的再度繁荣。吕福海老师回忆道：“当年看着自己的许多同事一个个离开昆曲的舞台，心中很不是滋味，辗转难眠，家人劝我离开，可是我既然选择了，就不会放弃！”

1956年，浙江昆剧团改编演出的《十五贯》在全国产生了广泛的影响，周总理曾感慨地说：“一出戏救活了一个剧种。”之后，全国许多地方相继恢复了昆曲剧团。但是后来昆曲的发展再次面临困境。正如吕福海所说，当时有太多的戏曲艺术表演者迫于现实而选择转行，纷纷下海经商。这在很大程度上给昆曲艺术的发展带来了不可估量的损失。直至2001年，昆曲申遗成功，昆曲才再次慢慢走向兴盛。

近些年来，白先勇先生的青春版《牡丹亭》受到了大众的广泛喜爱，为昆曲的创新发展注入了新的力量，也给很多的昆曲爱好者带来了特别的审美体验。吕福海老师表示，现在昆曲为越来越多的人喜欢，他很开心，他会继续带着苏州昆剧院更好地发展昆曲文化。目前苏州昆剧院已经开设了针对社会上不同年龄段的昆曲爱好者的昆曲兴趣班，让更多的人能够接触和学习昆曲。在昆剧院实践期间，我听过这些兴趣班的课，授课老师当中，年龄大的有六七十岁，小的只有七八岁。除此之外，昆剧院每周都会有大小演出，供市民观看。

通过这次采访，我不仅了解了昆曲从改革开放时期发展面临困境到如今再度繁荣的过程，还懂得了昆曲演员对昆曲艺术的赤子之心。我相信像吕福海老师这样的昆曲演员还有很多，他们用自己的青春甚至一生去表演昆曲，为中华优秀传统文化的继承和发扬默默做着自己的贡献。我由衷地敬佩他们，也希望自己可以为昆曲文化的发展尽一份微薄之力。

穿街走巷，寻觅昆音

在苏州，我走过平江路的小店，看过山塘街的灯火，穿过许许多多的红绿灯，那里有我和队友做调研的身影。每天下午练习之后，我会组织队员走上街头，展开调研。我认真地询问，市民热情地解答。我与队友和不同年龄、不同行业、不同身份的人交谈，透过他们去了解昆曲的传播和发展状态。经过调研，我发现苏州市民对于昆曲有着特别的情愫，昆曲甚至成为他们生活中必不可少的元素。在苏州，大小商店皆可见昆曲元素，要么体现在建筑上，要么体现在店面装饰上，更有一些特色小店，专门售卖昆曲用品，比如扇子店。昆曲的戏服体现了很多中国人的审美倾向，如色彩搭配、层次感、刺绣等，所以许多苏州女性往往很偏爱戏曲风的衣饰，既古风又时尚。苏州市民爱听曲儿，除了昆曲馆，山塘街上的昆曲博物馆每晚也都有大量市民光顾。一曲尽一曲又起，人们就在一出出的折子戏中，品味生活。苏州市民也爱唱曲儿，那段日子里，我时常看见三两个中老年人拿着折扇，哼着昆音小调，走在苏州的大街小巷，成了一道韵味满满的风景。苏州是一座名副其实的山水之城，而昆曲则让这座城市更加有了灵魂。

昆曲是中国戏曲史上具有完整表演体系的剧种之一，它的基础深厚，遗产丰富，是中国传统文化艺术高度发展的成果，在中国文学史、戏曲史、音乐史、舞蹈史上占有重要的地位。伴随着实践的结束，我对昆曲艺术魅力以及昆曲在现当代的传播情况也有了更深入的了解。未来，我会努力寻求更多的机会去学习昆曲，更好地结合时代要求继承创新，让昆曲文化展现出永久魅力和时代风采。

图3　镜前梳妆

感铭党恩，聚力振兴：我在瑞金进行精准扶贫调研的十二天

2015级秘书学　袁　莎

6月26日出发，6月27日到达，7月8日结束。这趟历时十二天的红色瑞金之旅，这支十四人组成的精准扶贫调研团队，在江西的赣南山区，聆听群众最真实的心声，了解政府最强力的政策，传达民众最热切的愿望。

邓阿姨的心声

“你们要帮我们老百姓反映问题，要上面的领导知道我们的苦，也就会帮我们解决了。”邓小兰在接受我们采访时，说到这里忍不住以手拭泪。

我们刚到邓阿姨家时，她原本不愿多说。跟她拉了几句家常后，被问及这几年生活条件是否因扶贫政策而得到改善时，她终于跟我们说起了她的情况。

原来邓阿姨的左眼从小就落下了残疾。结婚后，她刚生下小孩不久，丈夫就和她离了婚。离婚后她独自一人拉扯孩子长大。一个女人，眼睛又有残疾，干不了重活，只好去申请低保。可是，得来的几百块钱的低保户补贴费，还被她那狠心的丈夫给半骗半抢地卷走了。如今儿子已经到了适婚年龄，而她现在所有的不过是这个可以落脚的房子而已，根本拿不出钱来给儿子娶媳妇。

这个生活贫困的农村妇女，不懂什么国家大政，也不懂什么叫精准扶贫，她只有一个朴实的念头：能让农民过上好日子的就是好政策、好政府。希望政府再多给像她这样的家庭一点帮助。

蔬菜承包户的脱贫之道

“搞这个蔬菜大棚承包好辛苦的，每天都很辛苦。”采访过程中，黄沙村华屋小组的一位蔬菜大棚承包户对着我们接连感叹了好几声。

但是不得不说，起早贪黑的辛苦经营也给这位大婶的生活带来了极大的改善。我们采访大婶时，她正在采摘大棚里的芹菜。我们了解到，这些芹菜的批发价是每斤三元，一个大棚里种植的芹菜就可以卖到近千元。

提到这几年生活的改观，大婶的脸上浮现出笑意：“政府的政策还是好的，这些大棚就是政府帮着盖起来的。”据了解，大棚由政府统一出资建立，承包的农户每年上交1200元给政府，其中500元用于大棚的维护，700元则给拥有土地原使用权的农民。这样的双向合作，让蔬菜承包户和出租土地的农民都能得到收益。

山中的雨总是说来就来，没多久工夫，乌云很快聚在一起，豆大的雨滴泼洒下来，打得大棚哒哒作响，同时也送走了午后的闷热，带来了雨落的清凉。大婶收拾好采摘下来的芹菜，凌晨就要拿到市区去卖了。

高龄老党员的赤诚之心

“你们要好好学习啊，以后为国家和社会做贡献。”从我们11:15进门，到11:28离开，短短13分钟的交谈里，老党员毛本新先后四次说出这句话，这既是对我们这些大学生的殷切期盼，又可见这位老党员对党、对国家的一片深情真意。

八十五岁高龄的毛本新，是拥有五十年党龄的资深老党员了。年岁已高的老人患有糖尿病，儿孙辈皆在外地学习、工作，他独自一人住在老房子里。“现在政策好、生活好啊，我一个人留在家里也方便。”我们环顾这个低矮的土砖房，房屋虽然老旧，但是冰箱、电饭煲等家用电器一应俱全。

谈到近些年黄沙村的变化，老人表示，现在的农村大部分都让大家感到很满意，以前要砍柴，要挑水，现在生活条件好了，用的是天然气；以前黄沙村没有水泥路，都是泥路，现在的路就很好了。

临走时，老人再次语重心长地对我们说：“你们日后是要接班的，这个班要接好。国家培养你们，派你们下来，用了很多力气。你们要学有所成，将来为国家、为社会多做贡献。”

行走在赣南山区的村庄里，我们遇见形形色色的村民，他们或年迈，或青壮，或神情倦怠、一脸疲容，或神采奕奕、满面容光。不管这样的他，抑或那样的她，眼底心间无不流传出脱贫的渴望，以及迈向小康生活的期盼。他们有的人感激政府的扶贫政策帮助自己过上了更好的生活，有的人则激愤地表示政策落实过程中存在少许问题……但是归根结底，这些淳朴的农民，无非是想让党和国家的好政策真正地落实到每一个需要帮助的困难户上，让“感铭党恩，聚力振兴”不止于一句口号，而是成为落在老百姓心坎里的一抹甜蜜。

一支拙笔写不尽十二天的每一点每一滴，一篇文章也诉不尽遇见的每一个人的故事。我们团队赴瑞金市的精准扶贫调研活动已经结束，但是瑞金市的精准扶贫工作还在继续。我们做的也许不多，但希望能通过我们小小的力量，让当地政府更好地倾听民众的声音，更有效地落实精准扶贫政策，“立下愚公志，打好攻坚战”。

碧水蓝天日月心

2014级汉语言文学　毛　雪

徽州古村落之行已经结束，这些日子的经历却萦绕心头，久久未去。

印象最深的是第一天，我和队友们一同搭乘班车，冒着七月下旬的酷暑，从歙县县城去往许村。当时心中还在嘀咕：真不是出行的好天气。一路可谓“风尘仆仆”，因为这儿真的是灰尘飞扬，结束了很长时间的颠簸路程，车子才算行上平坦的道路，入目的景色也变为白墙黛瓦的居民房。看到这般徽派标志的建筑，心中才算有所安慰，毕竟这儿才是真正的徽州。

到了目的地，我们稍做休息，之后便进行采访调研活动。我和几个队友跟随当地一名退休老教师陈老师，一一探访了忠贤祠堂、乡贤馆、许家泽故居、大慕祠堂、大邦伯祠堂以及仪耘小学等当地代表性建筑，陈老师讲解了祠堂内的一些构造以及许村著名人物、风俗，经过一上午的学习与感受，我们可谓受益颇多。

在乡贤馆中，我们看到了许村各界出色人才，初步感受到这儿的文化是这般厚重，孕育出如此众多的仁人志士与忠孝之才。在许家泽故居，我们听闻了“一门五博士”的故事，作为清末富商的许家泽极为重视教育，他的五个儿子均是留洋博士，并且都回国，在各自领域有所建树，许家泽本人还创办了安徽第一座“洋学堂”——仪耘小学。可以说，许家泽一家是许村家风文化的重要代表，同时也是许村优良传统文化的冰山一角。在大慕祠堂，我们了解了许伯升的三儿子——许美祖，还有他的尽孝故事：许伯升去世后，许美祖将其灵柩从福建汀州运回，并在父亲坟前结庐守孝三年；三年后，许美祖竟然在这个茅棚里面去世了，他的后代将他埋葬在他父亲的坟墓旁边，许美祖的坟也因此被称为“孝子坟”。聆听完许美祖的尽孝故事，我们又来到许伯升的大儿子许都福为纪念父亲所建造的祠堂——大邦伯祠堂，这个祠堂占地面积约1080平方米，拥有100根柱子，可谓许村众多祠堂的上等之作，从它精美的斗拱、生动的雕梁，都可见一种厚重文化及意蕴的沉淀。从大邦伯祠堂出来，我们跟随陈老师，在曲折幽深的胡同巷里走了片刻，来到最后一站——仪耘小学，在此，我们知晓了陶行知教育思想的影响与传承，看到了先进教育模式在这片土地上最早实施的痕迹。

走出仪耘小学的大门，入目的便是一条碧波荡漾的小河，当时正值正午，耀眼的日光将清凌凌的河水照射得异常闪耀美丽。在这大暑的节气，烈日炎炎的时分，我们在岸边看着河底的小鱼，感受河水的清凉，聊着那些刚刚听到的家风故事，竟感到莫名的舒爽。眼下是碧清的河水，抬头便见蓝蓝的天空，这些家风文化竟像一颗透明纯洁的日月之心，将这一切包容其间。我不禁感慨，这大概就是文化的力量，它可以让你心境平和地感受一切。

这些青瓦白墙的建筑大多保留着原来的面目，大门有了锈迹，墙壁也已斑驳，但物体生命有限，文化的继承与传播却是无限的。家风文化应该广为传播，这样的日月之心应该走进我们每个人心中，它会带来犹如碧水蓝天般的美好感受。

绿水青山看中国

2015级汉语言文学　郭精金

离开瑞金已有二十余日了，而距离实践开始也有月余，时间总有不动声色的力量，在缓缓流逝中，让心底留存的记忆变得更加清晰可感。这主要是因为它本身就具有某种脱胎于自身灵魂深处并暗与人类集体价值相合的永恒性。

我们是精准扶贫调研团队，经过前期走访和商谈，最终确定赴瑞金进行精准扶贫调研。

来自4个学院的14名同学为了同一个目标共赴一地，在长达12天的时间里互相帮助和鼓励，这让我感受到了集体的力量和大家庭的温暖。实践期间正是高温天气，每天接近20公里的山路对于每个人来说无疑是巨大的挑战，但团队没有一个成员叫苦叫累，不抛弃每一份问卷，不放弃对每一户家庭的调查，迎着朝晖和晚霞，踏着牧笛和山歌，跋涉在大山深处的一群志愿者们成了赣南山区这个夏季最美好的风景。

美丽的华屋，茂林修竹，曲水流觞，曾经落后贫穷的村社经历蝶变，在国家政策的大力支持下，凝心聚力，开启了现代化的发展历程，并且取得了一系列的成绩。但是，根据辩证法的哲学思想，事物都是相对存在的。在实地调查走访中我们发现了一些问题，比如村民思想守旧，规划不够合理，等等，但是我们不回避这些问题。因为问题是为了解决而存在的，华屋就是通过解决一个又一个的问题才有了今天的面貌。

“为天地立心，为生民立命，为往圣继绝学，为万世开太平。”精准扶贫，绝不是说说而已，铭记党恩、聚力振兴也绝不只是口号而已。“精准”

二字，就是说扶贫要真正落到实处，为百姓谋福祉，让百姓得实惠，实现共同富裕，最终实现中华民族伟大复兴的中国梦，这才是精准扶贫政策出台的最终目的。

六七月的华屋，青荷开始萌蕾开花，三两点早开的粉红和玉白色急不可耐地缀在浓绿间，清香袭人，山间蔓延的道路让人远离城市喧嚣和快节奏的压力。这里，石桥、流水、环山相映，被荷花、荷叶、莲蓬紧密铺满的水塘，大片果蔬种植的大棚，高山油茶与一栋栋格调一致、排列错落有致的客家楼房相配，生态优良，河水清澈，树木茂密，一派和谐风光。华屋就是这样的美丽乡村，类似华屋的发展在中华大地无时无刻不在上演，华屋蝶变的背后折射出国家农业现代化建设政策的丰硕成果。

2013 年 12 月，中央城镇化工作会议指出，城镇建设要实事求是确定城市定位，科学规划和务实行动，避免走弯路；要依托现有山水脉络等独特风光，让城市融入大自然，让居民望得见山、看得见水、记得住乡愁。华屋人正是以这一思想为指导，深入贯彻，突破僵化思维，创新发展，如今“绿水青山就是金山银山”。昔日红色故土上，人们正在书写绿色发展新篇章。

走遍芜湖调研书法：做中国人，习“中国字”

2017级汉语国际教育　马娇娇

“仓廪实而知礼节，衣食足而知荣辱。”在国家经济的飞速发展下，人们的物质需求基本得到满足，而精神生活成为人们新的追求。暑假伊始，安徽师范大学文学院赴芜湖市书法文化普及调研团队于安徽省芜湖市三山区凤凰广场就书法文化普及现状展开了调研活动。

老一辈的深情依托

蓝天白云，阳光正好，实践队员们一大早就启程来到三山区凤凰广场。这时候人还不是很多，早起的老爷爷老奶奶们成了调研的第一批对象。实践队员们满怀热情地递上一张张问卷，但大多数老人拒绝了填写，他们为自己不识字、不了解书法而感到抱歉。当然还有一部分老人对书法调研非常感兴趣。队员王道云与一位老爷爷亲切交谈。“我们中国的书法文化历史可是很悠久呀，我们老了帮不上什么忙了，你们这群小青年啊，可要好好传承我们这优秀的传统文化！”雪白的胡须随着老爷爷深情的话语颤动着，老爷爷拉起身边的老伴一起向队员点头微笑。

中国作为四大文明古国之一，优秀的传统文化不胜枚举。书法文化自古流传，只可惜曾经繁荣昌盛的书法文化，在科技日益发展的现状下开始有了危机。现在的人们很少提笔写字，大多在电脑或手机上敲敲点点。中国书法文化的发展需要的是新青年们自觉接过老一辈的重担，运用发达的科技来更好地传承书法文化。

失望的叹息，欲言又止

一家餐厅，布置十分古典优雅，店主正埋头做账，实践队员很有礼貌地上前询问店主对书法的了解。“叔叔，你身边有书法机构吗？你认为这些书法机构怎么样？”“有是有，但这些书法机构不就只知道赚钱嘛。”“叔叔，你对书法文化普及有什么建议吗？”男子微微抬头：“唉，你们是大学生吧，你们搞这些调研又没什么用，都是些虚的，建议跟你们提又不管用，这传统书法文化的传承发展还是要靠政府才可以改变啊。”调研中这种情况很常见，很多人并不理解这类书法调研的意义。

因为不了解，所以不重视。政府充分了解市民对书法文化的需求以及关注程度，市民积极反映书法现状，政府与市民相互理解，书法文化的传承之路才能走得更远。

“我支持你们！这是好事儿！”

时至中午，实践队员们都已精疲力竭，调查问卷也已完成大半，广场内的人们也都行色匆匆，好像刻意躲避着这支实践队伍。这时，一位抱着小孩的中年男人凑近了实践团队，打量着队服上的“文以载道，学以化人”。队员们立即站了起来，迎接这位异常主动的人。“你们是安徽师范大学的？我们是校友哇。你们在干什么呢？”团队里立刻沸腾了起来。“学长好哇，我们在做关于书法文化普及的调研呢，可惜好像没有多少人支持我们。”这位校友着急地说道：“我支持你们！这是好事儿！你们这样做，可以让越来越多的人开始反思自己对书法是否了解。你们一定要坚持下去啊！”实践队员们又重新燃起了热情，向这位校友使劲地点了点头，两个年代的人就此达成了共识。

书法“如其学，如其才，如其志，总之曰，如其人而已”。中国优秀的书法文化，足以令中国人无比自信。实践队长洪雅婷在活动结束后说道：“中华民族是世界最优秀的民族之一，中华儿女必当自觉承担起传承书法文化的重任！我们要让中国人和中国字一样至刚至柔，至善至美！”

宣城文化调研：先向后转，再向前看

2016级汉语言文学　朱曼婕

“正哪月里啊来是啊　　新年，天哪蓬那个元帅下了凡哎。下凡到高家庄啊。小姐，我又把亲来看啊，一啊呀儿哟。”一曲民间调，一场皮影戏，2018年7月27日，安徽师范大学文学院赴宣城水东镇探访皮影团队的队员们来到古镇中的皮影馆向老艺人学皮影，唱皮影，以青春之火点燃皮影生命，用经典传承让文化生生不息。

皮影作为中华传统文化、中国非物质文化遗产，一直备受瞩目，很多人都在制作和推广皮影文化，用皮影形式，唱新时代故事。安徽师范大学探访皮影团队的队员们始终有这样一个疑问和思考：皮影应该融入时代，但它的魂也应该被保留下来。打着皮影的旗号与传统渐行渐远，披着文化的外衣与初心背道而行，这样的传承有多少意义，又是否值得继续？所以本次实践队员们决定用重温皮影经典的方式向传统皮影文化致敬。

笔录唱词，书写千古

皮影是一种视听结合的艺术，它的美不仅仅在帐中舞出千古事，更在口中唱出千古情。然而，随着时间的流逝，会唱皮影戏的老艺人越来越少，所以队员们特意请来了皮影老艺人柯玉英奶奶。柯奶奶今年已经年逾古稀，作为皖南皮影戏的传承人之一，可以说她一生都在和皮影戏打交道。“这没甚了不起的，我就是喜欢皮影戏，打小就爱看，后来找着师傅，就跟着师傅记唱词，记着记着也就成习惯了。”柯奶奶出生的年代，农民的生活条件很艰苦，乡间各式各样的小戏就成了农民单调生活的调味剂。在随后的七十多年时间里，去除“文革”这段特殊时期，柯奶奶从没中止过皮影戏的演出。一份热爱，一直坚守，一种责任，一生完成，老艺人柯奶奶身上那种朴实与真诚深深感染和鼓舞着记录唱词的队员们。

“我老了，过几年就唱不动了，你们把我的词录下，也算是给你们年轻人留一点东西，你们要把它好好地传承下去。”看着柯奶奶紧紧握住队员们的手表达着自己语重心长的嘱托，队员们的心中都流过一丝暖流。为了完成柯奶奶的心愿，队员们采取分组分时的形式进行笔录唱词的工作，听一小时柯奶奶的演唱，花三小时时间进行整理，再利用空闲时间与奶奶进行校对订正。记录唱词的工作枯燥而费时，但队员们都没有丝毫的抱怨和放松，能为传统文化贡献自己的一点力量，能为保留纯正的皮影戏付出自己的青春，队员们都倍感荣幸。

口学唱腔，传颂经典

文字记录的是故事，可是如果没有人会唱，它始终无法活起来，也只能在文字中奄奄一息，所以队员们决定和柯奶奶学习唱皮影戏，研究皮影戏的唱腔旋律，用自己的声音向更多的人传授皮影，“‘正哪月里啊来是啊——新年，天哪蓬那个元帅下了凡哎。’这一句要在每一个字后停一下，年字要往上扬，语气要表达出一种喜悦。”柯奶奶一边唱，一边向队员们讲解着唱腔的要领。队员们也在柯奶奶的指导下一句一句地学习，唱腔不对就重来，唱词不行就重改，从字到句，从句到段，从段到篇，队员们终于在一上午的时间里学会了《猪八戒背媳妇》的选段。

学好皮影唱腔不仅仅是为了传承中华文化，更是为了传播中国故事，所以刚学会唱词的队员们便迫不及待地拨通了远在肯尼亚的朋友的视频电话：“Hello！我刚学习了皮影，唱给你听。”看着屏幕那头的小哥哥一脸陶醉的样子，听着他用不标准的中文跟着队员们咿咿呀呀地附和，队员们都激动不已，一句唱词连接老少，一曲皮影连贯中外，最传统的声音才能唱出最动人的中国味道。

手舞皮影，演绎乾坤

一片皮呼圣唤贤，三根竹能文能武。幕布前的猪八戒背媳妇悠然自乐，武松打虎紧张激烈，却不知幕后只有一双手在演万千人物。“你看，得把这个老虎的尾巴倒过来，把这个中间的竹签拿起来……”柯奶奶一边手把手教队员们移动皮影，一边向队员们传授着动作要领。以大拇指、食指、中指控制签子，签子与演员手腕同时转动，简单的一个动作，却有着大学问。

队员们听着柯奶奶的讲解，一个个都跃跃欲试，想亲自上手试试。一只手握武松，另一只手控老虎，随着钹声上下翻腾，一会儿老虎的尾巴没翘起来，一会儿把武松的头打掉了，短短两分钟的表演，状况不断出现，但是队员们依然没有放弃，认真地向柯奶奶讨教要领，耐心地推敲每一个动作。功夫不负有心人，在经过几小时的磨合后，老艺人与年轻人的跨时代演出完美上演。台上一分钟，台下十年功。经历了这次的亲身实战，队员们才真正感受到“腾云驾雾方寸间，舞刀弄剑咫尺里”的真功夫。

通过一上午手嘴眼心全方位的体验，队员们收获颇多，很多人都表示，之前通过互联网接触了很多皮影文化，可是改编的太多，太注重内容的刻意创新，而失去了皮影本身的文化价值。今天通过自己亲身体验原汁原味的皮影，才懂得回归扎根才是对传统最好的创新。就像一位队员在感悟中写的那样：“要想让传统文化真正薪火相传、生生不息，我们年轻人不应该在浮躁中不懂装懂，而应该静下心来触摸经典，发扬传统，先向后转，再向前看，这才是对待传统最美的姿态！”

探访肥东县图书馆，为阅读树佳风

2016级汉语言文学　王　叶

在生活水平不断提高的今天，精神文化需求成为人们迫切需要满足的需求，党中央也提出了关于建设学习型社会的举措。2018年7月17日，安徽师范大学文学院赴肥东县文广新局实务学习团队的队员们在合肥市肥东县图书馆开展了志愿服务活动，参与书籍的整理、排序、上架，协助工作人员维护馆内秩序，并在志愿服务的过程中感受全民阅读的书香氛围。

营造一个“没有围墙的大学”学习环境

乳白桌椅映灿阳，整齐书墙排立方——当队员们陆续走进肥东县图书馆的借书处时，入眼看见的便是这样场景：室内靠窗的一侧摆着一套套乳白色的长形桌椅，靠墙的一侧则陈列着一排排书架，微暖的阳光从窗户照进来，投射在桌椅和地面上，又因空调的作用，整个环境明亮而不燥热，简洁却不简陋。

队员们在整理书籍的过程中，发现这个图书馆虽然看起来不大，却储藏着种类丰富的图书，既有《十九大党章修正案学习问答》《习近平的七年知青岁月》这类读本，也有《大众家常主食》《舌尖上的文化》这样贴近生活的书籍。而图书馆内埋头读书的人，无论是儿童阅览室的小朋友，还是报刊阅览室里的青年学生，都安静而沉迷，俨然一副享受读书的模样。

“我们图书馆拥有丰富的图书，还提供优美的环境、优质的服务，志在为市民营造出一个‘没有围墙的大学’学习环境。”工作人员如是说。

完善公共图书馆，建设书香肥东

暑假来临，为了让假期在图书馆内看书学习的人拥有更加充实愉快的读书体验，肥东县图书馆上架新书上万册，其中少儿类图书3000余册，充分满足了小读者的暑假需求。

此前，肥东县图书馆还联合教体局以“花样年华　好书作伴”为主题举办了世界读书日美文诵读比赛，来自县城12所学校的400多名小学生前往参加。举办方表示，希望通过此次活动，营造“全民阅读　书香肥东”的浓厚氛围，让读书成为市民的一种生活方式和生活习惯。

多年来，肥东县图书馆立足基础业务和读者服务工作，不断完善公共图书馆建设，在“第六次全国县级以上公共图书馆评估定级结果”中，肥东县图书馆再次被评为“国家一级图书馆”。

“肥东县图书馆的建设旨在满足全县人民日益增长的美好生活需要，用书香来体现肥东的温度、气质和情怀。”工作人员向实践队员说道。

读书是全民的事

自2006年以来，全民阅读活动在全国各地蓬勃发展，到如今已是成果显著。肥东县图书馆积极贯彻落实了这一政策，使得全县“爱读书、读好书、善读书”的阅读氛围更加浓厚。

读书是全民的事。当队员们在简朴清雅的肥东县图书馆内看到读者群从儿童跨越到中年甚至老年时，才真正感受到从这一馆一室散发出的全民阅读的良好风气。

完成了实践任务后，队员们相互感慨：“虽然今天很累，但也甘之如饴，特别是看到那些质朴的叔叔阿姨们安静认真地坐在桌子前看书的时候，才明白读书其实是一生的事。”队长也总结说道：“愿我们与书籍终生为伴。”

全民读书，从你我做起，方能建设书香肥东、书香中国。

走进全椒:沐“儒林”之风　访民间“外史”

2017级汉语言文学　姚　婷

“你永远不能忘记，你是安徽省全椒县人！”——2018年央视春晚的一句话成功地将“安徽省全椒县”送上微博热搜。改革开放40年，如今的全椒逐渐甩开了“小地方”的包袱，用独特的世界目光与民族情怀开拓了“大视野”。

七月，我们走进火热青春

7月18日，气温37度。安徽师范大学学子背起行囊，跨越长江，前往吴敬梓先生的故乡——安徽省全椒县，启动了为期10天的全椒传统手工艺创意实践。

团队决定发挥队员的专业特长，抓住一个核心——传统手工艺，围绕两个基地——袁家湾、吴敬梓故居，开展四个活动——当地图书馆宣讲、敬老爱老志愿活动、整理传统手工艺发展轨迹、插画描绘原生态老街。

古城平淡，难掩“儒林”之风

“这座县城真让人感到舒服。”在走访小街小巷并熟悉环境时，队员们被炙烤后浮躁的心情在纯自然的空气里完全净化。“这里的城市规划还是很不错的，感觉每一寸土地都实现了自身的价值。”看过了袁家湾的周边环境和县城中心后，队员们都很惊讶这座小县城是如何解决许多一线城市都棘手的问题的。

全椒县城在改革开放的潮流中抓住了契机，更值得敬佩的是这座城市有一个很明显的特色：现代文明与传统文化兼容并包，城市与乡村实现过渡，精神与物质两手抓。比如，在熟悉地形的第一天，团队们在等公交车时发现，整齐排队与尊老爱幼的好现象成为这座县城一道亮丽的风景线；即使是在让人难以忍受的室外温度下，空调车的诱惑永远自觉地“排”在道德与儒雅风度的背后。当然，即使遇见不认识的老奶奶、老爷爷，队员们都可以因为一个微小的话题而和他们聊上一路。

街谈巷语，探访民间“外史”

吴敬梓，开一代讽刺小说先河的伟大作家；《儒林外史》，一部集合人生悲欢的合集。有此等勇气针砭时弊的吴敬梓为我们敲响了现实的警钟。如今，在国家和政府的大力投资与创新发展下，吴敬梓故居已经成为人们了解这位作家的直接目的地。

太平桥，是一座历经千年的古桥，也是传承传统文化的脊梁。流水从南向北冲蚀着它的模样，但未曾浇灭人们“正月十六走太平”的真挚热情。平日里的它，安静得像是这座古城的魂；正月十六，它便是这座古城的英雄，默默承受着数十万人的敦重。

半边河畔半边街，铺陈纸笔系情结。全椒县城拥有的深厚底蕴带给了我们不断的惊喜。这个7月，我们与“儒林”“外史”有个约会。安徽师范大学文学院赴安徽省全椒县调研写作团队用自己的创意，为这座古城带来新的生机。

爱在雨中

2014级汉语言文学　马子璇

2016年的暑假，是炙热的鲜红，是执着的坚持，更是盛夏的果实。在阵雨中，我们奔跑着前进，感受生活的真实；在汗水中，我们收获着成长的果实，感受着生命的力量。

2016年的7月是一个黑色的7月，突如其来的暴雨在安徽南部地区一下就是十多天，淹没了农民的田地，冲毁了他们的家园，磨灭了他们心中的希望。在连续十多天的暴雨中，宣城变成了一个水的世界。2016年7月4日，安徽师范大学"爱心支教，诗歌传承"暑期社会实践团队来到了宣城。初到宣城，放眼望去，是一望无际的水，而我们就是踏着水来到了水阳镇惠丰村进行义务支教。我们采取一对一的方式对孩子进行辅导。初见面时，孩子们有些腼腆，对我们这些从未见过的志愿者有些拘束，可他们身上的朝气和好奇是无法遮掩的。在后来的一对一辅导中，我们从互不了解到互相靠近，直至最后建立了很深的情谊。

在支教过程中我们又来到水阳镇灾民安置点参加义务劳动。水阳镇的一些老人、妇女、孩子被安置在水阳中心小学。他们住在灾民安置点已经一个星期了，水位一日不下降，他们就一日有家不能归。尽管这里有很多志愿者陪伴着他们，但是从孩子们隔着护栏望着窗外大雨的眼神中，我们还是看到了他们对于家的渴望。"我很心酸小姑娘看我的眼神，可是我没有办法给她一个明确的答复。"这是安徽师范大学赴宣城团队十几名志愿者每天都会经历的"拷问"。每次看到孩子们那天真的眼睛，志愿者们都无法与之直视，他们太天真、甚至都不明白发生了什么。

在水阳中心小学灾民安置点，住宿条件很简陋，因为事情突发紧急，受灾群众多，所以尽管有救灾物资，但是分到每个人时就显得稀少可怜了。有时在发放午餐时，会有几个孩子对着志愿者说："姐姐，我们两个人吃一盒盒饭，吃不饱，我们饿。"看到孩子们这样，我们甚至把自己的午饭省出来几份，留给他们。队长孙雨露说："我们苦点累点没关系，但是一定要尽量让孩子们吃饱。苦了自己没关系，不能苦了孩子，这是我们的基本工作原则。"

午间，我们上楼巡查，收拾垃圾，会有两个孩子跑过来帮忙，从和他们的聊天中我们了解到，他们是留守儿童，一直和爷爷奶奶生活在一起，已经很长时间没有见到父母了。灾难发生时，是他们最害怕最无助的时候，他们很想见到爸爸妈妈，然而爸爸妈妈却远在千里之外。看到孩子们渴望的目光，我们很心疼他们，虽然我们并不能为他们的生活做多大的改变，但是我们会尽自己最大的努力去引导他们，帮助他们拥有一个健康积极的心态。

尽管只是短短的十几天，但是在离别的时候，我们和孩子们就像认识很久的朋友般不舍得分离。虽然没有说什么，但从孩子们的目光中，我们感受到了他们的不舍和留恋。

我们相信以后有缘还会再聚……

刀出芙蓉成锦绣，心入非遗传风华

2014级汉语言文学　温馨雨

一张红纸，一把剪刀，一幅生动的画面跃然纸上；一双妙手，一颗耐心，点滴成为剪纸艺术的凝结。这就是剪纸，行云流水间，天马行空中，心中的图画与飞旋的剪刀相结合，成为最具中国特色的非物质文化遗产。

为了传承剪纸这一优秀传统文化，让剪纸艺术真正走进大众生活，满足人们对剪纸艺术的认知需求，充分发挥剪纸的魅力，近日，安徽师范大学德雅书苑赴繁昌老年大学剪纸创作暑期社会实践团队正式成立，13名队员一起向老师学习剪纸。

一形一物展示剪纸魅力

上课伊始，翟晓玲老师首先进行了自我介绍，然后向我们介绍了一些关于剪纸的知识，如剪纸的起源与发展、剪纸的主体与传承、剪纸的样式与用途等。翟老师还向我们展示了老年大学老师们的一些剪纸作品，如《中国梦》《荣华富贵》《欢聚一堂》《美好乡村》等。老师剪刀下的一形一物，有生气，有暖意：那条游龙，利爪挥舞，大气磅礴；那只狡兔，立身凝视，活灵活现；那些花朵，静静绽放，发出幽香。队员们看着各式各样的作品都赞叹不已，也被剪纸的魅力深深折服。

一纸一刀感受剪纸神韵

在前期的准备过程中，队员们已经自学了剪纸的一些基本方法，这为学习剪纸打下了良好的基础。剪纸不难，但它需要静心、细心和耐心，掌握剪纸的纹样与技巧是关键。因此，翟老师先教我们剪较为简单的蝴蝶，它包含了花瓣形、锯齿形、柳叶形等基本纹样。在剪纸的过程中，翟老师耐心地一一指导，并与队员们沟通，不断地鼓励大家，课堂气氛轻松而愉悦。一会儿工夫，队员们的小蝴蝶就一一成形了，且栩栩如生。经过一上午的学习，队员们的剪纸能力有了很大的提升。

寻根文化，我们义不容辞；弘扬传统，我们满怀信心。剪纸，是一种享受与熏陶，队员们专注的眼神凝聚在红纸上，窗外的一切都不妨碍队员们的剪刀在纸片上倾诉。

图4 跟随皮影艺人学习皮影制作及表演

“独”书调研笔记

2015级汉语国际教育　王思嘉

无人为孤岛，一书一世界。然而令人担忧的是，如今独立书店竟然成为最不被看好的一种行业，即使有政策鼓励、政府津贴，独立书店的发展还是十分困难。为了更加了解独立书店发展现状产生的原因，我们经过十多天的奔波，在三个城市中兜兜转转，从一个个书店中得到了一些启示。

我们的首站是南京。南京不算小，可身在其中却觉得它像一座小城。这里的书店可能没有苏州、上海的书店大，书也不够全，但珍贵的是环境清净。你花许多时间挑书也不会有人管，老板也很悠闲。

而苏州的书店胜在店与景的协调。古色古香的书屋与周围的建筑浑然一体，有种返璞归真的韵味。上海的书店则在创新风格上略胜一筹，多为欧式风情，复古装饰，别具一格。

通过对许多书店的采访和调查，我们发现，现在能够单纯经营书的，可能只有那些旧书店了。而在这些旧书店中，有些老板是为了情怀，但大多数老板是因为书店无法转卖出去，只能继续守在这里，他们很少进新书，大部分都是收购旧书来卖，而顾客大部分都是一些热爱旧书的人，或者是老顾客。很多书店，包括原来的上海书店（现在改名为上海旧书店），以前很有名，现在都逐渐没落了。

而除此之外的新型独立书店则是适应了时代的发展，书店的经营模式大多是这样的，咖啡加书，在这个基本模式上还可以再卖一些工艺品、明信片等。因为工艺品、咖啡等，既能装饰书店又可以卖，所以很得书店老板的青睐。也不能说书店变得功利化，只能说时代变了，书店不随之做出相应的改变，就只能落后于时代潮流，被时代抛弃。

但是书店如果只执着于金钱利益，而不考虑对社会的价值，最终也会没落。

在我看来，一家书店，在起步时就该想好自己面对的社会群体，潜在顾客有哪些。有些书店只针对一些文艺青年等特殊群体，而有些书店如旧书店则更多面向一些专家学者、大学生等，由此可以确定自己书店的风格、书的种类、书店选址、营业时间等问题。除此之外，书店的模式也需要不断进行探索和创新。例如苏州的觅遇，老板将书与咖啡和住宿相结合，这不太像一个书店，反而更像一座小型图书馆，因为这家书店的书不用来卖而只用来看和交换。老板告诉我们，这样做的原因是现在许多人来书店是想看书，而不是买书，他们更享受在书的海洋里遨游的过程。再例如南京的万象书局，别出心裁地将艺术活动与卖书结合在一起，我们去的时候就有一个画展，可能是临近高校的原因，有很多机会举办活动，也有很多大学生慕名参加，这也算是书店的成功之处。

三个城市，是三种生活方式，愿每个城市的书店都可以用自己的方式生存下来，也愿每个城市的人都可以对这些满是情怀的独立书店给予支持。

寂寞笙箫

2015级汉语言文学　鲍　坤

完美的事物往往只存在于人们的想象中，恰如所谓的偶像在粉丝心中是一种完美人格的承载体，而这并不意味着偶像拥有完美人格。

声名在外的教授，或许就是公园里不起眼的乘凉老头；运筹帷幄的政府领导，或许正与你搭乘同一趟地铁；凡人眼中高高在上的传统艺术，也会面临从思想到现实的危机。

笙箫奏罢，寂寞悲歌，所奏者乃黄梅古韵，所歌者乃整个剧种灵魂深处的精神状态。自古流传下来的数百剧种正慢慢消逝，五大剧种也只有京剧安然度日。街头巷尾谈笑间，我们常以传统戏曲为自豪，却又在不知不觉中将其束之高阁，疏于观赏。黄梅戏与其他剧种一样，渐渐远离舞台，生存于资料之中与口头之上。今日之安庆，黄梅戏与迎江寺一道，伫立于长江南畔，览滔滔江水，迎八方来客，而叹时光荏苒。

或许我言重了罢——安庆晚间的街头巷尾，一群群老人聚在一起唱黄梅戏，甚至于有人担当弦师，可谓“麻雀虽小，五脏俱全”。然而，参与者始终限于老人。现在的剧团不乏青年演员，可这并不能影响受众群体的状态。如我一般爱好黄梅戏的年轻人当然也有，却终究是小众，而由对传统艺术的关怀引发出的对黄梅戏的兴趣，远远不能支撑起受众群体的发展和黄梅戏的未来。我们不愿意它沦落为博物馆的馆藏，却也无可奈何，或许这是无法规避的宿命。

我们采访了很多人，既有青年演员，也有国家一级演员。他们的言语之中时时表露出对未来的乐观与期待，我却不清楚这是不是真实的。现实深处的衰败与多元素的干预使黄梅戏的发展充满了隐患。作为担当者，演员们调整出乐观的心态是必要的，可这在局外人的眼中又格外辛酸，一群演员以自己的绵薄之力支撑着黄梅戏的生存与发展，这谈何容易！我们却只能当个看客。这是演员们的宿命，是黄梅戏的宿命，也是我们这些看客的宿命。

不想落后于时代，就只能跟上时代。几大黄梅剧院中，再芬黄梅艺术剧院在改革的路上筚路蓝缕，大刀阔斧地革新黄梅戏。众多的黄梅院团让黄梅戏“活着”，而再芬黄梅艺术剧院则在努力让黄梅戏“活下去”。虽然这样有些像打广告，可这确实是事实。话剧、流行音乐乃至外国戏剧的元素都被他们融合进黄梅戏，在一番番尝试中探寻未来的曙光。他们如孤胆英雄般呕心沥血，担负起的责任也格外重大。成，则可为众多剧种之范本；败，则终究是历史的宿命。

人的命运是不可以自我预料的，离不开自我的奋斗，更离不开历史的行程，相比之下黄梅戏又有何不同呢？但是，我们还是不能放弃自我的奋斗！

唯愿笙箫不寂寞，志士莫悲歌。

昆腔沐学子　缘情诉芳华

2016级戏剧影视文学　王月亭

为响应十九大号召，深入挖掘传统文化内涵，同时坚持发展高雅艺术进校园活动，安徽师范大学“迤逦昆曲”专业学习和实践调研团队前往江苏省苏州昆剧院，开展为期一周的昆曲学习实践活动，助力弘扬优秀传统文化。

“原来姹紫嫣红开遍，似这般都付与断井颓垣，良辰美景奈何天，赏心乐事谁家院。”这是昆曲《牡丹亭》中被人们熟知的一段唱词，出自折子戏《游园》中的《皂罗袍》。这短短一支曲子，队员们学习的过程却并非“赏心乐事”。念白、步法，身段，扇子的开合收举，每一部分都有讲究。杜丽娘的端庄稳重，春香的活泼伶俐，都要通过眼神、语态、动作来表现。每天一早，昆剧院二楼的大厅里便布满了队员全神贯注练习基本功的身影，只有功底扎实，“手、眼、身、法、步”完美结合，才能基本展现昆曲的韵味。“真是台上一分钟，台下十年功，仅仅是这一段，大家学起来都觉得困难，感到力不从心，更别说专业演员要磨炼多少年了。想要真正唱好昆曲，演好昆曲角色，真不容易。”团队指导老师李小荣在练习时说道，“当然，任何艺术的背后都不是简单的。”

队员们跟随学习的老师是国家二级昆剧演员朱瓔媛。据了解，她十六岁开始学习昆曲，从业二十四年，主攻闺门旦。学习间余她向队员们讲述了自己的从业经历和昆曲演员的幕后故事。据悉，由于从前高考改革还未开始，考大学并不容易，苏州很多人家因为家庭条件、环境等因素选择让自己的子女学艺。“这行也得是祖师爷赏饭吃，天赋很重要，好的（昆剧）演员都是千里挑一选出来的，当时我们这些人，三千人中才有四个进了剧团。”朱老师在回忆往事时这样说道。

昆曲作为传统文化也是高雅文化的代表，因其婉转的“水磨腔”和优美的舞蹈被人们喜爱，却也因唱腔和表演的困难让人望而却步。近年来，随着昆曲被列入世界第一批非物质文化遗产，昆曲重新被社会重视，受众也越来越广，但大众仍然存有一些误会。“很多人仍然觉得搞艺术的人没有文化，唱戏不入流。其实我们当然有文化课，昆曲的唱词不理解又如何能表现呢？我们只是将更多精力放在舞台上。”朱老师说。被问起表演的艰辛，朱老师说：“尽管辛苦，但昆曲艺术就是这样，舞台表演就是自我表演与观众欣赏的双重享受，是一种圆满。”此外，朱老师还提到，学习昆曲要有一定的艺术想象力，表演中，看山就要想象山有多高、有多远，看水就要想象水是怎么流动的。由于队员大部分都是零基础，朱老师耐心教导，手把手地纠正个人动作，传授技巧。“一定要用心学啊。”朱老师语重心长地说，“你们认真学，我自然也会认真教，我不停地敲打你们，是希望你们能认真记忆动作，不断揣摩、练习，也是希望你们不负这次学习经历，能有所收获，最起码知道戏曲动作程式如何。以后不论是生活中还是学习中，希望昆曲能让你们多些感悟，多些思考，多些帮助。”

“这次学习不仅是一次对昆曲文化的传习，也是一次艺术精神的洗礼。”队长汪程娟在一天的学习结束后如此说道。十九大报告中提出，深入挖掘中华优秀传统文化蕴含的思想观念、人文精神、道德规范，结合时代要求继承创新，让中华文化展现出永久魅力和时代风采。此次团队实践的目的就是让更多人了解昆曲，感受昆曲的当代魅力，让昆曲这朵深谷幽兰在青春中绽放。

探访民间手工艺品泥老虎的传承

2017级汉语言文学　王纤纤

曾经在上海世博会引起全世界人民关注的民间手工艺品——泥老虎，就出自淮南一对普通的农民夫妻之手。昔日，一只只做工精巧的泥老虎作为中国传统手工艺的代表，被搬上世界舞台，大放异彩；今日，安徽师范大学文学院赴淮南古沟趣味语言与写作团队借着本次暑期社会实践，将用文字和镜头讲述传统手工艺品——泥老虎背后的故事。

2018年7月24日下午，志愿者来到蔡庙的一个村庄，探访泥老虎传统手艺人蔡如华和张月红夫妇，记录泥老虎的发展历程和传统工艺的传承。正值午后，烈日当头，一行人挤在蔡如华老人生活的房子里。房子不大，房间也很矮小逼仄，密不透风，连一丝凉意也感受不到。不多久，志愿者们和两位老人都热得满头大汗，但大家对泥老虎的热情丝毫不减，正津津有味地交谈着。

“你们来得还真不是时候，最好要在春天来，那时才是制作泥老虎的最佳时机。如今，只有这些已经成型的泥老虎了。”蔡如华老人告诉志愿者。说完，他便从旁边的篓子里掏出几个已经做好的泥老虎放在地上，仔细和志愿者们讲述泥老虎的制作过程。

据老人介绍，制作泥老虎的泥是有讲究的，不是普通的泥土，而是雨后从很深的地底下挖到的。“这类泥黏性很强，不易摔碎，而且也不易腐烂，是制作泥老虎的最佳材料。”蔡如华老人还告诉志愿者，“可别小瞧了这些小玩意儿，它的制作工序十分复杂，从和泥到上色，再到最后成型，不仅时间跨度大，而且难度系数高，需要熟练掌握技巧。”不过，两位老人手中有

“秘密武器”——泥老虎模具，这样一来，制作泥老虎要省事多了。蔡如华夫妇告诉志愿者，这个模具是在二十多年前用泥土烧制而成的，不光耐摔，就是把它放在水里泡上几天，也不会腐烂。

据了解，蔡如华夫妻二人从事泥老虎手工制作已经有三十多年的时间了，这是他们祖辈一代一代传下来吃饭的手艺，是不外传的。老人讲，有了模具，制作泥老虎一天能做100多个，但是如果加上后期上色和加工，那没有一个月是完不成的。志愿者询问原因，老人讲这是因为泥老虎上色所需的颜料，需要提前半个月准备，还需经过精心调制，这样给泥老虎上的颜色才正宗。黄的，鲜艳明亮；红的，绮丽绚烂。

为了使志愿者更清楚地了解到泥老虎上色的具体过程，蔡如华老人拿出一套完整的颜料工具，有各种颜色的颜料，有各种各样的刷子，还有墨水、毛笔等。首先，妻子张月红先给泥老虎刷上底色——白色，等到颜料干得差不多了，再由丈夫蔡如华“开眼”，即给泥老虎画上眼睛。画上眼睛的泥老虎，瞬间变得栩栩如生，活灵活现。夫妻二人一来一往，泥老虎便“穿”上了花花绿绿的外衣，神气极了，再经过蔡如华老人的巧手一加工，一只会叫的泥老虎便成型了。

志愿者了解到，泥老虎虽然外表小巧精致，制作工序复杂，但是却只能卖到5元钱一个。老人说：“这种小玩意儿不好卖，得等到固定时间才会有人买，像这个时候，一般是卖不出去的。”当志愿者问到传承问题的时候，老人欲言又止，无奈地摇摇头：“我家孩子不愿意做啊，只能靠着我们这辈人啰！”

日薄西山，仿佛民间传统手工艺也面临这般境地，无人传承的尴尬窘境使传统文化的发展受到阻碍，不光泥老虎如此。伴着夕阳西落，泥老虎的未来在沉浮中也隐藏许多不确定性。

有生之年，欣喜相逢

——记暑期赴安庆黄梅戏调研

2014级汉语言文学　曾梦瑶

“万里长江此封喉，吴楚分疆第一州。”说的就是安庆。

千年古城、文化之邦、百年省会、戏剧之乡，七月之余，得以相见。情不自禁却只有一句：有生之年，你（安庆、黄梅戏）我欣喜相逢。

当我和我的团队行走在安庆长江之畔，在广场街头匆匆做着问卷，悠扬缠绵的黄梅戏从那街头巷尾、长江边上、迎江古寺之侧转转悠悠传声而来，方才心有所悟，安庆啊，是黄梅戏之乡。

才出安庆火车站，吃下第一餐安庆特色菜，在街头向路人问路，于广场和市民一起听戏……种种这般，安庆人的真实热心溢于言表，安庆，这个城市给我留下了温和的印象。我想，那黄梅戏的温婉也该是如人似城一样土生土长，自然而来。

我在思考，该用怎样的言语来描述在安庆、在与黄梅戏不断深入交集的那几天的社会实践，才能将我心中所感的安庆黄梅戏俏皮亮丽的样子完满而毫无遗漏地展现呢？

只记得夏日炎炎，那几天，我们白天参观安庆黄梅戏博物馆和严凤英纪念馆，采访再芬黄梅戏剧团里的新生代导演以及若干青年演员；不怎么炙热的晚上，我们就在日租房里写每日的通讯稿，做街头黄梅戏相关的调查问卷，准备着与各位老师们的采访提纲，偶尔，因为调研任务而吵吵闹闹，因为争执“下一顿吃什么”而笑语欢声。有幸的是，我们还与一位“90后”黄梅戏老师共同经历了一段活泼有趣的黄梅戏教学时光。来安庆，怎么可以不会唱两句黄梅戏呢。

而真正走入黄梅戏，应该是在严凤英纪念馆公园，与黄梅戏老戏迷之偶遇。亭中，老爷爷头发花白却苍劲有力地拉着二胡古韵，奶奶身姿挺立，声音清丽婉转。那《海滩别》中一句“怎舍两分手啊/叫你为我两鬓添霜又白头”，叫人触景而骇。戏外是两鬓早已白头的花甲之年，戏中却是心上添酸将要分别的初初相恋。黄梅戏之灵动，便在此处。

无论是参观博物馆体验黄梅戏前世今生、在严凤英纪念馆祭奠大师成就而与戏迷接地气交流，还是在黄梅戏艺术中心了解黄梅戏于当代发展的小视窗、在街头与市民的“黄梅戏”对话，或是在新一代导演和老演员们与黄梅戏的亲身经历中，学习当代黄梅戏在创作和表演上的雅俗共赏、中西融合。此行之举，所得可谓颇丰颇盛。

十分感慨，原来黄梅戏不同于京剧，创作与表演胜在灵活，在与时俱进的创新中讲究至纯至粹的东方古典美。原来，黄梅戏并非如有的传统戏剧一样束缚于高台，它胜在深入市井，又高于日常。原来，黄梅戏也可以加入流行音乐，原来黄梅戏也可以上演莎翁的《仲夏夜之梦》。这新奇的发展，不得不使人感叹。

回想天气之劣，任务之多而繁，我不仅要准备着调研工作，还要打点我们十余人在日租房的琐屑日常，说身心不疲惫是假的，说不想归家的轻松生活是假的。但是，这个七月又是多么幸运，我们这一行来自兴趣相投的话剧社的小伙伴，社长一声号召，便不顾风不顾雨不顾大太阳地来了。说对黄梅戏不感兴趣是假的，说和大家在一起不开心是假的。与有趣的人做有意思的事，乃是幸运之至。

许多人提起，这么多年有不少大学生实践团队来过安庆、看过黄梅戏，我们又何必再亲身走一经艰程，行老生一番常谈？我想，黄梅戏是中国传统文化长河的一股细流，而我们走访的再芬剧团又是颇有代表性的，我们所做的似乎微乎其微。

同时，我们想和所有调研黄梅戏的实践团队一样，愿意付出一己之微薄力量，想为传统发新声。这不仅是我们的心愿，还是所有人的理想。

阅读阅通透俗世　越读越亮明自己

——记鹿鸣书店阅读之旅

2014级汉语国际教育　徐雅丽

2016年7月6日，安徽师范大学赴沪苏独立书店探访团队第二分队以自由参观阅读的形式探访了上海鹿鸣书店。

鹿鸣书店位于复旦南区，一片清幽之地。砖红色的屋檐墙体，翠竹环绕，疏影掩映。从东门进入，左手边是个小小的吧台，内侧黑色书架渐次排开，延续了以往“白纸黑字”的朴素风格。外侧两张大长桌，堆叠着学术著作，书架上摆放基础的人文读物。里侧书架紧贴墙面，无论读者站在哪处，都有着被层层典籍包围的满满安心感、充实感。鹿鸣书店以经营文史哲读物为主。有特色的是，鹿鸣书店的书小半部分是各处淘来的或者书友捐赠的旧书籍，分门别类整齐地排列着，杂而不乱。哲学、宗教、历史、人文，鹿鸣书店是爱书人闲暇时光的绝好去处。

“良友远来，异书新得。”我从鹿鸣书店走过，带走了一本旧书，留下了一个新的自己。我们几个队员专业不同，各自在自己专业的书架前驻足。从没想过在此时此地竟然会找到英文版的索绪尔《普通语言学教程》、几年前的《语言研究》杂志、高本汉的《中国音韵学研究》等专业精深的书籍。平时的我们，可能听过就忘记了，也可能只是对这些学术开端或者前沿的专业书籍保持着远观仰慕而不求接近的心态。而今天在鹿鸣书店，清幽的氛围，泛黄的书页，浓厚到溢出的人文学术气息，令人不由得满心欢喜地投入阅读中去。你会发现，原来你与大师、与经典、与学术前沿，只是一页纸的距离。我是个普通的汉语国际教育专业的学生，但是我读过并且读懂了原版的《普通语言学教程》，在对外汉语教师的前进道路上，我将不再为自己的无知浅薄而感到羞愧，因为我有勇气和力量去靠近并攀登这些学术高山。鹿鸣书店给我们的惊喜就是这样的吧！《史记·孔子世家》有引：“《诗》有之：‘高山仰止，景行行止。’虽不能至，然心向往之。”从前的我们是虽不能至然心向往之，今日的我们却有了靠近的途径和攀登的勇气。

在这里呀，书比人多，书比人老，书比人丰厚。它们经历过作者创作出版的新生，经历过无数书架的整理排列，经历过饱含祝福的一次次转赠，更是无数人漫长人生的领路人。旧书籍是很有意思的，你不知道现下你手里的书，阅尽了怎样漫长的、庞杂的俗世故事，不知道它继承了多少岁月的人文积淀。但是在鹿鸣书店，我们可以感受到，这些书籍所寄托的文化理想、学术精神以及文化社交功能。

“一本书像一艘船，带领我们从狭隘的地方，驶向生活无限的海洋。”鹿鸣书店，也是这样一艘船。就像学校一样，就像家一样，就像图书馆一样，人人都可以登上这艘船。它不会专门向我们征收船票或者保留登船的门槛，它只是静静伫立在那个港湾，等到我们想要看看这个世界而进入它时，以丰富的藏书、学术的精神、人文的理念，带领我们驶向无限的生活的海洋。

念念不忘　必有回响

大学生入山帮出山，开窗助成长

2017级汉语言文学　谷　澍

7月17日早上六点，安徽师范大学文学院“开窗明路”爱心帮扶团队从芜湖出发，奔赴实践地官庄。“‘潜岳苍苍，江淮汤汤’是安徽师范大学校歌的第一句，‘潜岳’指的便是实践所在地——安庆潜山。我希望‘开窗明路’成为一个三下乡支教的品牌。”团队指导老师李维岩在出发前向队员们阐明心迹。自2013年至2018年，每年都有新人加入“开窗明路”的队伍，也总有老队员在坚守，铁打的营盘总是给了更多人锻炼的机会。

“官庄，我们来了！”

我见青山多妩媚，料青山见我应如是

这是安徽师范大学文学院学子与官庄的“不期而遇”。官庄位于安徽省潜山东北角，在“美丽乡村”建设之前，这里和其他贫困的乡村并无区别，面临危房、旱厕、污水等系列“老大难”问题。随着“美丽乡村”建设的一步步完善，展现在团队面前的是焕然一新的面貌。“七个小时的车程，近两个小时的山路，一路奔波劳累，但当这样一个徽派小镇徐徐向我走来，我的疲惫似乎被删除了。”队员张家豪踏上官庄的土地时，笑着说道。

乡亲们看到身着统一绿白相间队服的队员时，第一时间露出了好奇的表情，随即上前问道：“你们都是一起的吗？来旅游吗？”队员们马上进行解释。乡亲们的表情也变得喜悦起来：“支教好啊，家里的娃娃有人教了！”

“我见青山多妩媚，料青山见我应如是。”一路走来，队员们感受到与城市建设截然不同的风格，看到新农村的喜人变化，对官庄的第一印象打出高分。乡村变得美丽，教育不能拖后腿。官庄镇对团队的支教活动提供多种支持，志愿者们也做了细致齐全的准备。

“开窗明路，志在必行。”

青春拾光不匆匆，玩转别样课堂

“支教是方式，智教才是目的。”因为硬件设施的有限和家庭氛围的缺失，留守乡村的孩子们很难和城市的孩子们一样在基础课程之外的兴趣上有很多选择。“望我们能尽己所能，为孩子们打开一些窗户，让他们有更多的选择去走自己的道路。”队长曾丹扬表达了自己最真挚的想法。

团队精心设置课程，以基础学科为主，开展语数英等课堂教学，巩固基础知识；以启发性教学为目标，帮助学生打开思维、拓宽视野；以多元教学为特色，剪纸等传统技艺的传承与趣味数学、物理实验等科技创新相结合，知识和趣味充盈课堂，努力让孩子们成为课堂的小主人。

“孩子们澄澈的眼中都是对知识的渴求，我觉得自己担起了责任！”队员易琪妹在登记学生报名时，表达了自己的感受。

没有人永远年轻，但总有人正年轻。这个七月，安徽师范大学文学院“开窗明路”爱心帮扶团队的志愿者砥砺青春，带领乡村孩子玩转别样课堂，不辜负彼此恰好韶华。

“余”无声处，“刘”下长情

官庄镇有两个大姓——“余”和“刘”，前来报名的孩子们百分之七十都是这两个姓氏。“我担心自己分不清他们，名字都很相像。”队员熊孙倩认真地看着跑来跑去的孩子们，努力记住每个孩子的特点，“我得当好这个小老师！”

官庄中心小学的负责人在我们到来之前就向各年级的家长做了宣传，开班当天附近村民报名踊跃，甚至有幼儿园孩子的家长也带着孩子前来报名。家长们对支教团队很放心，也尽自己所能帮助支教团队。因为住宿条件限制，团队到达的第一晚，队员们已经做好忍耐无电扇、无空调的准备，晚上七点半却收到了村民们送来的多余的电扇。暑气肆虐的七月，官庄镇余叔叔、刘阿姨等很多乡亲们朴素的好心，熨帖了志愿者的浮躁。

“感受到乡亲们对我们的支持，我们更要将这次支教活动做好！”团队指导老师李维岩代表所有志愿者表态。

“入山路，出山路，层层山路为明路；亲开窗，心开窗，打开心窗迎流光。”五年奔赴云南，今年改道官庄，变的是方向，不变的是初心。安徽师范大学文学院“开窗明路”爱心帮扶团队情系山区，守望真心，入山帮出山，开窗助成长。

图5　为大山孩子梳头

安徽师范大学文学院赴泾县“书香沁，支教情”团队教育札记

2016级汉语言文学　茆　蕾

陶行知说，教师的职务是“千教万教，教人求真”。作为教师队伍的后备军，师范大学的学子更应谨记为师者应有的素质和水平。今年夏天，我加入了安徽师范大学文学院赴泾县暑期社会实践团队，在实践地的教育教学过程中，我发现了一些值得研究的教育教学现象，在此记录、反思并学习。

知识传授与学生掌握情况

本次书香支教，以具体图书介绍为载体，以阅读方法传授为主线。“学以致用”是此次学习的根本目的之一，学生通过课堂学习，不仅要掌握作品知识，还要发展运用知识的技能，掌握方法，找到探索发现的兴趣。在讲完《山海经》篇目后，课下与学生交流探讨，我发现学生对本课知识掌握较好，字词解释记忆没有问题，但对古今异义、通假等古文言现象了解甚少。队员们反思教学过程，发现课堂上没有引导学生从语言现象上宏观理解字词，于是在后面的《诗经》讲解等课中语言教学这一环节上下功夫，此后，学生的掌握情况大有好转。

重难点把握情况

课堂教学如无重点、无主次，教学效率自然就低，教师教得累，学生学得也累。在教学《夜莺与玫瑰》一课时，我重点抓住了夜莺与玫瑰树这段语言对话描写，引导学生反复诵读，让学生体会夜莺的善良与无私奉献。但学

生对人物心理理解始终不到位，读起来也显得干巴巴的。于是，我让他们分角色扮演，可以自行增添语句，将自己的感悟融入表演。只有让学生设身处地考虑夜莺当时的处境，才能真正体会人物的内心，对人物的理解也更深入。转变教学方法，即可突出重点，突破难点。

教学方法合理与否

教学方法是支教中重要的一部分，用得好，能促进教学任务顺利完成；用得不好，适得其反。第一次给学生看多媒体影片时，由于学生平时多接受传统教学模式，好奇心又强烈，不能静下心来，课堂纪律很差，学生嘻嘻哈哈，无法管理。课后，队员们总结：只有充分了解学生，选择合适的教学形式，才能取得满意的效果。后来，我们上《绿野仙踪》，又尝试了多媒体，由于课前我们与学生约法三章，要求学生对课文进行预习，并在座位和时间安排上进行调整，效果就大不相同。

处理紧急问题是否得当

善于运用教育智慧，恰当处理课堂上出现的问题，变不利为有利，能真正体现一个教师的教学艺术。在上《夜莺与玫瑰》一课时，我一时口误，将两个人物和他们的话说反了，引起同学们一阵大笑，其中有一个调皮的小男孩笑得最大声，我当时便请这位小男孩站起来，问他正确的对应关系是什么，少了领头发笑的人，课堂也就安静了。

当谈及支教时，我在谈些什么

2015级汉语言文学　李天培

当你和别人谈及支教的时候，你会想起什么？是语带不屑，认为这些所谓的志愿者劳民伤财，只为做戏，还是满怀敬佩，觉得这些人傻得可爱？支教，尤其是短期支教，它的意义是什么？它对那些孩子是好还是坏？这些命题太过深刻，社会上也众说纷纭，而我，只能以一个志愿者的身份，用眼睛观察短暂的支教生活，用脚步丈量自己和孩子的成长，用一支拙笔来记录一个微小个体的感悟。

2017年6月27日，我作为志愿者来到安徽省安庆市岳西县菖蒲镇菖蒲村支教。菖蒲是一个风景与名字同样美丽的小山村，但它也是国家级贫困村，我们将在这里和孩子们一起度过二十天的时光。当天晚上抵达菖蒲后，我们分别与各个家庭的孩子见面。刚见面的时候，孩子们总是躲在父母的身后，不好意思与我们接触，可仅仅几天过后，孩子们已经与我们熟稔起来，总是寸步不离地当着我们的小尾巴。同行的志愿者们对孩子的称呼也已经变成了"我家孩子"和"你家孩子"。"我家孩子"叫王薪，是一个五年级的小男孩，天生精力旺盛，也总是调皮捣蛋。可是与他相处后，我发现他的身上有着许多闪光点。这些日子里，他的成长与变化也很明显，在他身上，我也发现了更好的自己。

在结束一天的功课后，王薪忽然对我说："哥哥，你知道吗？今天晚上我肯定要失眠了。"我问他原因，他略带羞涩的回答："明天是叶姐姐的音乐课，我最喜欢唱歌了，所以我现在心情很激动，怕晚上睡不着。"第二天音乐课的时候，王薪一脸兴奋地站到讲台上，在大家面前展示了自己的歌喉，稚嫩的声音带着喜悦与骄傲传遍了整个教室。孩子的快乐总是很简单：能够做自己喜欢的事，有人陪自己玩，得到一个新玩具。可是在这个处于大山之中的村子，有些东西总是那么遥远。很多孩子的父母在外打工，一直与爷爷奶奶生活，在成长过程中没有父母的陪伴。课间的时候，这些孩子总喜欢缠着我们问东问西，几天的时间已经让他们把我们当成真正的哥哥姐姐。五年级的孩子在手工课上为老师做礼物，把彩色的卡纸一点点地折成花朵。每一个孩子的小脸都写满了认真，成功的喜悦仿佛一池欢腾的春水。短短二十天，我们能带来什么？我曾经想过很多次。直到如今，我才忽然发现，这二十天的陪伴与爱护，是我们来到这里最初的原因。

闭塞的山村中有着向外眺望的眼神，贫瘠的文化土壤中也会开放求知的花朵。在支教中，孩子们总是问我："外面的世界是什么样子的？"我不知该怎么回答。外面有高楼大厦，也有波涛大海，可是这一切对这些山里的孩子来说都是陌生的，我不知该怎么描述那些美好与不美好的事物。可当我问他们想不想走出大山的时候，他们的眼睛闪着亮晶晶的光，嘴巴张得大大的："想！"孩子们的异口同声让我明白了自己来到这里的意义，那就是给这些大山深处的孩子们种下一颗种子，一颗不断前进的种子。外面的世界很美好，外面的世界很残酷，而一个人向上求知的心是不会改变的。我们要呵护他们的求知欲，鼓励他们向外探索，引导他们树立正确的价值观，这是我们作为一个志愿者的使命。或许时间短暂，或许痕迹模糊，可是我还是希望，当这些孩子走出大山的时候，会想起有那么一群大哥哥、大姐姐小心翼翼地为他们加油，让他们能有一双看得更远的眼睛。

有人说现在的大学生支教只是自我感动。我们的确在支教的过程中感动了自己，但这个自我感动的过程并非毫无意义，因为我用自己的眼睛见证了它的意义。我看到一个小姑娘写下心愿说："我要像安徽师范大学的哥哥姐姐一样，努力向前。"我看到一个小男孩说："我希望老师能够多留几天。"当羞涩的孩子在志愿者姐姐的耳边说着自己的小秘密时，当孩子们积极举手回答问题时，当分别之际孩子们眼中闪烁着泪光时，我分明从中看到了亲密无间的情感、渴求知识的欲望和依依不舍的想念，所以，这一切都是有意义的。虽然再见不知几时，但是我依然祝愿，祝愿这些可爱的孩子能像一个个小太阳，永远光芒万丈。

感恩有你，让我们的生活充满阳光

2014级汉语言文学　许梦琳

支教已经结束半个多月，回想起那段日子，想起了《我们的生活充满阳光》那首歌。每每回忆起来，总是想起这样一个场景，阳光很好的午后，每一间教室都亮堂堂的。挂在墙顶的吊扇悠悠地发出“咯吱咯吱”的响声。孩子们大部分都睡着了，露出乖巧安静的侧脸。空气中混合着阳光的味道和孩子们身上的汗味。这种味道，一进门就能闻到。

那段日子，大家是这样度过的：早晨七点，我们迎接第一位学生的到来，傍晚六点，我们送走最后一位学生，每天将近十个小时的相处。这就是我们共同经历的，我们的故事。共同作战的队友们，在不知不觉间，不仅有了共同的目标，也有了相同的情感。一群人生活在一起，很安心，好温暖。所以，最想说的话，就是感谢，感谢你们，支教的生活充满阳光。

感恩孩子们，教学相长，师生共进。教与学这两方面实际上是相互影响、相互促进的。教学生的同时，我们这些小老师也在进步。他们教会我宝贵的教学经验，给我最直接的感动，共同生活的一段回忆，对我来说弥足珍贵。走上三尺讲台，面对几十位孩子，这样“一对多”而不是“一对一”的教学活动，对我们来说是第一次。我第一次开始认真思考，该如何备课，让课堂更加生动，让学生学有所获。我也开始关注孩子的心灵，考虑一些从前从来没想过的问题，如何巧妙地处理学生之间的矛盾？面对喜欢打小报告的孩子，该怎么办？最奇妙的是，当我第一次接过学生小心翼翼地递过来的礼物时，那份无法言说的激动心情……这些都是他们教给我们的，我们更应该谢谢他们。而我们，终于如愿地做了一直想做的事情——为这些生长在欠发达地区的孩子带去外面的世界，一个丰富辽阔的世界。我想起曾听过的一句话：如果你做的事毫不费力，那么你就是在浪费时间。我希望我们做的事，能对他们产生深远持久的影响。

感谢队友，一路走来，同舟共济。那段时间，大家的工作时间很长，睡眠时间很短，了不起的是，团队里没有一句抱怨的声音。大家一起工作、共同朝着一个方向努力的感觉，体会过的人才知道多美好。两位指导老师总是反复地指出我们的问题。她们说过许多话，但令我最难忘的一句是——永远乐观向上。

感谢自己，不忘初心，方得始终。一直以来，“支教”是一个很吸引我的词。我总是问自己，为什么要去支教，支教能给我带来什么，而我又能为那里的孩子做些什么。每一次在心里问出这些问题以后，再认真地听听自己心底的回答。一次一次，我的内心更加坚定了。虽然自己的表现并不出彩，但是收获的喜悦令我满足。正如我在我的教育札记中写道：“在这个过程中，发现了很多问题，有些问题被解决了，我就收获了，积少成多，我就提升了。”谢谢自己，坚持下来。

“孩子们”这三个字，让再铁石心肠的人，内心也会柔软下来。当孩子们认认真真地专注于一件事情的时候，当孩子们羞涩地塞给你一张小卡片的时候，当孩子们端端正正地坐在那里目光炯炯有神的时候……你会感受到，孩子们真的是这个世界上最伟大的发明。每一个孩子都应该被“宠爱”，他们是我们的未来。

那些男孩，教会我成长。

那些女孩，教会我爱。

谢谢你们，让我们的生活充满阳光。

给人生插上梦想的翅膀

2015级汉语言文学　张智学

转眼间，八天的日子就要结束了。还记得第一天来的时候，我们都无比生涩，不管是你们还是我们自己。我们自我介绍，相互认识。上午的课堂给你们讲解数学，下午的素质拓展给你们开主题班会，大家一起去操场玩耍。我给你们讲梦想的故事，这些看似非常假大空的道理，却是每一个人都必须面对的问题。

你们像我的弟弟妹妹，也算作我的学生。不管从哪一个角度，我都想告诉你们：不要做生活的奴隶，不要做自己后悔的事。我有许多话想和你们说，有许多自身经历的感受也想告诉你们。因为我想告诉你们，人生的命运掌握在自己的手里，没有谁能够改变你们，除了你们自己。

你们生活的环境比起大城市没有那么好，但是比起那些更穷的地方，也能说得过去。最重要的是你们要心怀梦想，不管遇到什么困难都可以坚持下去。我希望你们在未来不要过自己不喜欢的生活而又没有能力改变。

当然，我也不会怀疑你们的能力，我不排除你们有能力过更好的生活。我不规劝你们一定要一生都走在学习的道路之上，但至少在目前的这个阶段，你们除了学习是做不来其他事情的。你们还小，你们还有很长的日子，但是说长也不长，短则两年，长则五年。两年后的中考，五年后的高考，那都是你们人生的转折点，在你们没有办法为自己的未来做出很明显改变时，那就做好自己该做的事。

你们都有自己的梦想。我记得第一次问你们有关梦想的时候，你们有的人没有回答我。我希望那是你们不好意思开口而没有告诉我，而不希望你们对自己的梦想毫无可言。我希望你们可以时刻记住自己的梦想，并且时刻地奋斗着。

未来是充满未知的，未来就是一张空白的纸板，用你手里的彩笔描绘你自己的人生蓝图，一定不要让别人替你画了人生蓝图，一定不要把自己的人生花费在没有意义的事情上。

虽然你们还在农村的学校上学，但是，你们都是好孩子。不管你们成绩好不好，我只希望你们有一个梦想，坚持下去，一路矢志不渝地坚持下去，不管生活变成什么模样，都别做生活的奴隶。

学习不是唯一的出路，但至少是一条很好的出路。往大的去说，那就是为国家、为人民做贡献；往小的去说，那就是为家人、为朋友、为自己。不管哪一条路，至少现在的你们依旧要好好学习。你们的父母希望你们能够学习成才，你们是他们的希望和未来，是他们一生的心血和付出。

这个世界有太多励志的人和故事，也有太多正在奋斗的人。我想告诉你们，人生最大的意义在于实现自己的人生价值，毕竟人生就这么一次，我不希望你们在以后后悔自己现在没有好好学习，不希望你们日后回忆自己的故事时满带辛酸。

愿每一天的清风让你快乐，愿尘世间的每一个故事能够让你们开心，愿流露在指尖的时光能够让你们引以为豪！

挥手，但别说再见

2016级汉语言文学　刘　畅

北方的小城最近有些多雨，蓝灰色的天空投影出记忆的斑驳。而我，坐在不明不暗处翻看相册，突然，所有的故事都翻涌而出……一点一滴上了心头，却仍不肯下眉头。我们的旅程并不是自6月27日起，只不过那一天我们从江城而来，一路北上去往颍州。若没有乘上那辆名叫K8412的列车，又怎会知道风景“青春孝行”独好。

相　识

2017年6月27日，自安徽师范大学启程；2017年7月12日，最后一批队员离开王店小学，在此期间我们每天早上六点起床，八点给孩子们上课，中午匆匆吃了午饭，下午或是家访或是备课……这不是流水账，这是我想记住的，和你们有关的全部。

相　遇

人们时常会因为一个人而爱上一座城，这十五天时光，我们因为一群孩子爱上一座小镇。7月1日，开班典礼上队员们和孩子们第一次见面，大家围坐在松树下玩破冰游戏。对不起，孩子们，老师无能，没在第一天记住所有人的名字。偶尔，我会叫错名字，但你们不愠不恼，总是笑嘻嘻地帮我纠正。非师范专业出身的我，初上讲台除了紧张还是紧张。可是一接触你们清澈的目光，我便像吃了定心丸一样。几十个孩子同时望着我，我的大脑有点空白，只有一句话在脑中回旋，“好好教，千万别教错”。教学十天，我把音律、普通话、孝文化、汉服带进课堂，而你们，也在教会我成长。听说有一个团队见到了霓虹，我并不是特别羡慕。因为，我们的“青春孝行”课堂也有呀。红，是肖杨的热情；橙，是心怡的活泼；黄，是心萍的天真；绿，是旭霖的静谧；青，是莎莎的懂事；蓝，是天乐的机智；紫，是欣悦的优雅……还有很多，每个孩子，都有自己的绚烂。

相　忆

当我们越来越爱这片土地时，分别的钟声却渐渐敲响了。很多孩子都知道7月10日的“青春孝行”晚会意味着什么，我们不愿提及离别，只是默默准备着晚会的一切。7月10日晚上，并没有想象中的如释重负，心口反而像是被什么堵住了一样。

王斌上课时最为乖巧，小正正总算学会了ABC，云南第一次举起小手，心萍也不再内向，天乐和我描绘着他的小梦想……记忆中有太多点滴，每个人都在闪闪发光。而我，很幸运，遇见了这般可爱的你们。

谁说分别总是在九月，明明在七月。一次“青孝”行，不想忘记的太多，这一次我们挥手别说再见。我们和“青春孝行”有个约定，只相忆，莫相忘。离开只是暂时的，来年还会再相见。“多年以后再次回首，曾经看过黎明白昼”，到那时，再一起唱着这首“青春孝行”版《成都》，共赴十年之约吧。

寂静之中，花开如期

2016级卓越语文教师实验班　彭翼然

越过三百多公里的路程，抹平所有疲惫，从轰隆的火车到颠簸的大巴，属于六月的如火热情，属于安徽师范大学赴阜阳“青春孝行”暑期社会实践团队的热情，已经尽数献给了阜阳这片温柔淳朴的土地。我们将所有期许，化作一声承诺、一句讲授、一个动作、一抹笑容。寂静之中，唯愿花开如期，不负征程。

遇见：众里寻他千百度

在这个夏天，我遇见了你们。

是风尘仆仆一路相伴的队友，是有着纯真脸庞清澈笑容的孩子们，又或者，是这一段珍贵的回忆。

六月底的风微微燥热，带着特有的尘土气息。阜阳，是一座少雨的城市，它总是用最晴朗的蓝天，来迎接所有到来的人们。

王店镇中心小学坐落在阜阳市颍州区，学校不大，只有稀稀疏疏几栋教学楼，没有操场，教室里的桌椅也十分陈旧简陋。

第一感觉，心酸。想想自己在他们这个年龄，享受的是什么样的生活？衣来伸手，饭来张口，在窗明几净的教室里读书，在崭新的塑胶跑道上奔跑。而他们呢？狭窄昏暗的教室，锈迹斑斑的桌椅，连一个操场也没有。

这是一群可爱的孩子，他们怯怯地看着我们，闪烁的目光中有探究，有迷茫，也有期待。他们瘦瘦小小，眼神却清澈明亮，透着不服输的劲儿。我想，这十五天，会在他们幼小的记忆中留下一抹痕迹。

来到一个陌生的地方，起初我是非常不适应的。肆虐的蚊虫，以及水土不服的生理反应，令我略有些烦躁。幸好，我遇见了最好的你们。

十个人住在一间寝室里，虽然拥挤，心的距离却近了。十几个人亲亲热热地围着一张桌子，吃饭间隙玩个游戏，嘻嘻哈哈中，不知不觉间，我们从一开始的陌生、拘谨，到现在的亲近、熟悉，再到离别的不舍，这或许就是最美的遇见。

相识：轻歌一曲少年行

心中有梦，脚下生风。在这个夏天，遇见这样一群可爱的孩子。

趣味运动会上，小姑娘怯生生地说："老师，我怕我这个项目玩得不好。"我弯下腰，看着小姑娘的眼睛，晶亮的目光里隐隐含着一丝紧张。她是真的很想赢，很想为自己的小组赢得荣誉。

我的心柔软了几分，摸着她的头轻声道："没事的，这只是个游戏而已。"还有一个小姑娘，因为失误让自己的队伍输了，一个人跑到一边哭了起来。老师怎么安慰她都无济于事。

孩子们是最单纯的，也是最善良的，他们对团队的责任感，也是我们无法体会到的。他们只是单纯地希望自己的小组能够赢，不会去考虑其他任何事情。也许他们脑海里没有什么竞争意识，只是想用自己的努力，得到第一名，得到老师的夸奖。

难怪有人说孩子是世界上最可爱的人，他们俏皮、活泼，有时候也会淘气，但更多时候像白纸一样纯洁，不染尘埃。

很幸运，这个夏天，遇见他们。

挥别：岁月只顾自流长

不知道是不是预感到了我们即将离去，这几日的阜阳下起了雨。淅淅沥沥，整个天空都阴沉着。孩子们似乎也感觉到我们即将离开，对老师也更加依恋。可爱的同喜拿着一张纸，挨个地记下了我们的联系方式。

还记得最后一天晚上吃完饭回来，我们挤在一辆车里，虽然都有些昏昏欲睡，却依旧兴致勃勃地插科打诨。那天晚上的夜色很美，一切都很美。虽然那时心里有回家的喜悦，但也是在那个时候意识到对这十几天的生活的不舍，对这十几个人的不舍。嬉闹的瞬间，欢笑的镜头，即使熬夜工作的记忆也变得柔软起来，令人留恋。

离别近在眼前时才意识到，原来这十五天的时光，轻快地犹如一阵风，倏忽而过。回忆就像指缝间的流沙，瞬息间流逝，来不及握紧。还好我拥有过最美的回忆，遇见过最美的你们。

月有盈亏花有开谢，想人生最苦离别。但我相信，短暂的告别是为了更好的遇见，来年，我们定会遇见更美的“青春孝行”。

图6　爱的花朵

教育札记

2016级汉语言文学　朱明林

本该放假就写的感悟，硬是被我拖到此刻，我无意拖延，只是我实在无法将这段与“书香沁，支教情”团队成员，与泾县王直老人，以及志诚学校的王校长、郭主任的邂逅完全用语言表达出来，就好像“言不尽意”吧！既然是感悟，我是有话说的：

首先从这个团队说起。我们团队有几个骨干成员呢，盛军、茆蕾、季思璇、张一，再加上我。我们五个人是这个团队的继承者。2017年，我们是懵懂的大一新生，跟着学姐来到泾县这个陌生的地方，这一年我们充分准备好了课程计划并圆满完成，那时我作为队员不用操心团队的管理，我的全部时间都用来和孩子们交流，也因此我对泾县产生了感情。我开始喜欢作为一名志愿者，去和孩子交流做朋友，也许某个微小的细节会在他们幼小的心灵开花，并滋润他们成长。我想我不是在改变他们，而是在改变自己，在改变自己的同时感染他们，让一切向着好的方向前进。

2018年，我与泾县有约。我对自己说。

等到组建实践团队时，汉非小分队克服了困难，接了“书香沁，支教情”的旗帜，再次成为一家人。友谊凝聚了一群有趣的人，我们写策划，面试新成员，一切都有序进行着，我们期待暑假的泾县之旅。

只是我们忘记了，今年我们是团队的领头人，我们除了要完成支教的任务外，还要和支教地负责人交流，关注团队成员安全问题，考查实践成果等。只是因为，我们是队长了。实践的时候，队长之间发生了争执，压力超大的茆蕾哭得可伤心了，我在旁边好生安慰，她才缓过来。

且说因为队长，我今年将更多的时间用来陪伴队员，我希望我们的团队是最和谐最友爱的团队，我希望我们的队员将来说起自己的团队是满心欢喜的。事实上，我们的队员很怀恋这段时光，我很开心。

再说泾县的王直老人。他的事迹谱写着老一辈革命家的社会情怀，传递着人间大爱。“用一生做一件事，用大爱传递希望”“救一个孩子，就是救一个家庭”，这就是心系教育、情系孩子的王直老人二十年如一日的追求和行动。

我第一次见到王直爷爷就为之倾倒，从66岁到86岁，王直老人在这条公益路上默默坚守二十年，大爱无疆，功德无量。然而，王直老人确实老了，他说：“真有一天，我实在干不动了，希望有人可以传承我的公益理念”，“希望政府可以关注留守儿童问题”。

王直老人在谈到今后助教中心发展时说：“我想，在我之后，总会有人办这个事情。我的遗嘱也写好了，不留遗产，财产无偿捐给国家，继续用于公益慈善事业。”

我们团队今年写了一篇王直老人的人物新闻稿发在了中青网，希望他的事迹被人知道。但事实上，“助教中心学生少是一件好事，这说明留守儿童越来越少”，王校长在和我讨论时说的这个观点让我很受启发。

最后再说自己。我很感激这次暑假的社会实践，它让我收获了友谊，获得了成长。这之中我最感激王校长和郭主任。王校长在我们组建团队时给予了极大的支持，认可我们大学生支教的意义，愿意和我们成为朋友。王校长带领我们团队成员走访当地留守儿童家庭。当我们走进这些贫困家庭，一股辛酸味难隐，我觉得这确实让我们大学生在社会实践中感受到了社会基层的现状。我们的社会实践并不能给这些留守儿童带来多大的改变，但重要的是让他们学会自我改造体验生活，体悟生活的精髓，不逃避苦难，而是更加热爱生活。

而郭主任和我还算是忘年交，郭主任欣赏我做事认真，认为我是一个好队长。我感激郭主任没有老师架子，愿意和我们这些小辈谈心交流。郭主任分享自己作为语文老师在教学过程的趣事，鼓励我今后学习要认真刻苦，做一个优秀的人。

我无法用言语说什么感悟，唯独平铺直叙一些事实。我想有人问我实践如何，唯有“不枉此行，终生难忘”而已。

图7　老师，这道题我会

久旱逢甘霖，希望始发芽

2017级戏剧影视文学　吴怡怡

有人说，我们总是在错过，我们错过了挪亚方舟，错过了泰坦尼克号，错过了一切的惊险与不惊险。所以，这个夏天，我一定不能错过“青春孝行”。

与君初相识，犹如故人归

2018年7月16日，安徽师范大学文学院赴阜阳“青春孝行”实践团队的三十名学子，花开两朵各表一枝，兵分两路，从江南小城芜湖出发，只为一期一会，去赴一场早已定下的约定。今年是我们团队成立的第三年，也是我们到三合这个皖北小镇的第一年。我们来到阜阳的第一天，就遇上了阜阳当地难得一遇的高温天气。平日里烦人的知了都已无力歌唱变得安静起来，同学们在穿过重重的人流后汗流浃背地在火车站的广场上集合，然而这样的酷热天气却不能阻挡我们的脚步和浇灭我们的热情。

三合镇中心学校是我们此次的实践地点。在前往实践地点的路上，我们就像一群小学生一样，叽叽喳喳，话语里眉眼中都藏着期待与好奇。那一夜，尽管住宿条件有些简陋，但是那晚的我们连梦都是香甜的，怀着对明天的期待与向往进入了梦乡。

华味渐初识，新声喜尽闻

来到三合的第二天，我们就与孩子们见到了面。我们通知家长早上八点开课，但是很多家长和孩子不到七点半就来到了学校门口，在很远的地方就听到孩子们叽叽喳喳地在说：“老师们来了，老师们来了。”听到这句话的我们，心里头不禁一暖。有一位阿姨的话让我印象最为深刻，她说：“我们虽然文化水平不高，但是正因为这样，我们才更明白受教育的重要性。只要孩子肯学，我们就会尽其所能地给他们提供好的学习条件。”这句话给我内心的触动是非常大的，原来他们对教育的渴望如此强烈。第二天，我们的孝心课堂开课了，第一堂课就是我的戏剧课。因为我想在最后的成果展示里给家长们呈现一部由孩子们表演的一个小话剧，所以第一堂课我就带领他们开始排练话剧。剧本是早已准备好的改编自《孟母三迁》的故事。本来上课之前还有担忧，害怕孩子们放不开，但令我惊喜的是，孩子们对表演非常感兴趣，踊跃举手想要上台来展示一番。

但去莫相问，白云无尽时

时间过得很快，转眼间我们在阜阳的日子就迎来了倒计时，也终于迎来了久违的雨水天气。昨天的三合刚下了一场大雨，天空在雨水的冲刷下变得更加湛蓝，空气也变得清新起来。一切的工作都已步入了正轨，孩子们的话剧也开始有了雏形，剩下的就是等待时间的打磨。我们开始为了29日的文艺汇演忙碌起来，这场文艺汇演还有一个最重要的环节，就是评选今年的“孝心少年”。“孝心少年”的评选标准里最重要的一项就是“孝”，而这一项仅仅看孩子们在学校里的表现是不够的，为此，我们决定家访，想要与家长们面对面进行交流，也便于家长们了解孩子们在学校的具体情况。

天公不作美，我们原定于27日下午4点的家访被一场突如其来的台风给阻挡了。令我们感动的是，家长们特地抽出时间相约来到学校，想与我们做一次面对面交流。在此次交流中，一位阿姨给我留下了深刻的印象。在交谈中，我得知了这位阿姨家里的一些基本情况。这位阿姨有两个女儿和一个儿子，孩子们的父亲为了家庭的生计奔波在外，三个孩子的教育重担都落在她一个人身上，说到动情处，她不禁落下泪来。最后，这位阿姨得知我们即将离开阜阳后不停地问：“你们明年还会来吗？”在得到了肯定的回答后，她很开心地说：“只要你们还来，我就会将孩子们送过来。”

久旱逢甘霖，希望始发芽。还记得课余时间问孩子们长大后的理想是什么，他们都说："好好学习，考上大学，成为一名老师。"当问及原因时，他们异口同声地说："因为你们啊。"这些感动和体验都是我们在学校里所无法感受到的。王店远阔，三合烟火，无一不是你。"青春孝行"有你，一路同行。一期一会，来年必践。

图8　红领巾的骄傲

跨越六年的传承：从支教对象到支教志愿者

2016级汉语言文学　张云云

“我希望我们的到来，让你们对大学有了向往与期待。愿前程似锦！”2018年7月，在安徽师范大学赴罗河“手写记忆”支教团队的“结业典礼”上，李继鑫以这句话向孩子们作别。

十天的支教时光，苦与乐都沉淀进了东风村每一个虫鸣阵阵的夏夜。用李继鑫自己的话来说，这次支教，更像是完成了某种传承。六年前——六安市金寨县汤家汇镇瓦基村，六年后——合肥市庐江县罗河镇东风村，六载光阴悄悄，当年沉默寡言的小男生已成长为孩子们口中的“体育老师”。李继鑫自己也不曾想过，生活会给予他这样一段机缘巧合。

2012年7月，瓦基村人在炎热中迎来了一群小村里罕见的大学生——来自安徽师范大学的志愿者们。当时的李继鑫，还是一个刚刚升入初中的小男孩。那时的他，生在乡村，长在田间，很少接触外面的世界。那一群突然闯入他生活中的大哥哥大姐姐们，说着一口普通话，穿着带有“安徽师范大学”字样的短袖衫，来自不同的专业：中文、数学、音乐、美术……看着那些陌生的又带着微笑的脸庞，李继鑫第一次感受到，他口中的“大学”竟然那么近。

当年的那个小男生，文化课成绩平平，不爱说话。作为一家人的希望，他当然也想走出小村，去外面的世界看一看。但“大学”对他来说，是一个遥不可及的地方。和那群安徽师范大学志愿者随行的，是精心设计的特色课程、耐心细致的课业辅导、温暖亲切的交谈陪护，这一切像一束光一般，照亮了他原本单调的生活。多年以后，回忆起那一段时光，李继鑫特别提到一个人——许桐，当年支教时担任语文老师的志愿者。如今，李继鑫已然记不清她长得什么样子了，只记得临走的时候，她送给他一枚书签，上面印着“安徽师范大学敬文图书馆”的图样，并告诉他：“大学，是你努力就有希望到达的地方。”

是命运巧合，又全非机缘偶然。短短十天的相处，李继鑫对处于江城芜湖的安徽师范大学有了一种特殊的感情。2017年9月，李继鑫站在了安徽师范大学敬文图书馆的门前，这座建筑，比他在书签上看到的更加雄伟高大——那一枚书签，他至今珍藏着，那是一群一定意义上为他启迪前路的人留下的纪念。

2018年夏天，学校组织暑期社会实践。他毫不犹豫地参加了，并且只想加入支教队伍——他从未忘记那年夏天的那群志愿者们。就这样，他成了安徽师范大学赴罗河“手写记忆”支教团队的一员。一切都那么相似，一切又如此不同。相似的是，他和当年的志愿者们一样，穿着印有“安徽师范大学”字样的文化衫，辗转奔波，从芜湖来到一个陌生的村庄；不同的是，他从支教对象变成了支教志愿者。讲台上的他，是幽默风趣的“李老师”。他侃侃而谈，为孩子们带来生动有趣的“安全知识宣讲”，让孩子们感受到“趣味运动会”的欢乐多彩。

眼前的这一群孩子，和当年的他一样，有着对未来小小的憧憬，但更多的是深深的惶恐与明显的不确定。作为“过来人”的李继鑫，特别能理解孩子们的这种感受。和其他志愿者不同，他总是喜欢与孩子们聊天。孩子们有什么事，也会问“李老师呢？去哪里了？”他说，作为来自休闲体育专业的学生，他也许不能在文化课上给予孩子们多少帮助，但是他可以把自己一路走来的心路历程分享给东风村的孩子们，让他们的世界中多一点缤纷的色彩，让他们对未来多一份期待。“大学，是你努力就有希望到达的地方。”和当年教他的许桐老师一样，李继鑫也时常这样对孩子们说。

六年前，那些安徽师范大学的志愿者们不会想到，瓦基村的孩子们中，有一个人，来到他们曾经求学的地方，走过他们曾经走的支教路，讲着他们曾经留下的故事。如今的李继鑫，也期待着，东风村的孩子们能够继续书写着这样的故事。

离别不是结束而是开始

2015级汉语言文学　周镇鹏

2017年，我接过朱文韬学长的队旗，再次组建一支新的队伍，前往广西河池七百弄乡国米希望小学进行爱心支教活动。不为什么，只为我2016年给孩子们留下的诺言：明年我来。就是这么简单。许下的诺言定要实现，孩子们的心灵是脆弱的，一旦心灵留下疤痕或许是一辈子。我现在依然还记得蓝秋妮和我拉钩，叫我明年记得要来。

支教的时间并不长，也就短短的十几天。而在这短短的十几天里，我们给孩子们带去了很多好玩的，不仅带他们学习书法、诵读古诗，还带去了剪纸、捏泥等手工制作，最重要的当然是在大山里开展一场别开生面的乡村足球赛。说句心里话，只要孩子们感到快乐，哪怕他们只有一个气球玩，一切都变得不那么重要了。

作为一个队长，深感带好一支队伍的确是一件难事。在组建队伍过程中也遇到了很多难题，比如招到的人临时退了怎么去解决，如何去和广西那边做好对接工作。能组建好一支队伍也算是我本人的幸运吧！当地条件挺艰苦，除了得走2个小时的山路外，吃的也不怎么好，为此有的时候我的队员也向我抱怨过，还经常饿着肚子，还有就是特别容易晒到皮肤脱皮。其实，这些我都习惯了，看着孩子们见到我们时的欣喜的笑容，即便远赴千里，翻山越岭，辛苦受累也是值得的。

令我印象最深刻的一个孩子是蓝秋妮，她是一个可爱而又热情的小女孩。今年第一次上村子里召集孩子们上课，就是她带着我们一家一家地找，还和我们分享她自己有趣的事情。第二天去她家进行家访时，我们了解到她的父母都外出打工了，家里就只剩下她的爷爷和弟弟妹妹，平时煮饭洗衣服都是由十岁的她来做。当然，孩子都是贪玩的。秋妮每次见到我都会拿我的手机来听歌，有一次她拿着我手机放着《国家》，坐在我隔壁边听边唱。听山里的孩子唱歌真是一种不一样的感受，作为留念，我把自己的队服送给了秋妮小朋友。

十几天，晃眼就过，离别总是充满不舍的。虽然我也不确定明年是否还会有人来继承这个队伍，但是我相信2017的离别不是结束，而是新的开始。两年了，我也特别喜欢这些大山里的孩子，喜欢他们的天性与不羁。或许明年，或许后年，我还会再次来到这里，去看看孩子，看看大山。

图9　不舍离别

每个孩子都是一朵花的种子

2015级汉语言文学　涂梦婷

很久以前，就想去支教，去远方的山区，教给孩子们一些知识与想法，这是一直以来我的情怀与梦想。这个夏天，我终于实现了这个梦想，来到岳西菖蒲，一个在大别山深处的国家级贫困县，开展为期二十天的爱心支教活动。

实践中，我给孩子们上课的内容是演讲稿写作，布置的作业是“我有一个梦想”。小朋友们交上来的作文里有着五彩斑斓的梦想，有的想要成为老师，教书育人；有的想要成为军人，保家卫国；也有的想要成为舞蹈家，为舞蹈事业奋斗终生……每一个梦想都美好无比，如春日的花香，让灵魂里的每个路口都芬芳无比，而每个孩子都是一朵花的种子，在大人和时间的浇灌下，终将绽放美丽的花朵，散发出灵魂的香气。

教育是一种诗意的修行，是一场温柔的坚持，是用生命影响生命、用生命温暖生命的过程。第一天不敢走上讲台的学生在大家的鼓励中慢慢改变，勇敢地举起手来回答问题，勇敢地走上讲台表演节目……改变，在一天天发生，也许我们并不能给孩子们传递很多知识，但可以让他们去学会改变自己，去成为更好的自己。

在实践中，我们采访了一位扎根山村教育三十年的最美教师——王学胜，他一个人支撑着一所小学，守护着11个孩子的成长。他说：“只要学生能够努力学习，走出大山，有一个美好的未来，我的一切付出都心甘情愿！”在教学中，他不断学习着新的知识，也教育学生要学会质疑，学会思考。

俗话说，想要给学生一杯水时，教师要有一桶水，而随着时代的发展与进步，老师不仅要有一桶水，更应是源头活水，如同王老师那般，不仅需要对教育事业的满腔热情，也需要不断充实自身。

学高为师，身正为范。作为知识的传播者与建设者，新时代的老师需要不断提高自身的教育理论和学术水平，增强知识，更新能力和教育教学能力，从而更好地履行教书育人的职责。路漫漫其修远兮，吾将上下而求索。正如泰戈尔所言：尽管走下去，不必逗留着，去采鲜花来保存，因为在这一路上，花自然会继续开放。

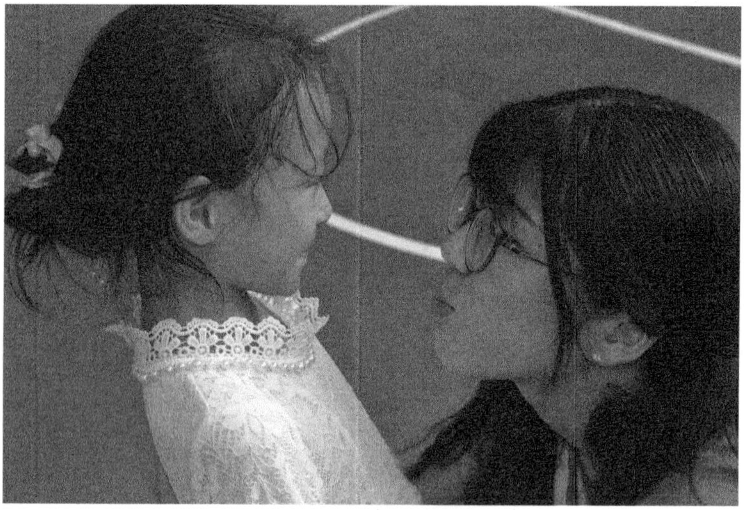

图10　你的眼中有柔情万千

青心孝意，愿为你开窗明路

2016级汉语言文学　凌德喜

轻轻地我走了，正如我轻轻地来，我轻轻地招手，作别西天的云彩。

——题记

“老师您别走好不好，老师您还会再来看我们么，老师……”六月的出发，再到七月的离别，这一路上，我们“青春孝行”团队，已悄悄地在王店这座小镇里走过了半个月。我们在清晨时出发，身负厚重，踏上绿皮车厢，也是在清晨时离开，带着不舍与离别的目光踏上归乡之途。但还是那颗青心，还是带着孝意，我们带着希望而来，同样也带着对你们的期望而离开。

曾经模样

在这个夏天，与你们相遇在这小镇，真是莫大的幸运。童真的面孔和稚嫩的话语大概就是属于你们这个年龄段特有的吸引人的特点吧。课前的你们哄哄闹闹，可当老师和摄影队员一起走进教室的时候，你们就像变了个人似的，正襟危坐，那强做认真的样子，真的让老师哭笑不得。镜头下上课的你们因陌生而显得异常拘谨，回答问题时下意识地低着头红着脸，小手揪着自己的衣角支支吾吾地蹦出几个字。“老师，这个……我觉得是这样做的吧……”天真无邪的笑容与窘迫的害羞模样，仿佛让老师看到了曾经的自己，这是你们童真的一面。

小蝶，老师总是能看到你一个人靠着窗户呆呆地望着外面，不知是看到了天空还是在想些其他的事情，你的眼神，清澈，明亮，透着一种孤独。“小蝶，怎么老是看着外面发呆，去和大家一起玩啊！”老师悄悄地站在你身后问候了你一句。你低头不说话，转身继续望着窗户外面。家庭的不幸与磨难养成了你特有的性格。你很懂事，左手烫伤的蝴蝶隐藏着生活的艰辛和你个性的坚韧，沉默寡言，可你的心却像一片海，磨难并非磨难，让你浴火重生，老师看到你最闪耀的地方，这又是你坚强的一面。

成长印记

朋朋，班级里一位不爱说话却懂事听话的大男孩，从开学初就引起了我的注意。你坐在第一排，瘦小的身躯，皮肤黝黑，声音温柔却给人一种别样的温暖。老师问你在家里经常帮妈妈干活吗？当说到这时，你的眼里闪过一丝泪光，但随即很自豪地回答道：“虽然妈妈不太方便，但有他这个儿子做小助手啊。”你和我一点一滴说出了这些生活小事，老师才知道了朋朋这么小就学会了洗衣做饭，学会了照顾自己和妈妈，还有那一条可爱的小狗，你自己给它做了一套小衣服。你满脸的自豪，可老师听着只是心疼。你瘦小的肩膀本不该托起这么大的担子，但你甘愿给妈妈一个依靠。这个家靠你和妈妈支撑了起来，即便你才只有12岁。西瓜大赛中你和妈妈的对话，一言一语都洋溢着孝意和爱意。努力跑去给另一端的妈妈送西瓜，这是你们成长的一面。

离别泪光

“真的谢谢你们这些大学生老师了。”孩子家长紧握住我的手只说了这一句话。“老师您还会再来吗？”你用小手擦着止不住的眼泪哭着对我说。我们会再回来的，因为忘不掉，继续留下一个承诺，埋下一颗种子，青心孝意，且歌且行。

黯然销魂者，唯别而已矣。时间恍惚，才明白离别还未好好说再见。上帝既然选择了给你们关上一扇门，那就由我们来开一扇窗；上帝既然让你们从开始就路途坎坷，那我们就负责扫除障碍。给不了你们天空，但尽力给你们一双翅膀让你们去飞翔。开窗明路，我们愿意为你。悄悄地挥一挥手，我们不带走一片云彩，别了。

图11　我家三小只

“青春孝行”之路实践札记：无愧于梦想和追求

2016级汉语言文学　肖　蓓

这是“青春孝行”的第三年，这是我在“青春孝行”的第十一天。

和孩子们在一起的时光，是一天当中最惬意的。

上课铃声响起，看着他们整整齐齐地端坐在教室里，大眼睛一眨不眨地看着讲台，看美术老师画共青团团徽，生怕错漏了一步。我在教室里转悠着指导他们，他们指着黑板上的团徽问我：“老师，什么是麦穗？”“老师，团徽上为什么会有齿轮？”“老师我画得不好，您能教教我吗？”孩子们的眼睛都会说话，他们望着你，让你心里柔软了一大片。坐在石阶上看女孩们跟着老师跳扇子舞，彤彤跑过来，扑着扇子问我：“老师你热吗，我给你扇扇。”然后她像一个小大人一般，坐在我身边，和我讨论古代和现代哪个好，喜欢穿什么风格的衣服，也会故作严肃地告诉我：“老师，每个人都是一样的。”孩子们的内心就像一张张白纸，他懂得分清楚好的和坏的，看着他们满足的笑容，那一瞬间会觉得自己的辛苦都很值得。

跟着孝行榜样在一起学习的时光，是一天中最有激情的。

心中有阳光，脚下有力量，要听党的话，跟党走，报党恩，无愧于责任和使命，无愧于梦想和追求，这一次的“青春孝行”注定不平凡。这是在听了已至耄耋之年的李坤池老人的新时代新思想的宣讲之后，我内心最深刻的感受。“过去五年不平凡，解决好多老大难；改革路上不容易，解决好多新问题……”老人用自己独特的方式——讲顺口溜，让新时代新思想走近每一位农民百姓，他语重心长地告诫我们一切都重在坚持，因为是金子总会发光的。

雅馨自来，静待花开。终于见到期待已久的雅静姐，那个只在电视上看到过的坚强女孩真真实实地出现在我眼前，她脸上大大的笑容深深地震撼着我。她是“青春孝行”的老朋友了，“青春孝行”第三年她又一次在三合和三十名队员相见，她说，三，是“山”，情义如山。她用自己的成长故事告诉我们社会是复杂的，但是我们要做一个单纯的人，要自由自在的生活。我喜欢人们脸上的笑容，看着他们的笑意，在心里会不自觉地把它们放大，那是一种无言的感动。

跟三合的老百姓唠家常的时光，是最宁静的。

我们常常趁着太阳落山，带着几张问卷，开启团队实践主题的另一个篇章——美丽乡村建设。老百姓会欣慰地告诉我们看到三合美丽乡村建设成果时他们的欣喜和自豪。“这两年三合环境干净了很多呀，还修了大马路……”已经七十三岁的老人缓缓地给我们述说三合镇的今昔变化。每个人都尽自己最大的努力支持着我们的工作，不识字的我们一一讲解，写下他们内心想要表达的点点滴滴。

“青春孝行”，还在继续，这是一段无愧于梦想和追求的旅程。

“青春孝行”有个十年之约，青春不老，我们不散。

倾其所有，只为遇见你

2016级汉语国际教育　吴佳莹

四百公里，八小时车程，跋山涉水，只为赴一场七月之约。

与君初相见

滂沱大雨，午后初晴，带着忐忑与期待，我和队友们走进北中镇。通过一个下午的努力，我们一点点获得乡民的信任，也感受到了这座小镇不同于初见时的美好，最初只是觉得这里青山绿水美如画，真正走进了才发现它的淳朴：这里有最安然的生活状态，家中无一人，外户而不闭；这里有最纯真的单纯与信任，即使我们是初来乍到的外乡人，也能收获一句句善意的问候、一张张纯真的笑颜。

正是这一份份信任与支持，让我更感责任的重大。或许十天的相伴对孩子们来说很短暂，带给他们的影响也很微薄，但我希望用我全部的热情和真心，尽可能帮助他们，在他们刚刚开始的绚烂人生里留下轻浅的一笔。

日日常相伴

伴着清脆的鸟鸣声，十天的班正式开课了。作为三四年级班的班主任，我把重心都放在孩子们身上，尽量时时刻刻都在班里，和他们一起剪纸画团扇，一起拼魔方做实验，一起诵读国学经典，一起做课间操……

通过十几天的观察，我发现孩子们对新鲜事物的好奇、对新知识的渴望，远超过我的想象。看着他们从最初的腼腆羞涩，蜕变成如今这般勇敢的模样，开始愿意表达自己的想法，开始愿意积极主动地尝试承担责任，我心里倍感欣慰。

愿相逢依旧如故

转眼，社会实践走到了尾声，成长汇报演出也圆满结束，孩子们的表现超乎意料的好，看着台上光芒四射的他们，觉得所有辛苦都是值得的。

当所有支教老师谢幕完下台，就被一群泪流满面的孩子们围住，握着孩子们亲手制作的礼物，看着孩子们一个个哭着离去，我的泪也止不住流下。因为有他们的陪伴，这十多天我过得充实而快乐，因为有他们的陪伴，我想让这段旅程再漫长一点。

很幸运，选择了这支队伍，遇见了一群可爱烂漫的孩子们，留下了许许多多的感动，也体会到了教师这一职业的责任感，我会带着这些回忆，更好地向前走。愿此去前程似锦，再相逢依旧如故。

北中，我们有缘再见！

请站在我的肩膀上

2015级汉语言文学　夏兴才

“我想学英语。”

“我想当医生。”

“我的愿望是参加美术大赛画一张画。”

“我想学美术。”

“我想学体育。”

“我想当军人。”

“我想学唱歌。”

…………

这些愿望都是孩子们亲手写在愿望墙上的，也是对我们触动最大的。那些迫切、单纯又些许迷茫的眼神，突然让我们意识到，我们来时也许不够早，但还好也不迟。

当看到一个小男孩抬着头望着我们刚刚挂好的横幅时，我们团队的一个男生立即走上前对他说：“来，站在我的肩膀上，这样你就能看清楚了。”小男孩还没等他说完就羞涩地跑了。也许对于那个孩子来说，我们是一群远道而来的客人，来教他们读书。至于我们来自哪里，那个地名是陌生的，陌生到无法踏足。

其实，那个男孩也许不知道，两年前，我们有些队员跟他一样，生活在偏远的农村，时常也会想象外面的世界是什么样子，但对于远方与梦想，更多的是畏惧与迷茫。因为对于这群从未走出农村的孩子来说，外面的世界，太远了，也太不现实了！其实，如果那时有一双手帮我们推开了一扇远方的门，那么我们心中对于未来的想象就会更加坚实，更加清晰，更加生动。

而这里的孩子跟原来的我们一样，也急需一双手，一副肩膀——一双帮助他们推开未来之门的手，一副可以让他们站在上面瞭望远方的肩膀。而现在，我们就是这双手和这副肩膀！

虽然学校已经通知了支教队来校的消息，但我们还是怕遗漏了，于是，我们深入村庄，挨家挨户通知招生信息，争取不让一个孩子落下。见到我们挨家挨户地宣传，家长们都热情地接待我们，有几位家长被我们的真诚打动，主动要求把亲朋好友的孩子也送到我们这里，支教队员也表示会尽最大的努力去帮助每一个孩子。在走访中，我们也发现了许多问题，有些家长跟支教队员说："家里困难，供不起他，读几年书就去赚钱吧。"另外，家长们也在反复提及关于英语课的问题："要多给孩子们上英语课，他们英语底子太薄弱了！"孩子们则在旁边悄声地说："我喜欢画画和唱歌，我最想上的就是美术课和音乐课了。"由于师资力量有限，学校开设的课程并不完善，素质拓展类的课程少之又少。我们向家长保证，会尽力满足家长与学生的需要，也向家长介绍了现今的乡村教育政策以及教育扶贫的政策。国家加大了教育扶贫的力度，习近平总书记也在几次讲话中反复强调了教育扶贫的重要性，我们相信中国乡村未来的教育会越来越好。在走访中，有一位母亲给我们的印象尤为深刻，她说："我从来都不让我的小孩下地干活，就只是让他读书，只要他想读，我就供他。"这位母亲在说话的时候，满脸都是欣慰与幸福，因为他的儿子并没有让他失望，"他现在考上了中山大学的研究生，八月份就去上学。"采访结束后，我们都为这位母亲的付出感到由衷的敬意，也为他的儿子有这样一位伟大的母亲感到由衷的幸运！

百年大计，教育为本！"扶贫先扶智"，我们到今天才真正认识到这几个字的分量！没有教育，人民的生活就少了一份希望；没有教育，我们的国家和民族就没有未来！只要有教育，我们的路就是光明的、广阔的、幸福的！"教育扶贫"给了我们大学生这个机会，让我们能亲身参与其中，承担一份责任，传递一股力量，播种一份希望！

"来，请站在我的肩膀上！"

人间七月天，“三下乡”究竟带给你什么？

2017级汉语言文学　黄　静

你是一树一树的花开，是燕在梁间的呢喃，你是爱，是暖，是希望。

——题记

看着日记，从一片空白到五彩缤纷，黑白空格上填充的是回忆也是经历。这八天，所有细小的片段在我脑海中不断浮现重演，从第一天的舟车劳顿和对新环境的不适应，到最后一天的恋恋不舍与来年约定，终于我可以很骄傲地说，我也曾跨过大山河流，经历了一段未知的旅程，认识了一群令人心疼的孩子，拥有了一些共历风雨的知心朋友。

在去支教之前，我总想着我能给孩子们带去什么，最后才发现不是我带去的东西多，而是我获得的东西更多。其实用心想想“三下乡”，它不同于任何一段经历，它是深入农村，扎根基层，走近孩子，这些都是我以前从来没有经历过的。我们到底能做什么，又能收获到什么？这是我们一直应该思考的问题。这八天的经历仿佛给我上了清晰而深刻的一课。

“那些你没有经历过的，不能就认为它不会发生”

“不要总想着你能给这些孩子带来些什么，他们现在缺少的可能不是这些知识，这些知识在你们走了之后他们很可能会忘记，但是现在你们一点一滴地深入到他们内心的关心，很可能是他们一辈子都忘不了的。”泾县志成小学的郭老师在第一天就和我们这些安徽师范大学文学院赴泾县“书香沁·

支教情”暑期实践团队的志愿者说道。

看着这些正处于假期的孩子们，我们陷入了沉思，这些孩子不同于城市里的孩子，在假期奔波于各种补习班，他们是大山里的留守儿童，很少有假期补课的情况，对于假期他们更多向往的是自由和放松。最后我们将准备教学的内容灵活变通。比如，阅读课上，我们把较多的课堂时间交给这些孩子，引导他们去思考，按自己的思维去续写故事，去探讨各种人物的走向，再去领悟其中的道理。美术课上，我们不再局限于天一定是蓝色的，草一定是绿色的，而是和孩子们一起用五颜六色的彩笔描绘属于他们的世界。

作为班主任的郭老师，每节课都会站在教室里面听着，在课下也会和我们交流。在我们的阅读课上完之后，他指导了我们的教学设计和传授方法。在其他时间，他用他这些年的经验告诉我们，当老师最重要的不仅是为人师表，还要学会如何去当一个他们的“好爸爸”和“好妈妈”，教书育人更要德育。他孤身一人在大山里面教书，和学生们同住同食，亲切地称每一个孩子为“宝贝”，在他眼中每个灵魂生而平等，每个人生而不凡，如何将不凡的灵魂升华，是老师应该教给学生的。

“这些都是你们没有经历过的，孩子们的情况你们也有所了解了，支教的意义还要你们自己探索。”

“你们是所有故事的起点”

“我家住得有点远，要穿过公路，翻过几座大山才能到。在大山深处除了我家，还有其他几户人家。”学校里一个叫洪瑞的男孩在和我们聊天的时候谈到他家的位置，那是学校校车所不能到的地方，但因为想上学，他离开了家，住在了学校。他的家庭并不富裕甚至还有些难言之隐，但他的懂事超出了我们的想象，如果借了我们的东西，用完后必然会完整放回原处，吃饭时总等着别人先动筷子，夹菜时会用筷子的另一端，也不敢吃多，少少的一碗，令人心疼。

这样的孩子还有千千万万，如果命运不曾厚待他们，那么希望我们的到来能给他们带来一丝慰藉。短短的几天，我们尽力走近了这些孩子们，这些孩子有过胆怯，有过抵触，从刚开始见到我们害羞地跑开，到最后一天恋恋不舍地拥抱我们，这个过程中发生了太多的故事。如果说我们到底教会了他们什么，我还不太知道，但我清楚知道的是这群孩子教会了我们许多，简简单单带着一颗心的“三下乡”比什么都重要，用心行，用心感，“三下乡”的魅力自在其中。

八天的时间太短，短到每一个瞬间在脑海里如电影画面一幕一幕地放映，清晰可见。八天的时间又很长，长到有许多知识经验需要我们慢慢消化，这是前辈的总结和那些淳朴的孩子们带给我们灵魂深处最深的体验。

炎炎七月，“三下乡”的故事还在继续。泾川行，寻梦路，我们一直在路上，一路成长和改变，也该思考我们到底付出了些什么，又收获到了什么。昧履人生，砥砺而行。

深山一角，彩虹之约

2014级卓越语文教师实验班　仇　瑶

如果，你曾经和那样真挚、纯净的眼神对视过；

如果，你曾经和那样可爱、善良的孩子相处过；

你会感动，会因此而振奋，教育需要我们，深山一角，有着彩虹之约。

——前记

2016年的夏天，注定与往常的夏天不同。七月，我们带着一腔热情和满满的爱心走进了云南省景东县哀牢山区南岸小学，在这里度过了一个独一无二、充满爱的夏天。

云南，是一个集美丽与欠发达于一身的省份。这里美丽，因为有风花雪月的大理、小桥流水的丽江、青翠馥郁的西双版纳；这里欠发达，最高海拔4247米，很多山区里的村庄四周环山，交通闭塞，经济无法更好地发展。哀牢山区便是云南省众多山区中的一个，以烟叶为主要经济发展动力。颠簸的山路、泥泞的小路，汽车擦着山崖边行驶，这就是我们即将开始梦想和希望的地方，一个可以做彩虹之梦的地方。

这是一个深红色的梦。

星期一早上要升国旗，孩子们早早来到操场。当国歌响起时，我震惊于眼前所看到的。每个人的脸上都是庄严与肃穆，整个过程没有一点杂乱，那是一种不允许任何人打扰的认真，而他们最大的才上五年级。直到离开南岸后一个星期，我依然记得一个皮肤黑黑的小姑娘在自己画的一面中国国旗上写着“我爱祖国，我要保护她”，她也不过才上三年级而已。那面国旗上的五角星是歪歪扭扭的，可是这是一个九岁的中国人对国家的爱。

这是深山里孩子们的深红色的梦，关于国家的梦。他们没有国家的概念，更没有世界的概念，他们只知道这是他们生活的地方，想要爱护。我强烈地感受到来自一个国民对于国家的那种尊敬与爱戴。感谢他们让我对这样的红色有更多的尊敬和民族感。

这是一个暖橙色的梦。

曾经问过孩子们这样一个问题："你为父母做过什么感动的事情？"孩子们争相举手、迫不及待地想要说出自己的想法。有一个孩子哭着对我说："我不想他们那么辛苦。"那一刻，感动、心疼一瞬间涌上我的心头，她才上二年级，却这样懂得感恩、懂得感受这世间的亲情。另一个小女孩，她叫园琴，她很害羞也很敏感，她是一个留守儿童，只敢在纸上写自己的心里话。她在纸上写过这么一句话："妈妈，我想你，快点回来陪陪我。"看到这句话时，在场的志愿者眼圈都红了，温暖却也心酸。

记忆尤其深刻的，是一位志愿者告诉我的一个故事。四年级的女孩何萍画了一幅画，画上画的是小兔子的家。那个家她没有画门，天上的星星是彩色的。志愿者问她为什么不画门，她说希望小兔子一眼就能看到家，看到里面的爸爸妈妈；于是又问她为什么星星是彩色的，她说，我觉得星星就是彩色的。我想，画中的小兔子就是她吧，想每天看到爸爸妈妈，渴望一个温暖的家，她希望她的世界的星星是彩色的。孩子，愿你的努力能摘到自己心中那颗彩色的星星。

感谢他们让我感受到如橙色一般的温暖。他们陪我们长大，我们陪他们变老，父母永远是一个人一辈子的港湾和依靠。九岁便知感恩，这是国家的骄傲，不是吗？

这是一个亮紫色的梦。

当我们给孩子们看看大学是什么样子时，他们的大眼睛里满满的都是惊奇与向往。结束之后，他们开始七嘴八舌地说："老师，我想上清华。""老师，我想去上海。"……我很欣慰他们能有理想。大多数时候，人最怕的就是没有目标、没有信仰。我感受到他们想要改变现状的强烈欲望，他们都告诉我们说他们不想烤烟，不想留在深山里。这，就是我们教育的第一步！让他们知道自己是可以有一个灿烂美好的未来的，是可以走出大山的。

他们身处这样的环境却始终奋斗和努力，我们又能以什么理由来偷懒，不为自己而努力呢?

多彩绘成了我们这段支教时光的画卷，我会细心收藏，在以后的日子里，保持着支教时所感受到的赤子之心，如他们一般坚强、善良。

夏天结束了，我们的支教也结束了。这个美好的夏天，我们为乡村教育做出了自己的贡献，我们依旧在努力！我始终希望能继续我们的彩虹之梦。我想告诉他们，走出大山之后要记得回来的路，改变这座大山，让更多的人愿意留在这座美丽的深山里。

深山一角，时常能看到美丽的彩虹，未来，请相信，我们一定会继续彩虹之梦，实现彩虹之约，请期待我们的下一次重逢。

实践千里行：以开窗为名，邀你看山内的世界

2015级汉语言文学　魏鑫鑫

景东彝族自治县位于云南省西南部、普洱市北端，雄浑的哀牢山与秀美的无量山就像两条臂膀环绕着这座城，又像两条绿色的锁链一般紧紧地锁住它。6月30日下午，安徽师范大学赴云南哀牢山爱心支教团队连续五年来到了云南省景东县。2016年，这支由安徽师范大学三个学院三名研究生、十五名本科生共同组成的团队，以“开窗明路”为主题，在海拔3000米的哀牢山深处的龙街乡垭口完小进行为期十天的爱心支教活动。

山外看山内，很美丽也很闭塞

初到垭口，志愿者们都被这座隐藏在青山白云间的学校给吸引住了，也终于理解了“远上寒山石径斜，白云生处有人家”的含义。远山含黛水常笑，白云过肩似轻纱，看惯了城市的钢筋水泥森林，这美丽的山间风光实在让人陶醉。而对于垭口完小的校长何鹏华来说，再美的风景也吸引不了他。

“2007年以前，孩子们都是背着米、咸菜、炊具甚至柴火来学校。”到达第一天，何校长向志愿者们介绍道。“那时候一到吃饭的时间，学校里到处都是孩子生火做饭的场景，老师帮学生做饭，高年级学生帮低年级学生做饭，几个孩子共用一个锅，都很常见。山区多雨，有时候在户外没办法生火，甚至只能在教室里做饭，教室的墙面熏得比黑板还黑。”直到2007年，国家“爱心早餐”计划普及到垭口完小，学校建起了现代化的厨房，配备了经过培训的营养餐厨师。“现在一周五天，学生每天吃的都不重样，既吃得饱又吃得好，好多已经毕业多年的学生都想再回来上一遍小学啦！”说到现

在的学校生活，何校长的脸上总是露出满意的笑容。

垭口完小硬件设施的变化不只体现在食堂上。自国家提出义务教育均衡发展以来，学校翻新了教学楼、宿舍楼，新建了学生活动楼。2015年，景东县教育局组织以何校长为代表的多名骨干教师前往上海、杭州“取经”，以垭口完小为试点按照东部发达区域学校的标准，在每个教室配备了多媒体设备，建设了图书室、计算机室、音体美教室和科学实验教室。上海真爱梦想公益基金会在垭口完小投资10万元打造梦想教室，使用平板电脑教学，运用互联网消除大山的阻隔。“唉，可惜这么好的东西，我们这群山里人不会用哦。”何校长摸着被学生擦得干干净净的科学实验台，无奈地说道。景东县常务副县长汪明前来指导工作，和志愿者进行座谈会时，他向大家介绍道：“景东是教育大县，全县除高等学校暂缺之外，已具备从幼儿园到高中的所有阶段学校，其中包括3所职业中学和1所特殊教育学校，并已覆盖全县13个乡镇，教育水平位居普洱市前列。”然而在谈到景东教师资源时，汪副县长也指出，景东的教师队伍存在结构性短缺：教师年龄普遍偏大，教师学历不高，教师外流现象多，音体美教师格外缺乏。这些都是美丽的哀牢、无量两座大山带来的弊端。

山内说山外，那么远又这样近

7月1日，建党节当天，志愿者们开展了“我的祖国”绘画课程。课堂上，当志愿者鲍坤指着黑板上画好的北京天安门，期待地问小学生“这是什么”的时候，台下回应他的，却是一片迷茫的摇头。

何校长在介绍学生情况时曾说：“学校223个学生当中，有一半以上的学生没有到过龙街乡，只有个别同学去过景东县城，他们中的许多学生可能一辈子都不会离开大山。”而志愿者与学生接触时也发现了同样的问题，许多学生不清楚昆明是云南的省会，不知道云南在中国的位置，对他们来说，北京、天安门只是书本上的名词和家里电视中一闪而过的镜头。

中午放学，鲍坤在教室门外遇到了一直等他的六年级学生白明仙。“老师，写下你的名字和联系方式吧。”等鲍坤走近，她从背后拿出用拼写本自制的同学录，“下次你去天安门的时候能带我去吗？”一双忽闪的大眼睛眨呀眨，泛着希冀的光芒。志愿者带着希望来到山中，为孩子们打开一扇窗，让他们看到新世界，孩子们自然而然地将希望寄托在志愿者身上。

“他们很天真，无论什么时候老师提问，他们都能异口同声地回答”，鲍坤感慨道，“身在‘种花家’，开窗明路，学生们最迫切需要的莫过于树立爱国思想。”志愿者们通过手中的画笔，将天安门画在黑板上，印在山区学生的心尖上。“这是一份责任，更是一种认可。”鲍坤坚定地说道。打开红铁门，山外的世界，那么远，却如此近。

山外连山内，哀牢从此不再“哀”

七月的垭口阴雨连绵，铅云压山，哀牢山区仿佛成了封口的牢笼。“毕业不是结束，而是新的开始，希望同学们在新的征程上脚踏实地，走得更高更远。”临近毕业，垭口完小六年级老师黄敏寄语自己的孩子们。山路偏远崎岖，长年下来，仅有十一位村小教师坚守在这所年逾百年的山腰小学，从教室到宿舍，从清晨六点到晚上十点，做学生的第二父母，陪伴着223位孩子成长。

“有女老师怀孕了，有的老师身体出了问题，每个学期结束后都不能确定下学期还有哪些老师能回来上课。”雪上加霜，难以为继的师资现状让何鹏华心中有股说不出的担忧和无力。而每每看到与孩子打成一片的志愿者，何鹏华脸上总是抑制不住地露出笑容。

安徽师范大学的18名志愿者重新开启了垭口完小的梦想教室，为完小注入了一股新鲜活力。“这个是沙锤，每次只要发动手腕的力量轻轻摇一下……”音乐教室中，志愿者谌曾灵在给孩子们讲解各种乐器的用法。每天课间，学生自觉来到活动教室，学唱“我的祖国”、跳“舞动中国”、绘“北京天安门”……垭口完小，仿若重新鲜活了起来。

“远眺白云半隐的垭口完小，心中总有一股力量升腾，是为了这边习惯没有伞在雨中奔跑的孩子，也是为了这些不经意的感动。”深夜，志愿者曾庆昌在朋友圈中情不自禁表露自己的心绪。

学生会得到更加均衡的教育，何鹏华校长希望有更多的志愿者来到山区，开阔山区儿童眼界，让他们敞开心扉，自由成长。

世界那么大，他们该去看看

2015级汉语言文学　王　巍

如果你问我，在垭口的十天，印象最深刻的是什么？我会告诉你——是孩子们的笑脸。那除此之外呢？大概就是那连绵的大山了。

垭口，这真是个不同寻常的地方。从芜湖到昆明，从景东到垭口，白云生处的哀牢山确确实实是惊艳到了我。重峦叠嶂的山峰，烟雾缭绕，仿佛永远看不到尽头。坐在客车上，盘山公路绕了一圈又一圈，我才知道，在中国的西南方，真的有这么深的山。

以前也知道，大山里的孩子会很苦，但当真正来到这里，才切身感受到，山里与山外世界的隔阂。垭口完小在当地是教学设施最好的小学了，但教师资源却极度匮乏，一名教师往往同时教授几门课程，且教师整体学历不高，专业性也不够，教学方式拘泥于传统，当地教育还是远远落后于其他地区。

城市里的孩子从小便会有丰富多彩的课程，还有各种课外活动兴趣班。但是在垭口完小，从一年级到六年级，孩子们所学的只有语文数学。当我们来到完小，为孩子们带来充满新鲜感的音体美课程，他们眼中写满了新奇与渴望。

尘封已久的钢琴终于响起了旋律，从中午下课吃完饭到下午上课，他们可以跟着志愿者老师连唱将近三个小时不厌倦。而自从教了他们“舞动中国”的舞蹈，每到上午下午的大课间，孩子们就全部集合到操场随着节奏跳动、挥舞。

外界真的想象不到深山里信息的闭塞。当教绘画的志愿者想教孩子们画天安门，问起孩子们是否知道天安门，竟没有一个孩子可以答出。他们对地理没有明确的概念，走过的最远的地方大概也就是景东的县城。而哪怕去一次县城，对他们来说也并不容易，几小时的车程，山外的世界对他们来说真的太远太远。

在知道从幼儿班到六年级，这些小至四五岁，最多也不过十来岁的孩子，竟然都是住在学校，我实在是不敢想象。可事实就是如此，他们对很多事情可能都懵懵懂懂，就要离开家人，自己照顾自己。从刷牙洗脸，穿衣吃饭，到洗碗上厕所，没有人能帮助他们。他们的饭菜并不丰盛，但当我看到他们小小的脸蛋埋在大大的饭碗里，问他们“好吃吗”，他们都大声地说“好吃”，笑得特别开心。

后来我才知道，他们的家真的很远，有些人回趟家甚至需要大半天。在六年级小升初考试的前一天，其他年级的孩子下午是可以直接回去的，而那天中午，一个三年级的小男孩被凳子砸到了腿，志愿者老师给他涂酒精消毒，让其他人分散他的注意力，他却笑着说“不疼”。“那你今天下午要怎么回去呢？”我们问他。“没事，一会就好了，我走回去。”“你爸爸妈妈不来接你吗？”“他们都去打工了。”“那你走回去要多久呢？”“五个小时。”那一刻，我们已经不知该说什么了，可能是我们的表情比较凝重。小朋友又笑着说：“我们三点就下课了，快点走，天黑前就可以回家。”

这样的孩子当然不止一个。听老师说，有些孩子没有父母，每到周末甚至不知道住在哪个亲戚家里。在这种情况下，能够住校对他们来说也是一种幸福。大山里的孩子从来不缺苦难，但他们总能在苦难里开出花来。

我一直在想，这十天的意义在哪里？短期支教一直以来都为人诟病，很多人会觉得短期的相处并不能给孩子们带来什么，反而会影响他们的正常教学。但我想十天的成果不仅仅是以做了什么来衡量，而更应在于这种做法长久的影响。

这十天与我接触更多的是几个在身体方面有缺陷或是成绩不太理想的孩子，我希望这十天可以给他们带去些许温暖，让他们对自己对未来有更准确的认识。我不敢说这十天会成为某个孩子人生的转折点，但对于一个孩子来说，心灵的陪伴也许比学习更重要。

也许在我们走后，他们会淡忘这一段日子，但这十天，与其说是一种知识的传授，不如说是对他们思想潜移默化的影响，他们没想走出过大山，我们就告诉他们山外有更美丽的世界。开窗明路，不是口号，而是最应为大山深处孩子们做的。世界那么大，他们该去看看！

图12　用光影留住感动

斯人若彩虹，耀眼如星辰

2016级汉语国际教育　曾丹扬

7月27日，晚上22点，关上二年级二班教室的电灯，拔掉教室电脑插头，就像10天来的每个夜晚一般，只是明天的我，不会再将它们打开了。7月28日，早晨5点，官庄。客车缓缓驶离学校，空荡荡的学校，空无人烟的教室，一行人怀着各自的回忆与情感，与学校道别，安静也缓慢。从第一天见面时那句“孩子们，你们好”，到最后离别时，一一道的那句“再见”，10天的时光，感谢与你们的相遇。

“孩子，多点勇敢，不要不敢”

子俊是中途才加入我们班级的，他圆乎乎的，很爱笑。与其他孩子不同，他确实把这10天当成真正的课堂，除了语数英专业课，其他课程他都会边听边做作业，认真得让我觉得讶异。一天午休，他并未回家，我担心他安全，便在教室陪伴他。认真写了好一会作业后，他突然问我，能否在黑板上画画，我同意了。那是我第一次看他笑得那么开心。摸起粉笔，孩子天马行空，画了大半黑板，还给我讲起了他画的故事，手舞足蹈，看得出他十分喜爱绘画。可是，半小时后，他便仔细擦干净黑板，洗好手又准备继续写作业了，转变快得让我疑惑。我以为是他作业太多了。他却说，这些都是爸爸妈妈买给他的，他们让他都写完才能去浙江看已经离家半年打工的他们。或许，对于子俊来说，不是不喜欢绘画，也不是不喜欢玩耍，他只是不敢喜欢，因为他担心自己的喜欢，可能让自己失去与父母来之不易的相处的时机。可是，孩子还小，于他们而言，这正是天马行空找寻自己可能的时候，现在的他们，如若被禁锢，或许很难冲破阻碍，也很难找到更多可能了。所以，子俊呀，如若喜欢，不妨在完成手中作业后，也多和其他孩子相处，绘画也好，追逐也罢，多些勇敢，不要不敢。

“孩子，山路崎岖，你慢点走”

子俊从第一天来学校，我们就看出他和其他孩子不同，他是由奶奶带来的。奶奶说，因为一年只能见到父母两次，子俊一直想妈妈，便带他来学校，让他多和孩子们接触。第一天报到时，子俊便一直说自己家比较远，因此中午只能寄住在亲戚家。刚下过大雨的山中，山雨迷蒙，恰逢家访之日，我们便送子俊回家。一路上，交谈中得知，子俊从二年级开始，便自己上下学，而为了走的路少点，他常走小路，要经过一片树林。他说，小路有点泥泞，有时候还会看到蛇。他说他第一次看到蛇时，害怕得一路跑回家，之后还看过几次，他便慢慢习惯了，但还是很害怕。现在看到，他还是会发抖。但他说：“没事的，老师会保护你的。”一句话，让人顿时哭笑不得，小小年纪的他便要自己上下学，路上还总是看到各种小动物。而我们二年级时，要么有人带，要么是因为学校太近了才自己走。而我们团队的成员，夜晚看到蛇时仍会尖叫害怕，难以想象年龄尚小的他经历了怎样的惊吓，然而他却说，我已经习惯了，没事，我来保护你。

“孩子，不哭，明年我不回来了”

从第一次走进班级开始，就不停有孩子们向我询问，老师，明年你还来吗？我一次次地回答，不了，我明年不来了，但可能会有其他的哥哥姐姐来。事实上，明年的我，确实不会再参加实践了，因此尽管知道孩子们听到我的回答后会失落、会沮丧，但我还是不想看到他们明年失落的表情，对孩子们来说，这是承诺。无论孩子们记得与否，我们都应该遵守自己的承诺。作为班里极为害羞文静的孩子书洁，她从第一天到来，便十分安静。每天早上，总是拿着小书包，安静地踏进教室，一整天的课程，她都很少发言。离别晚会结束，从后台出来的我，看到了哭红眼眶的她，她一下子跑过来，抱着我，在我耳边轻轻地说了一句：“老师，我不想你离开。”那是我第一次听她主动和我说话，除了每天的问好和再见，这是她第一次如此主动地同我说话。因为家长并未能接送她，我们便准备送她回家，路上遇到邻居接送她。抱她上车后，她还紧紧牵着我，而后又在我耳边，问出了那个问题：“老师，明年你还来吗？”看着她哭红的眼睛，我却只能再次回答她：“书洁，不哭了，明年我可能不会再来了，但是可能会有其他哥哥姐姐来的，而且我只要有空就会回来的，不哭了，我们回家吧。”既然不会来，那就别期待了，年纪尚小的你们，应该会期待其他哥哥姐姐的到来吧。

“孩子，遇见你们，是今年盛夏我最大的幸运”

一个班，31个孩子，从第一天相处开始，因为当地多为余、洪姓氏，脸盲的我分不清谁是谁，倒是花了好一阵功夫才记住所有孩子的名字。之后我们朝夕相处，每日清晨，睁开眼想到能见到你们，便觉得欣喜无比，也充满力量。每晚在教室中批改作业，打扫，关灯，断电，也成了我10天中的日常与习惯。有幸成为你们的老师，很庆幸，今年盛夏与你们相遇，从你们身上，我学会了勇敢，学会了如何授课，学会了如何与孩子们相处，学会了如何照顾更多的孩子们。“教学相长”，是我最大的体悟。

两年实践，辗转两地，从云南景东到安庆官庄，从垭口完小到官庄中心小学，从宣传组到支教组。两年时光，接触了很多孩子们，他们的纯真与善良，他们的懂事与认真都让我不禁讶异。而这两年的实践也即将画上一个省略号，或许之后的我会再次投身于此，但现在，我将中途撤离。斯人若彩虹，耀眼如星辰，感谢你们点亮了这个盛夏的时光，感恩感念，于心如此。

“孩子们，你好。”

“孩子们，我们，不说再见。”

太阳尚远，但必有太阳

2014级汉语言文学　唐　霞

粉笔摩擦着黑板吱吱呀呀的声音，高高悬挂着的吊扇发出的呼呼声响，孩子们汗津津的小脸上露出的笑容，以及夏日午后从教室窗户里不时地飘出稚嫩的念书读诗、唱歌吟诵的声音，间或传来孩子们爽朗的笑声，是这个夏天最纯粹的记忆。

支教这个"念头"，在我脑海中存活好久了，一直想着要在自己最好的年纪，多做一些事情。机缘巧合，很荣幸成了赴阜南育蕾小学国学支教团队的队长，同时也意味着，落在自己身上的责任要多了那么一点点，有一点担心，"我到底能不能做好呢?"也有一点憧憬，"我想试一试"。前期由于暴雨的原因，原定于7月4日出发的计划推迟到7月7日。这三天，团队队员都没有闲着，还没有从刚刚过去的考试周里缓过神来，就要开始接着做团队策划书、支教课程讨论以及方方面面的准备事务。

7月7日，上午7点，全体队员一起出发。拖着大大小小的行李箱，一行人下午抵达了育蕾小学，杨校长他们很热情地招待了我们。紧接着，我们就紧锣密鼓地开始了国学支教之旅。招生、学生安全、人员分工……种种事情亟待解决。在指导老师的带领下，我们很快将各项任务落实到个人，大家也井井有条地着手准备起来。近200个孩子的教学任务落在了15个队员身上，大家没有退缩也没有胆怯，反而都很兴奋。第一天每位队员都准备了自己的特色名片，怀着饱满的热情准备自己的"开学第一课"，迎接自己的第一批学生。

这之后的每一天都是这样度过的：每天四五个小时的睡眠，高负荷的工作任务，让每一位队员都看起来略显疲惫。但是，大家都没有抱怨，日复一日，认真而又细致地完成自己的每一项工作。撰写教材教案、每晚的晚间例会、每天的教育札记，每个人都一丝不苟地完成。深夜，例会之后有长长的沉默，笔尖摩擦白纸“沙沙”的声音，敲打键盘的声音，空气里弥漫着的蚊香和花露水的味道，偶尔的小声讨论的声音，让这个夏天显得更加真实。两位指导老师每天都陪伴着大家直至最后，亲切地唤我们的名字，认真指导我们的每一次活动、班会，帮我们修改每一篇稿件、微信推送，和我们一起挑选每一张照片，全天候地陪伴着我们，这些让看起来略显疲倦的生活变得更加温暖。所以，我们也这样对待那些可爱的孩子。和他们一起吃饭、一同午休，帮他们打水，教他们作业，甚至送他们回家，朝夕不离的相处让师生情来得更加浓密。文艺汇演结束后，孩子们哭了。“老师，你们能不能不走啊”，一句话也问哭了队员，大家哭着拥抱，舍不得告别。

令人记忆犹新的，除了那些可爱的孩子，还有一起战斗的队员们。因为趣味运动会自己未提前做准备，导致后期出现一些差错。当天晚上例会时，大家逐个发言，我是最后一个。在我之前的14位队员，每个人发言时都自责地说：“今天的工作失误我也有责任。”大家纷纷为我的失误买单，都在检讨自己哪里做得不够。后来我说，以后再也不会有这么多人抢着为我的工作失误认错了。感慨着，沉默着，也成长着。

许多年后，回看当时的自己，这是一群可爱的年轻人有关讲台的故事，这也是一群刚成年的孩子有关延续爱的故事，更是一群大学生有关成长的故事。

我和三尺讲台有个时差

2016级汉语言文学　王亚妮

“你长大以后想做什么呀?”

“我想跟你一样当个老师。”

心有“三尺讲台”梦，吾师教之年所手植也，今已亭亭如盖矣。小时候，当我的老师这样问我的时候，我在心里种下这样一个梦想。我的老师渐渐老去，我渐渐长大，曾经埋下的小种子也渐渐茁壮成长，在今年这个夏天，开始抽芽结苞。

那天，算是我第一次走上讲台给孩子们授课，是个很值得纪念和珍惜的日子。一直以来，都很向往走上那神圣的三尺讲台，但是那天当我真正走上去的时候，我忽然发现，真的很难。当孩子们坐得端端正正，昂扬着小脑袋，一双双真挚纯洁的眼睛炯炯有神地看着你，那种感觉就是“老师在上面说什么，我就听什么，我就信什么”。那一瞬间，我慌了神。我怕自己说错什么，会误导了这群单纯得如白纸的小天使；我怕自己教得不好不准确，会影响孩子们的理解；我怕自己教得不有趣生动，会让他们提不起兴趣去学习甚至是厌恶；我怕……真的，就在那一刹那，我脑子里闪过无数个想法。即使是教我非常擅长的内容，即使在上课之前已经一遍又一遍地预习过该怎么说、怎么教，但站在上面，还是被孩子们目光如炬的眼神击退得一败涂地。仿佛是在接受法官的审判，仿佛一说错话就会被那些眼神“凌迟”，仿佛说得不好就是在亵渎这些干净圣洁的灵魂……手足无措的我站在他们面前很是尴尬，大家都眼巴巴地看着我，等着我说话，然而我真的张不开嘴。所以我的第一节课上得不是很理想，孩子们似乎也兴致欠缺，一节课下来都在喊累。看着他们满脸通红、满头大汗，很是心疼，也很自责，各种复杂的情绪萦绕心头……

那天晚上，我想了很多，思考了很久。我扪心自问：我为什么要站上那个三尺讲台？我要走上去做什么？三尺讲台对我来说意味着什么？答案很模糊，我不知道是为了给自己的将来谋一条生路，还是真的很喜欢跟孩子们接触，又或是“养子使作孝也”。或许这些都是因素，只是比重不一样罢了。“夫我乃行之，反而求之，不得吾心”，现在去回想我的初心，我也不知道当时为什么会想当老师，说不出个所以然，那就是一种单纯的、纯粹的想法。随着年龄的增长，我的初心仍旧没有改变，只是在不知不觉中，当初很纯粹的想法似乎渐渐掺杂了其他的东西：我开始认清教师这份职业，开始将它和其他的职业相比，哪个前途更光明？哪个工作更舒适？有的时候甚至开始动摇“三尺讲台”的地位，与当初的时差开始拉大……如今，当我真真切切地走上去，当我面对一个个稚嫩的脸庞开始讲课，我和三尺讲台的时差似乎在缩小，也似乎在扩大。缩小是因为我终于踏上去了，终于身临其境地感受到那是一种什么样的感觉；扩大是因为我发现自己离可以不畏惧、不胆怯、挺直腰板站在三尺讲台上授课还有很大的距离。三尺讲台，似乎近在咫尺，又似乎远在天边……

后来，我教会了孩子们折纸，当他们拿着自己折的爱心作品，笑靥如花地送到我的手上，软软甜甜地对我说：“老师，这个送给你，我自己折的。”那一刻，我感觉我的头顶是一轮火红的太阳，我的身后是一片湛蓝而透明的天空。也就是在这个时候，我明白了我走上三尺讲台的意义，不为别的，就为他们嘴角的笑容因我而绽放！

离别的时候，我问一个小朋友：“小馨悦，你以后想干什么呀？”她甜甜一笑，拉着我的手说：“老师，我想跟你一样！”我摸了摸她的头，笑着说：“只要心中有梦，我们与三尺讲台就不会有时差！”

相信我们明年一定会再见

2016级汉语言文学　李怡洁

暑期社会实践的最后一天，所有学生被志愿者们集中在了一个小教室共同观看《让世界充满爱》。随后，志愿者们给学生们播放他们的意外“惊喜”。看到这个“惊喜”，学生们欢呼着：“再放一遍！再放一遍！”声音响彻整个教室。有的学生在看到自己的老师时，都骄傲地指着大屏幕说：“这是我的数学老师！”并且不时发出了一阵阵的惊喜声。那个“惊喜”便是志愿者们十来天与学生相处的点点滴滴。

十来天，团队开展了不同的主题班会，主要以梦想为中心向学生讲述拥有梦想的重要性。

在五年级教室，班主任杨莉正准备打开多媒体设备让学生们一同练习离别的歌。“老师，你们要开心快乐每一天。”这十二个大字就这样毫无征兆地覆盖了杨老师原先准备好的“PPT”。一个黄色的大矩形居于最上，里面那十二个大字就那样温暖地冲入了志愿者老师的心房。位于中间的是一个深蓝的同侧圆角矩形，上面写着“快乐”，最下面则是写了“高兴”的淡蓝圆形。虽然形状并不是那么好看，可是仍然使得杨老师微笑而又满意地问了一句：“这，是哪个老师教你们的？”“是李老师。”学生们异口同声。“我没有想到，我随便教他们的东西，他们能这么快活学活用上。他们真的很聪明，能教他们是我的幸运。”李老师感动地向实践队员说道。

学生们因为朋友般的信任甚至依赖，对这份来之不易的缘分恋恋不舍。

教室外依旧能听到“我怕我没有机会，跟你说一句再见”。在所有的告别仪式都结束后，学生们都紧紧围在老师身边，不肯离去。“老师，你们明年还会再来吗?”学生们满脸期待又充满了不安。“我们一定会来，就算不能再带你们，我们也一定会回来看你们。”杨老师安抚并承诺可爱的学生们。听到这句话后，学生们紧张的脸松弛了下来，露出笑容跟老师挥手说：“老师，那我们明年再见。”

“老师，我们真的很喜欢你们，你们明年还会再来吗？还会再教我们吗?”学生们给老师的信中这样问道。

十天，不短也不长。志愿者们为了给学生种下一颗“梦”的种子付出了很多。志愿者老师絮絮叨叨的言论和真诚的关心，以及新的授课模式给他们心灵带来的震撼，都会在不久的将来化为灌溉“梦”的能量。

图13　相信我们一定会再见

我愿做你人生中的一缕光

2017级秘书学　汪　宇

2018年以前，我不知道有个地方叫古沟。

2018年盛夏，一行人，一群孩子，在三间教室，挥洒着汗水，书写着最美丽的青春。这里，是淮南古沟的蔡庙小学。

初次到来，请多关照

三个多小时的火车，一个多小时的公交，从长江之畔的芜湖到淮河之滨的淮南，我们走过了200多里路，终于到达了目的地——蔡庙小学。一栋三层楼的教学楼和一栋一层楼的教师楼是这所小学里仅有的建筑物。我推开门，进入教室，两台电风扇在呼呼作响，似乎是在欢迎我们这群远道而来的客人。走出教室，门外是一片广场，广场的尽头是红色的跑道，那里杂草丛生，缺少生机。

开班典礼如约而至，前来报名的孩子络绎不绝。我看着这群孩子坐在教室里的模样，脑中浮现出一天前整个校园安静的毫无生机的画面，觉得此刻的校园格外迷人，这是充满生机的校园，这才是一所学校该有的模样。

"老师，我家小孩就交给你了！"一位学生家长对我真诚地说道。"谢谢您的信任！"我惶恐却又开心地回答道。

就在此之前，我一直都在思考，我们究竟能给孩子们带去什么？

我想了很多。我们要教孩子们国学知识，传播优秀的中华传统文化；我们要教孩子们普通话，这里的孩子们大多平、翘舌音不分；我们要和孩子们一起做趣味活动，让大家在活动中拉近距离、收获成长……但，短短十几天，我们真的可以改变多少呢？等我们走后，他们或许在这个假期会一直思念我们，那等到九月份正式开学，忙碌的学习生活会不会冲淡这种思念呢？我不知道。

后会有期，不说再见

后来，我知道了。

最后一天的中午，志愿者们照例在会议室休息，但这天中午的休息不同往常，这天，志愿者们在争分夺秒地装信封、选合照、写名字等，每个人都在忙碌着，为即将到来的结业典礼做着最充分的准备。“门外有声响，我去看下！”孩子们躲在会议室外，不让志愿者们出去，过了好一会儿，孩子们用一本本书蒙住我们的双眼，带领我们走进教室，我睁开眼，黑板上写着四个大字：“欢送老师！”一位小朋友跑到我的身旁，手中拿着一张纸，纸上写着：“老师再来这里的时候一定要去我家里做客！”并拿出一支笔，示意我签字，以表约定。

那一刻，我什么都懂了。我们所能带给孩子们的不仅仅是课本知识，这些课本知识有人教，他们更专业、更持久，我们所能带给孩子们更多的是希望的力量，在他们心中打开一扇渴望世界的窗户，让他们心中充满信仰，让他们心中饱含光芒，骄傲无惧地走下去！

临别时刻，我走上前，对校长讲：“如果有机会的话，我明年将再次来到这里！”校长很开心，对我说：“蔡庙小学的大门永远向你们敞开！”

我愿做他们人生中的一缕光，哪怕我对他们的影响只是他们脑海中闪过的微弱的一缕光，但只要他们日后能顺着这光亮找到属于自己的人生信仰，那这个夏天，就无比值得。

无悔第一次

2016级卓越语文教师实验班　李鑫涛

获得奥斯卡最佳动画奖的《鹬》讲述了一只小鹬在奶奶、朋友的鼓励下，面对大海，经历了一个由依赖到独立、由怯懦到勇敢的过程。如果用这个来比喻我的这次暑期社会实践，那真是再贴切不过了。

课堂，师生共建的桥梁

这是我第一次以一个老师的身份审视自己。一路走来，我看到了一个机变灵活的自己，也看到了拘束压抑的自己。或许成长的道路本该如此，有坦途，也有荆棘。

我还记得那初登讲台的黏土课。面对复杂状况的我，在那时竟是如此冷静：教学搭档因病不至，我就找到手头无事的队员帮助我维持纪律；原本准备的两人讲稿缺了一个人，我干脆丢掉了讲稿；全班拼图无秩序，我就以队员闲暇时制作的作品为奖励，招募了能专心拼图的同学，而将黏土材料下发，使大多数孩子能够感受到手工的魅力；而黏土色彩的不足，也因为相互合作的建议得到了很好的化解。

第一节课很顺利，但我却没有好好总结这堂课的经验，最终招致了“滑铁卢”。

孝文化课的基本状况是学生听不懂，于是副队长找大家单独谈话，全体队员第一次在教室外开总结会议。开完会后，我有一种销毁8000字讲稿和精心制作“PPT”的冲动。理想和现实，有时很近，有时又很远。当他们相近时，是幸运；当他们很远时，靠机变。

黏土课出现了很多新状况，这些状况逼迫我在短时间内快速想到一个比较合适的方案；孝文化课我做了充分的准备，但最终也导致我被这些准备束缚住了。

课后反思，我写下这样一段话：当一个人自以为做了充足的准备，那些准备就成了一层层的丝线，将他围绕，成为他最引以为傲的外壳。保护使他安心，使他躲进自己的“茧”中等待一个美丽的绽放。即使有人叩响了他的窗，他也只是剥掉几层可有可无的屏障，告诉自己，可以依旧安心。

但是，在孩子的眼眸中，美丽是飞动的，是轻灵的。他们爱着那绕膝的小狗、云间的飞马和天外的繁星，而不是我将别扭的外衣一层层脱下来给他们看，像旧式缝纫机上旋转线球的内芯。

课堂，是老师与学生的双向互动。如果把课堂比作一座桥的建设，那么或许我大可不必花太大的精力独立去造一座大桥。而只需在每一段河流相隔的不远处，放上几块基石，师生共同抱着自己的石块，边走边在空缺处填上自己的石块，共同走向彼岸。当我们走到对岸回头望去，才发现，原来我们也造了一座桥，一座师生共建的知识和情感交流的桥梁。

舞蹈歌唱，到达未到过的地方

总以为自己在艺体上没什么优势，但这次实践却让我改变了看法。

时至今日，我还能清晰地记得接到兔子舞教学任务时的心情：自卑，手脚僵硬的我可能永远无法教给孩子们标准好看的动作；尴尬，作为大男生又有点严肃的我竟然要跳这种可爱风的舞蹈；怯懦和惰性，学习太极拳就花了多于平常同学数倍时间的我，至今尤悸于那种筋疲力尽式的反复练习。但是，有一种心理让我最终接受了这个任务：我要通过实践突破自己，锻炼自己。

方向既定，便只管风雨兼程。室内21℃，当我微笑着从里面走出来时，像极了火锅里翻腾的菜叶；为了减轻孩子们的学习负担，我选择了舞蹈中最精华的部分，请队友剪辑；为了一个完美的舞台演出，我拖着疲惫的身躯，在雨中为孩子们播放舞蹈音频。

所有的一切，化为了舞台上短短的一分钟。但这足以让我满足了。第一次学习舞蹈；第一次在别人面前展示我可爱的一面；第一次站在一群人面前跳舞；第一次因为跳舞受到别人的赞美；第一次作为一个舞蹈老师，遇见了王店镇上那些最可爱的兔宝宝们。

而成为音乐老师则相当巧合。《成都》是我寝室歌手大赛的选曲，对于它，我有着特殊的感情。因而第一节音乐课上，我也去露了两嗓子。之后，刘畅打算改编《成都》，也邀请我一起，但因为准备教案，我最终未能参与，好在我终于在录制歌曲时抓住了机会。

机会，就像树上的果子，当你站立，发现自己不能够将它摘取，那就努力跳一跳，或许你可以得到它，就像最初对兔子舞如临大敌的我，最终也将它彻底征服。确实，有些挑战，在不了解它时，它就像滔天的巨浪；而当我们直面它、正视它，终将发现它只是因海风吹拂而冲上海滩的浪花罢了。

而那些可以够到的果子，为什么不去摘取呢？大胆地摘下它们吧，将它们分享给身边的人。当“青春孝行”版《成都》乐声响起，苹果树下，我们共同感受着生活的甘美。

泪水，用爱心与真诚抹去

还记得第一次看《放牛班的春天》时的泪流满面。而今，我发现“青春孝行”的老师们也都像电影里的助教克莱门特一样，有着愿意走近孩子们内心的爱心。

德喜告诉我一个支教过程中的小插曲。一个男孩突然哭了，因为他记起来那天是他的生日，妈妈一定忘记了他的生日。德喜笑着安慰他说妈妈不会忘的，转身却拨通了孩子妈妈的电话，从家长口中，才知道是孩子记错了日子。家长本来不打算来接孩子，但在德喜的劝说下，家长终于同意假装那天是孩子的生日，带着生日蛋糕来接他。

当孩子的妈妈带着蛋糕出现在校门口，在两个志愿者陪护下的孩子像鸟儿般地飞入了妈妈的怀中。

“临走前，他还笑着地向我们说再见。”德喜微笑着说。

我也遇到过一个哭泣的男孩子。他趴在桌子上时，我一度以为他睡着了，直到听到他的抽泣声。这个孩子倔强执拗，但有时玻璃心。这点我在开学那天就看出来了，他与另一个男孩起了争执，他就非要“以牙还牙”，最后倒把自己弄哭了。对于这样的孩子，在他伤心时，我能做的就是陪伴他，让他感受到，我就在他身旁。教室里总是压抑些，我把他带到了教室外。本以为会受到抵触，但他却很顺从地跟我走了。在室外，我突然想到他爱转呼啦圈，于是我就和他一起转，当他说“老师，你转得好厉害”时，我知道这个走出悲伤的孩子已经将我放进了他的心了。

就像克莱门特拉起了一支合唱队伍，我拉起了一支兔子舞队伍。幸运的是，我的孩子都比较健康开朗，当然中途也有一个孩子哭过。

那是一个容易忘记动作且动作总是不够标准的孩子。临近登台，我为了好的舞台效果，最终决定不安排她登台。当我和她商量时，她很冷静地接受了，但不一会儿就有小朋友来报告说她哭了。我试着安慰她，一旁有孩子说：“毕竟练了这么久了，怎么可以说不上就不上呢？”我听着，也感到羞愧。我最终决定让她登台。又有孩子说：“老师，你太心软了，本身就是她自己跳不好。”我笑着对那个孩子说：“没事的，老师希望给她一个展现自己的机会。老师也想过了，表演效果不是目的，锻炼你们的自信和勇气才是目的呀。”但我转身又对收到意外惊喜的女孩说：“你的动作还是不够好，得在登台前跟着我做强化训练。”女孩重重地点了两次头。

给人机会，出乎意料地给了我自己一个机会，原本的123阵型在女孩的回归后，改为124阵型，第三排中间的空缺就成了我的地盘。在熟悉的音乐声中，我与孩子们共同蹦蹦跳跳，挥洒了彼此最美的青春。

也许这个道理已经被说滥了，但与孩子们相处的经历让我真实地感受到：唯有关爱与真诚，才能打开孩子内心的锁钥。

第一次授课，第一次人前一展歌喉，第一次与小学生长久相处，所有的一切，都因了我选择参加实践的那第一步。第一次出发，有些忐忑，失败后的沮丧，没能让我屈服。跟着我的团队，携手前行，为了走向一个更好的团队，更好的自己。

从出发时的新奇，到实践后的感悟，“青春孝行”，给予了我太多无悔的初次尝试。如果真有后悔的，那就是我没有主动去尝试更多。

舞！舞！舞！

2016级汉语言文学　吕序达

萧伯纳说过："我不是你的老师，我是你的旅伴，你向我问路，我指向我们共同的地方。"在我的观念里，课堂应该以学生为主体，而不应该是教师独霸讲台。

我一直在努力地做到这一点，甚至在读到卢梭写的"很久以来他们都认为我是游荡在梦幻之乡，而我则认为他们始终是停留在偏见的国度"时，心似一只漂泊许久的船忽而停靠在了港湾。

今年，我作为安徽师范大学文学院赴罗河"手写记忆"支教团队的一员，来到罗河听志愿者们上课并且自己也上了几堂课后，却突然有了一种无力感。

让我印象深刻的是一个念五年级的小男孩。

有一次在对他进行辅导的时候，我无意间问他今天上午上完课有什么收获时，他支支吾吾回答不上来。起初我以为，是他上课时并未认真听课。在第二天的教学中，我特别留意了他的表现，他一直跟着老师的节奏，有互动时会参与，虽然不是那种急切想表现自己的孩子，但也不会时时神游太虚。接着，在下午的辅导中，我再一次询问了他上午的教学内容有什么，他给我的回答依旧是零散的零件。我也和其他的小朋友交谈过，这种现象并非存在于他一人身上。

在志愿者老师仍坚持"教学课堂应该以学生为主体"时，我越来越感到疲倦。

我们一直在寻找某种方式，使中小学生接受知识更加轻松、愉快，可是，这样学到的知识往往都是碎片化的，并且学习上的舒适区还会使学习者的思维封闭、思想麻木。要想获得精进，只能打破舒适区，对知识进行清晰的梳理和拓展。这也许是作业存在的价值，但不应该只是作业才有的价值。

这样讲并不是说教师应该以自我为中心，高高在上讲自己的东西，而不关心学生，教师应继续保持“以人为本”的理念，结合学生的接受水平、思维特性等进行授课，带着爱去教学。

卢梭说：“凡是教师缺乏爱的地方，无论品格还是智慧都不能充分地或自由地发展。”著名苏联教育家苏霍姆林斯基也说过类似的话：“爱就是教育，没有爱便没有教育。”

爱应当是教育的开始，教育如果没有情感的投入，就会变成干巴巴的灌输、赤裸裸的教条，很多时候就真成了一种知识的暴力，而不是教育。懂得尊重和爱护孩子，像小心对待一朵玫瑰花上颤动欲坠的露珠一般。

三毛当是一位尽责的老师，在《野火烧不尽》中她对学生一片赤诚的爱心展露无遗，但她同时也提到了一个问题——关于书本与生活融合之间的问题。她讲：“一个不懂得看见老师讲台上没有茶的学生，或是明明看见了却事不关己的学生，并没有受到真正的教育。书，在生活行事为人上不用出来，便是白读。”讲台上没有一杯茶也许是一件小事，但一个真正用爱去教学的教师能够敏锐察觉到其中存在的问题。

爱因斯坦说：“我确实相信：在我们的教育中，往往只是为着实用和实际的目的，过分强调单纯智育的态度，已经直接导致对伦理教育的伤害。”教育不是为了孩子成绩好，为了争第一，而应当是使学生成为一个人，一个普通人，一个公民，懂得尊重自己、尊重他人，学会与人相处，懂得享受生活，做自己选择的事情，既能适应社会，又能娱乐自己。

经过观察可以发现，现在步入大学甚至步入社会的人里，能够做到既能适应社会又能娱乐自己的人并不占大多数，好像是在柔软的肉里扎入了一根刺——仅仅如此小的比例，又如此的不和谐。在没有指导的情况下，有悟性的学生只能靠自己后天的思考达到既适应社会又娱乐自己的目的。“中也者，天下之大本也；和也者，天下之达道也。致中和，天地位焉，万物育焉。”而其他人，不是盲目随着社会而动，就是割裂一方天地孤高自许，肆无忌惮。

这也是现在刚刚进入教师这一行业的人所面临的一个问题。教师可以舞出课堂的主导地位，可以舞出充满着教育的爱，但如何把知识舞进生活呢？

不过，我依然怀有期待。我相信，我们有着五千年的历史，有着最源远流长、博大精深的文化，我为我们的文化感到自豪，但请不要误读了中国伟大的教育家。

星辰虽微，愿为其芒

2017级汉语国际教育　黄晓珂

七月中旬的清晨，安徽师范大学文学院赴官庄“开窗明路”爱心帮扶团队踏上前往安庆官庄镇的路途。抵达的时候阳光正好，初次来到官庄村，穿过潜岳苍苍，辗转山路十八弯，于青山白云间邂逅山间遗珠。

我们将传统文化与学科教学结合，用书法润童心，以国学启新知，推动传统文化在新时代“美”下去；趣味物理课程，带领学生走进科技大门，启发科学之心；写作课诗意灵动，每个孩子都是天生的诗人……入山路，出山路，层层山路为明路；亲开窗，心开窗，打开心窗迎流光，我们发挥教育的唤醒功能，尽己之力为山区孩子们授知识，明梦想。

作为大一学生，第一次参加暑期社会实践，在这之前我一直不懂支教的意义是什么。仅仅十来天的时间，我能带给学生什么呢？我也曾对支教迷茫和怀疑过，但当我深入到支教中，我看到原本调皮的孩子能整整齐齐地坐在座位上认真听课，我听见孩子们说“我长大以后也要当老师”，我看见家长们接孩子时欣慰的微笑，这些触动人心的微小细节其实就是最好的答案。

支教的意义并不是你能够教给孩子们多少内容，而是你和孩子们的共同成长，这才是支教最好的成就。

离开官庄的前一天下午，我们站在台上，唱着《小幸运》。我看着台下的孩子们的眼睛变得晶莹湿润，我的声音突然变得哽咽。台下的一双双眼眸，是我在这个夏天看到的最美的星星。一曲完毕，孩子们抱着我们不肯放手，滴落的泪水好像烫到了我的心。你问我支教的意义在哪？就在这。有这么一群孩子，不舍我，期待我，记得我。

也就是在这一刻，我终于了解了，一年又一年的暑期社会实践代表着什么，代表着对这些孩子们的承诺，代表着教育的接力，代表着青春的不断延续，从来没有人离开过，只是有越来越多的人在前来，没有人永远年轻，但永远有人正年轻，我们来日可期又方长。

能看到最美的一片星空，找到发光的意义，是我这次找到的最大的教育意义了。

一句爱心承诺，两年薪火传承

2014级汉语言文学　叶苗苗

一年前，我们挥手再见说一定再来。一年后，我们风雨无阻如约而至。记忆里可爱的脸庞，亲爱的小孩，我们来了。

一句承诺，两年坚守

2015年暑假，初次实践"涨姿势"，热情七月传爱心。孩子们需要关爱，我们来了；孩子们喜爱书籍，我们来了；孩子们想要了解村外的生活，我们来了。秉承着"一切为了乡村孩子"的理念，安徽师范大学的学子将专业的知识与爱心奉献相结合，来到宣城市宣州区水阳镇，以农村夏令营的形式关爱农村留守儿童。

一年后的2016年暑假，我们带着爱和希望，围绕"诗歌传承，爱心传递"的主题，再次赴宣城市宣州区水阳镇惠丰村进行爱心支教活动。队长孙雨露说，惠丰村是一个劳动力输出量大的村子，近年来出去打工的人越来越多，百分之八十的孩子都是留守儿童。这意味着越来越多的孩子正面临着安全隐患和心理健康问题。城里的孩子是花样年华，而这些留守儿童却是浮萍一般的年华。去年的暑期社会实践取得了非常好的效果，这些孩子常年缺少陪伴，他们需要我们，所以我们一定要再来。

三尺讲台不宽，但紧连着孩子们广阔的思想；一块黑板不大，却传播着无数文明智慧的种子；洁白的粉笔画出一个个符号，构筑起明天的人生天堂；短短的教鞭，引领着莘莘学子奔向美好的明天。对于那些常年留守在交通不便的农村里，只能由年迈的爷爷奶奶抚养照顾的孩子来说，一个优秀启蒙老师的出现是他们莫大的幸运。而在这样的背景下，有一群新时代的大学生出现在这样的农村里，站在这些孩子的面前，定会是一股温暖人心的力量。安徽师范大学文学院大学生志愿者坚持两年来到安徽省宣城市宣州区水阳镇惠丰村关爱留守儿童。

以爱之名，助力梦想

人们常说，一群天之骄子的大学生与一群可爱的农村留守儿童，原本毫无交集的两群人，在这个暑假擦出友爱的火花。留守儿童缺少和父母共处的时间，暑假期间更显孤单，陪伴留守儿童快乐度暑假是团队的出发点和重要任务。另外，孩子们常年由文化水平不高的爷爷奶奶带，放假后作业不会写也没有人能教，所以志愿者及时对孩子们的功课进行补缺补差。

去年，在进行课业辅导的基础上举办了读书活动，如“我的中国心”爱国主义教育、“山水诗乡，多彩宣城”诗歌演讲比赛、“写给父母的一封信”写作比赛、趣味运动会等素质拓展活动，将募集的一百多本爱心图书捐赠给了孩子们。今年，因为宣城降水太多，队员们临时调整计划，改为去学生家里一对一辅导，力求保证孩子安全。因为平时没有人能辅导，孩子们的问题很多，基础也很差，队员们根据当地留守儿童的实际需求，精心备课，一遍又一遍不厌其烦地教他们读拼音、做数字、读单词，半天下来嗓子就受不了了。可是看着孩子们努力求知的眼神，大家又忍不住地多讲一点，再多讲一点。在辅导基础课的同时，我们以中文的专业素养，为他们普及宣城诗歌知识、水阳传说，孩子们听得入迷。在上课之余，志愿者与孩子们一起做游戏、折纸、画画，与他们真诚地沟通交流，宣讲防溺水知识，安慰水位太高给孩子带来的紧张恐慌情绪，排解留守儿童的心理问题。

在和孩子们相处的几天里，队员们发现孩子们只要一点折纸、一张画纸就能很开心地玩半天，也许对他们来说，需要的是陪伴和关怀。一本书，一点陪伴，一次辅导，就能给农村留守儿童一个快乐的暑假。充满青春活力的大学生志愿者与水阳镇惠丰村的留守儿童手牵手、心连心，播撒知识和希望。

念念不忘，必有回响

也许很少有人知道，一群青春的大学生坚持两年来到一个小村庄陪陪这里的孩子，但是这没关系，未来还会继续。因为我们想要在孩子们心中撒下爱的种子。那是一片荒芜的心灵，在等待被爱与温暖时不知不觉长满了杂草，他们不应该是亲情疏离后心灵脆弱的一代，不应该是从童年开始就独自面对世界孤寂的一代，可他们依然在脆弱中成长，他们依然在孤独中面对整个世界。留守儿童的问题，需要孩子家长、学校、社会和政府来共同解决，他们应该得到社会更多的爱与关注。

爱一直都在，温暖一直都在，孩子们，我们愿意用爱心的桥梁，为你们通向梦想彼岸提供一臂之力。这个暑假不过才刚刚开始，宣城，是你们梦开始的地方，也是我们爱心之花盛开的地方，爱的火把一定会继续传递下去！

以爱之名

2014级汉语言文学　陈冰洁

那里的天空是澄澈的蓝，那里的日头是火辣的红，那里的树木是锃亮的碧，那里的溪水是潺潺的清……那里的小孩，心中都装着缤纷的梦想，贫穷却充满希望。

作为安徽师范大学的学生，2016年是我们第二次到西满小学支教了。坐落于广西壮族自治区河池市大化县七百弄乡的西满小学，由国内“国米”球迷所筹建，我们相聚在这里，以安徽师范大学学生的名义，以爱的名义。

西满小学位于山腰上，汇集了来自东西南北四个方向的屯里的学生。自五六岁开始，孩子们就要每天自己一个人早起花半个小时左右的时间爬山上学，蜿蜒、陡峭、细碎的石子路积淀着他们由轻盈变沉重的步伐。一间教室、一张乒乓球桌、一个升旗台和一间厕所是西满小学的所有设施。学前班到二年级的所有学生挤在一间教室里，共用一个老师。从三年级开始，孩子们就要到镇上上学，因为路途艰辛，一个星期只回家一次，小小年纪就要留宿。由于无法供电，西满小学至今还没有电灯和风扇，一到夏天，教室就热得仿佛蒸笼一般，孩子们耷拉着脑袋听着课，黝黑的皮肤衬托着洁白的牙齿是他们的共同特征。

这里的孩子大部分是留守儿童，没有父母陪伴在身边，笼罩他们的是巨大的孤独。经济条件落后，生活水平不高，上至九十多岁的老人仍旧分担家务，下至刚满十五的少年已经外出打工，在七百弄是正常现象。孩子们的父母为了生计奔走效力于各大城市，远离家乡。孩子们被迫与父母分开，无奈留守农村。“爸爸妈妈，常回来”，简单的愿望成了他们平凡心灵的生活梦想。

来之前，我们在策划书中把活动安排得满满的，可是到达之后才懂得，短短十几天的时间，想要传授系统的知识是不科学的，其实对孩子们来说，陪伴比知识更重要。我们与孩子们一起开展了诸如写毛笔字、剪纸、下象棋等丰富多彩的第二课堂活动，大家紧紧围坐在一起，孩子们有时候趴在我们肩头，有时候用手围着我们的脖颈，争先恐后地问问题，这样的氛围，不仅丰富了他们的娱乐生活，也使他们的内心空白得到了填充。小小的教室洋溢着满满的笑声，其乐融融。

早上给孩子们上完课，简单吃过午饭之后，我们就开始到每个小孩子家去了解情况。从中午吃完饭到傍晚夕阳西下，顶着一天之中最烈的太阳，队员们游走在各个屯之间，访问相关村委并进行民意调查，对孩子们的具体情况做了更深入的了解。身为大学生的我们力量微薄，然而这里的改善需要更大的力量，掌握真实情况以便更好地宣传、让更多有爱心的社会人士关注这里、为孩子们寻找一对一扶助建立桥梁是我们的夙愿和最终目的。

我们相聚在这里，以爱之名。孩子别怕，我们的爱将与你们一起留守!感恩同行，我们，后会有期!

莹莹之光，行与子往

2016级汉语言文学　李娅楠

风敲竹韵，雨收残暑。盛夏的蝉声已然离我们远去，但窗外葱茸的松柏仿佛还在提醒着我要仔细回味这个意义非凡的夏天。

七月，赴育蕾小学支教的我们与一群孩子相遇。这平凡的遇见让我想起了关于童年的歌，于是，洁白的云朵变成了孩子甜甜的酒窝，湛蓝的天空变成了孩子清澈的眼眸。

早晨，我带领着孩子们诵读儒家经典《大学》，给孩子们讲述何为“三纲领八条目”，如何才能成就所谓“大学之道”，以及怎样才能彰显“明德”之美等。我还和孩子们一起赏析经典名著、对话孔老夫子……回想起来，教学的每个环节都令我受益匪浅。

《大学》里有一句话恰巧可以概括我的感受——“所谓诚其意者，毋自欺也。”这句话的意思十分简单明了：“诚其意”就是不要自己欺骗自己。在我看来，“诚其意”对于教育工作者而言格外重要。

为什么这样说呢？

首先，我们都知道，按照顺序，“格物致知诚意正心”要在“修身齐家治国平天下”之前完成，也就是说，唯有内心正直强大，“成事”才会有所保障。对于教师来说，“格物致知”是必备条件，因为“教书育人”本身就是通过“传道受业”来实现的，拥有丰富的知识储备是对教师这份职业最基本的认可。

但是，真正能做到“诚意”者甚是寥寥。无论何时，为人师表都需要有一颗赤诚之心，不论是对教育事业还是对自身学习，“精诚所至”都是衡量优劣的必要标尺。现在的信息社会瞬息万变，浮躁与名利之风甚嚣尘上，而“治学”的精髓万万不能因此而受到折损，唯有“诚其意”才能传承理性严谨的精神，进而守护知识的源头；唯有“诚其意”才能接受学生的思想与反驳，进而保证教育的活力。

当然，自我欺骗的人是愚蠢的，“教育”不仅是“教”，还有“育”，这个社会需要的是德才兼备之人，而师者，人之模范也，老师作为学生的榜样，对学生的影响绝不会止于学习层面，学生从老师身上学到的还有“成人”之道，而如果连老师都“自欺”的话，教育如何看得到未来？“打铁还需自身硬”，所以老师务须诚其本心，来守护校园，守护孩子们的成长。

支教十六天，说短不短，说长也不长。当站在三尺讲台上的时候，我才真正感受到“老师”这个职业的魅力所在。“三尺讲台、三寸舌、三寸笔、三千桃李，十年树木、十载风、十载雨、十万栋梁”概括得真好，选择成为一名老师是需要情怀的，而且这种情怀是甜的。

另外，“老师”这个身份和孩子之间的距离说远不远，说近也不近，就一个班级来说，因材施教一直是老师们追求的最佳统筹方法。其中，淘气的孩子总是有夺人眼球的能力，也许是因为他们活跃、莽撞，也许是因为他们“人小鬼大”，他们经常会被误会成因“聪明”而偷懒。

而我则以为不然。会耍“小聪明”的人一定不是聪明人，因为真正聪明的人深深懂得“少壮不努力，老大徒伤悲”的道理，并且有充分的“危机感”，自律且高效、勤奋又不失智慧，根本不会通过耍“小聪明”来蒙混过关。老师的存在很大程度上就是要让这些孩子逐渐学会自我约束和管理，实现内部力量的真正苏醒才是他们成长成才的最优途径。

班级里也会有部分学生表现力不够突出，或者说默默无闻，很难在短时间内暴露出问题，考试、考察、谈天都是逐渐了解他们的好方法。在这里我尤其倾向关注的就是一些看上去十分沉默的孩子：他们很少主动回答问题、很少和老师做直接的交流，甚至在与同学相处的过程中也表现得不够自信……于是面对他们，老师需要做出真诚的鼓励与肯定，带领他们走出自我否定的“安全区”，特别是年龄较小的孩子，在他们性格没有最终定型之前完全可以让他们变得更加阳光开朗，一个小小的举动或许就能对他们未来的成长大有裨益。

谈到这里，我想起林徽因的一句诗："莹莹虽则单是那一剪光，我也要它骄傲地捧出辉煌。"面对这个残酷的世界，作为老师，我们也许只能陪伴孩子一程，但是不管我们会出现在他们的哪个成长阶段，孩子心底的"莹莹之光"都需要有人来悉心呵护。接受冰冷现实的过程是挣扎、痛苦的，而且孩子难免会面临失误的问题，他们不是神的孩子，他们也需要原谅和宽恕。

我们都知道，一句话可以成就人也可以毁灭人，但凡能够担当起"尊敬"二字的老师都保有心灵深处的宽厚与细腻，因为如果想在一片漆黑中前行，"莹莹之光"已然足够。

用心去感化心

2016级汉语言文学　肖　稳

我在北中镇十多天的支教生活落下了帷幕，静下心来，回顾这些天，当五、六年级班主任，让我有更多的机会和孩子们待在一起，了解孩子。十多天的相处，让我有收获、有惆怅，也有感动。

我喜欢远远地站在窗前，看他们玩，看他们写作业，或看他们背书。那一张张天真无邪的脸，能够让你感受到真正的童真、真正的稚气。也许，他们只是在那里做着自己的事情，可是我，作为班主任，却关注着他们每一个动作。班上人不多，仅仅20来个，所以每一名学生我都能够比较细致地关注到。当你与他们眼神交流时，我才发现，他们眼神里没有杂念，只有对知识的渴望。孩子们看着都很可爱，所以有时我会对着他们发呆，看着就看着，目不转睛。就那样看着，偶尔孩子们也会抬头看看我，但他们好像害怕一样，飞快地将眼神移走。

在北中生活工作了几天以后，各门课程有序地进展着，剩下的时间也不多，正紧张地进行后面的学习。有一天下课，一个小孩突然跑过来问我："老师，老师，你们什么时候走呢?"当她这样问了以后，我很难受，孩子们不喜欢我们了吗，为什么就想我们走了。她又接着问："老师，老师，你们明年还会来吗?"我眼眶湿润了，我甚至不敢正眼看着她，我害怕我看着她会哭出来。然后我哽咽着说："老师明年还会来，我一定会来的。"当毕业汇报结束以后，大家都纷纷进了教室，而我拿着奖状正走到教室门口的时候，里面很吵，我以为他们在讲话，没想到我看到他们的时候，他们都在那里哇哇大哭，哭得很伤心，他们真舍不得我们走。我强忍住泪水发奖状，可是，当我叫出第一个学生的名字时，我哽咽了，没有说出来，我还是哭了。我走到了窗前，看着外边的一切，依旧是那么熟悉，可又是那么陌生。我想着忍住自己的泪水，可是还是没有忍住，眼泪继续不止地流。可我也明白，当栀子花的花骨朵绽放在彻夜不眠的星夜时，我将匆匆离别。而人生，总是在离别与相聚里交叠，我们就像被命运安排好的序列，等着相聚，也等着离别。我只能等明年再与他们相见了。

教育是需要感情的付出，而作为老师，用感情去教育孩子，你将会获得意想不到的收获。作为一名师范生，我会立志投入祖国的教育事业中去，为祖国的教育事业奉献出自己的力量。

图14　祖国，我想对你说

愿你走出半生，归来仍是少年

2015级汉语国际教育　吴佳文

聚散匆匆，再回首，梦回垭口。

谨以此文，纪念一段十天的支教回忆。

“那片笑声让我想起我的那些花儿，在我生命每个角落静静为我开着，我曾以为我会永远守在她身旁，今天我们已经离去在人海茫茫。”依稀记得离开垭口完小的那天，山间下着蒙蒙细雨，收拾好行李踏上大巴的那一瞬间，回头望了一眼这个我待过十天的地方，仿佛一切都格外不真实。客车发动了，雾中的垭口完小渐渐模糊。我知道，在此刻，我期待已久向往已久的云南支教，要告一段落了。

耳机里循环播放这几天一直在听的《那些花儿》，翻看手机里这十天里存下来的照片，还真多，习惯删照片的我此刻却一张也舍不得删，在垭口的那段日子也被这些照片渐渐唤醒。忽然想到一句话：青春就像一场大雨，即使感冒了，还盼望回头再淋它一次。

去山区支教一直是我心中的一个梦，只是我不知道这个梦何时可以实现。踏上芜湖去往昆明的火车的那一刻，紧张、激动、害怕……所有的情愫一起袭来。近三天的路程，火车、大巴、乡间客车，一行人终于在三天后的那个下午赶到了垭口完小。那时已经有许多家长和孩子们站在学校门口，黝黑的皮肤，沾满泥土的双脚，明亮的双眼，局促的双手不知该放哪儿。2017年6月29日下午两点，初见，这些可爱的孩子们。

“走着半夜十二点的山路，鞋子浸满了泥水，山间的夜很凉，完全不像盛夏六月该有的温度，周围一片漆黑，只有几个队友的手机发出的一点微弱的光亮，那一刻疲惫得就像一个泄气的皮球。”忙完当天的工作回到住的地方已是深夜，我在本子上写下了这段话。现在回想起来，这一辈子，我能在离家3600千米的深夜的山间行走，恐怕也只有这一次机会了吧。许多年后我真该感谢自己的勇敢，让自己有这一段宝贵的经历可以去回忆。

忙碌的支教生活慢慢展开，无论是早起走山路去学校时，山间一片片白茫茫的浓雾，还是结束后回去的路上，夜晚天空数不清的星辰，都是许多年后无法忘怀的场景。书上的或者新闻报道里的场景真实地展现在我们眼前：一眼望不到头的群山，几位山村教师扎根于这座山区小学，默默地奉献他们的青春，不大的教室里，孩子们睁着大又明亮的双眼，流露出对知识的渴望与好奇。你一定没有见过，清晨教室里孩子们充满活力的样子，他们与城市里的孩子最大的不同，好像就是时刻充满活力，真好。

脑海里一直记得这样一段对话：“老师，你为什么这么白呀？”一位皮肤黑黑的女生问我。另一位女生说道：“因为老师是城里人，我们是偏远山区的学生呀。”一时语塞的我一阵心酸涌上心头，忙着说道：“孩子们，不是的呀，你们因为被阳光晒得多，比老师更健康呢！”这一群善良美丽的孩子，花一般的年纪背后却是一颗颗敏感的心，因为意识到他们与电视里孩子们的不同，所以成熟得也比同龄人早一些。那一瞬间，除了心疼，还有无奈。

去家访的路上，要走一些陡峭的山路，恐高的我当时吓得腿都软了。同行的两个五年级女生好像看出了我的害怕，说道：“老师，你走我们中间吧！我们一前一后保护你！”她们的贴心再次感动了我。这里的孩子，跟她们短暂的几天相处后，她们真的会把你当成很重要的人。“老师，你不如就嫁到我们这儿吧，那你就可以永远留在这给我们上课了！”“老师还年轻，不着急嫁人呢！哈哈。”我着实被她们的热情吓了一跳！一路的欢声笑语，一路的心惊胆战。

这十天里，给孩子们上课，陪他们玩耍，想要带他们认识山外的世界，期待他们有朝一日能走出大山。从孩子们身上，我看到了长大后的自己丢失的东西，也是因为喜爱这群孩子，想要离他们更近一些，所以告诉自己要一直做一个温暖善良的人。如果就这么一小段时间，我用我的真诚与热情，去温暖一到两个缺爱的心灵，给他们一种希望，一种从未有过的，不一样的快乐和关怀，这种影响，真的是可以跟随他们一生的。

“斯人若彩虹，遇上方知有。”来到垭口的第四天，天空终于放晴，一场大雨过后，学校对面的远山上架起了两座彩虹桥，大家都高兴坏了，久违的晴天带来了美丽的彩虹，在这儿，每天都有惊喜和感动发生。那天下午，垭口完小在不大的操场上举行了升旗仪式暨志愿者宣誓仪式。当我们握紧拳头对着蔚蓝天空下的国旗说出口中的誓言时，庄严而肃穆，那一刻，我仿佛明白了支教的意义，明白了作为一名志愿者的骄傲与光荣。

回来后的日子里，我忙着写总结稿，忙着完成后续收尾的工作，却总感觉心里少了点儿什么。直到收到了那里的孩子李从萍发来的信息：“哥哥姐姐们来了又走了，然后就再也不见了，留给我们的只有空空的希望。我好想你们。”那一瞬间感觉无比愧疚，但同时心里好像被一种不知名的力量填满了，我回复她：“姐姐有机会一定会再回去的！”承载着爱与奉献的短期支教，难免被质疑被诟病，其实除了一腔热血，我们更应当有理智的考虑与准备。十天或许并不能为那里的孩子送去很多知识，但是我们想带去的是让那些处于闭塞环境下的小孩子有一点点“走出去，看世界”的希望和动力。告诉他们要勇敢地走出去，在他们的天空之外，还有一个不一样天空可以让他们去翱翔，他们和别的孩子没有区别。

在垭口的十天，收获了从未如此难忘的感动。感谢安徽师范大学文学院赴云南哀牢山“开窗明路”爱心支教团队，感谢这次经历这场相遇。曾看到过这样一句话：“如果你足够幸运，年轻时候在巴黎居住过，那么此后无论你到哪里，巴黎都将一直跟着你。”我想，在垭口的那段日子，不管我走到哪里，依旧会是我一生中最难忘的一段回忆。愿出走半生，归来仍是少年。

云起雾落山间，初尝教育滋味

2015级秘书学　叶诗平

在大别山脚下，有一个村落，以“天地国亲师”为信仰，“尊师重教”的价值观念深入人心，这就是菖蒲村。今夏，我们一群大学生怀揣青春梦想，来到岳西县菖蒲村支教，在孩子们心中筑起一场七彩盛夏梦。

教天地人事，育生命自觉

一直在思考一个问题，在支教的二十天里，我们究竟要给这群孩子带来什么？虽然我们能力不够，时间也非常短，但仍然坚守“教天地人事，育生命自觉”的理念。

教天地人事。我们用国学经典，赋予孩子们民族的使命；用创意写作教学给孩子们插上想象的翅膀，让文字承载着童心在自由中翱翔……

育生命自觉，要引领学生走向“生命自觉”。如今正处于“精准扶贫”的攻坚阶段，又有“扶贫先扶志，扶贫必扶智”之说，坚定孩子们的理想信念，就成为引导大山里的孩子走出来的第一步。还记得那个孩子拿着国内外知名大学的明信片，用稚嫩而坚毅的声音对我说：“老师，十年之后我们肯定会带着这些大学的录取通知书回来！”

用一片云推动另一片云

第一天开班仪式，第二排中间的一个小女孩非常害怕上台进行自我介绍，偷偷躲到课桌底下，不停地抹泪水。我甚至生出让她逃过这一次的念头，但逃过这一次，以后还有许许多多次。最后，在一位支教老师的陪伴下，她勇敢地走上了讲台。

教育是用一片云推动另一片云，一棵树摇动另一棵树，一个灵魂唤醒另一个灵魂。教育者本身的人格与品行、眼界与格局很重要。真正的教育是耳濡目染，习与性成，是教育者以自身存在影响学生。

为天地立心，为生民立命

在这个尊师重教的村落，也有人会对教育产生疑虑：在学校上学有什么用呢？掌握一门手艺，也能在村子里过得很好，何必到外面去吃苦。听到这样的言论，虽然有些悲伤，但我仍努力思索教育的意义。

教育不仅仅是传授知识，更是提高个人的修为，增强个人对生命的感受力，从而更好地认知自己并且不断提升自己，这是教育的核心目的，也是指引我们前行的明灯。

中国是文明古国，经千年颠沛而魂魄不散，历万种灾厄而总能重生，究其原因，我们可以追溯到一种信仰：尊师重教。我们作为教育者，作为受教育者，要始终谨记，教育、读书的最终目的：为天地立心，为生民立命，为往圣继绝学，为万世开太平！

再见是为了更好的重逢

2016级汉语言文学　陈子文

以前总是天真地认为，再见这个词实在是太残酷了，只要不把再见说出口，我们就还会再见，就不是分别。为期十天，多少个日日夜夜，就在日升月落中转瞬而过，一想到之后的日子里，很难再见到那些明媚的笑脸，很难再听到那稚嫩的声音叫我"老师"，很难再陪他们玩些追逐打闹躲猫猫的游戏，很难再有这样简单的快乐，不免有些失落难过。

早上，孩子们一来就问我："老师，今天上什么课啊？"我装作轻松的样子，轻描淡写地答道："今天是最后一天了，我们就不上课啦，我们做个小小的道别，下午文艺汇演一结束，我们整个社会实践就结束啦。"他们好像不太爱听这样的话，一溜烟跑走了。

上午八点，告别班会开始了，我们给志愿者和学生都发了明信片，让他们把想说的却不能轻易说出口的话写下来给想给的人，教室里安安静静地没有一丝声响，不一会就有人写好了，互相交换着。两三个学生轻轻走到我面前，将手中的明信片递给我，说："老师，给你的，你回去再看吧！"我笑着答应却又忍不住，偷偷瞥了几眼，就收好放进口袋里，又拿出我写的送给我的学生们。送过明信片后，队长拿出一沓奖状，说每一位老师都根据这几天大家的表现给每一位学生想了专属的荣誉称号，然后依次让志愿者上去介绍并且颁发奖状，每个学生都有自己的专属荣誉，都很开心满足。接下来就是发奖品了，搬出箱子的时候学生很激动，因为有他（她）们想要的泡泡棒，实际上每个人都有一份相同的奖品，但是也会根据个人表现额外地发一些书和笔，他们安静地等待着，等待着属于自己的鼓励与奖品。最后，队长发言，告别班会也就结束了。

吃过午饭，把两间教室打扫干净后，一行人又来到荆山服务中心，下午即将在这里举办小型的文艺汇演，并且邀请家长到此观看。把场地打扫一番，调整好投影仪和话筒等设备后，学生和家长也陆陆续续来了。开场是全体学生跳舞，活泼可爱的学生加上简单的舞蹈，引得阵阵掌声，之后俨然成了KTV专场，一首首轻快的歌儿也引起旁边老师的阵阵哼唱，再加上简单却搞笑的小品，文艺汇演圆满结束。最后，队长发言总结。实际上这十天里，我们并没有打算教给他们太多课堂上的应试知识，而是希望告诉他们更多的为人处世的道理，同时陪他们过一个七彩快乐的暑假。这里的孩子大多数是留守儿童，大多是爷爷奶奶带着长大，我们的到来或许能为他们带来些许的快乐，哪怕没有，我们一直都尽力去做，也想尽力做好。

送走学生，一个志愿者回来说，有一个小姑娘不愿意同她说话，哭着离开了，她看着也很难过。是啊，相处十天我们早就有了感情啊，分别总是不舍的，但是人这一生要走的路有很多啊，有的人只能陪你走这一段路，天下没有不散的筵席，但我们终归会在以后相遇，等到我们彼此都足够好的时候再重逢，再一起回首来时的路吧。

支教“独家记忆”:你我今生都是第一次

2017级卓越语文教师实验班　程　石

7月16日，安徽师范大学文学院赴罗河“手写记忆”支教团队经过五个多小时颠簸，终于到达暑期社会实践地——庐江县东风村。在这里，我们经历了从未感受过的辛酸，也收获了从未有过的甜蜜。我们和孩子们一起，播种梦想，收获成长，见证许多个属于我们的“第一次”。

蓄意相遇是第一次

“这是我第一次暑期社会实践、第一次来到一个陌生的地方支教、第一次当志愿者……”一个志愿者如是说。突然见到这么多“大哥哥、大姐姐”，东风村的孩子们充满好奇，躲在家长身后不敢说话。第一次见面，大家都有些紧张。

开班典礼上简单的自我介绍让我们对彼此都有了初步的了解。孩子们对“手写记忆”“三下乡”“安徽师范大学”等一些之前很少接触的词汇有了一定的认识；而我们也意识到，这些孩子是需要我们的，我们的到来不仅仅是为了完成暑期社会实践任务。

为积极响应国家“提升综合素质”的号召，我们奔赴“三下乡”第一线，开展各项活动，努力丰富乡村儿童的暑期生活，开拓他们的眼界。世界其实很小很小，孩子们的心却很大很大，因为他们心中有梦想。而我们将和孩子们一起，浇灌他们的梦想！

像这样的蓄意相逢，十四个志愿者组成的团队和东风村五十多个孩子以一种特殊的方式联系在一起，相信你我今生都是第一次。

茫然无措是第一次

来到这里的第一个夜晚，我失眠了。上课的教室是村委会借用的会议室，设备自然不齐全，黑板是临时搭建的，没有投影仪；房间不够，十个女生只能一起打地铺；枕头底下随时都能发现蟑螂；日常用品需要步行一个小时去镇上购买……从未遇到过的艰苦条件让我有些退缩，甚至开始胡思乱想，质疑来这里的意义。

开班典礼上孩子们的自我介绍不尽如人意，低年级的孩子语句生涩不通顺，高年级的孩子内容简短且字迹脏乱。更让我意外的是，躲在角落的男孩一直沉默，自我介绍一片空白，谈到兴趣爱好时，一个男生很自然地说“我喜欢干农活”。就在那一瞬间，我突然明白了我们为什么来到这里——因为他们需要。

可是，我能成为一名好的老师吗？我能教给他们多少有用的东西？孩子们年级跨度大，我要设计什么样的活动、要上什么样的课呢？无数的问题向我袭来，可是一想到孩子们需要我们，一想到孩子们每天都有新的进步，就立刻打起精神来，迎接新的挑战，期待新的一天。

理所当然的茫然无措是第一次，毫无修饰的满怀希望也是第一次。

互相改变是第一次

最让人感动的，是孩子们惊人的改变。第一天自我介绍时，一个男孩不假思索地说自己的爱好是“干农活”，给在场的志愿者留下了深刻的印象，后来课下聊天时，他总会眉飞色舞地分享他喜欢的漫画；离开的那天，小女孩给志愿者们写了一封长长的信，我突然想起，之前她是一个“写作困难户”；平时爱穿红色衣服的男孩总是低着头不爱说话，后来上课时主动举手发言；还有，还有很多……其实，我们又何尝不在改变呢？慢慢习惯罗河的生活，习惯陌生的方言，陌生的面孔也渐渐熟悉起来；最初和孩子们在一起时，有些焦躁，后来互相了解之后，下课总是一起谈天说地；从不耐烦到逐渐细心，遇到问题也变得从容淡定。相处的这十天，我们在一点点变得更好，生活少了一份压抑，多了一点轻松惬意。

原来，我们都在互相感动着，第一次互相为了彼此而改变着。

笑着离别是第一次

离开的那天，像是特意为我们送行般的，罗河下起了十多天以来的第一场雨，被雨渲染过后的气氛有些悲伤。怀里抱着孩子们送的礼物，心中装满了对东风村的不舍，还有十天的点滴收获——每个人的“行李”都比来时要多一些。

但总有些东西是行李带不走的，比如那五十多张孩子们的小脸，东风村的蓝天白云，还有夏夜里满天的繁星。在这里，我们留下了希望的种子，留下了无尽的热爱，留下了时光无法冲刷的我们共同努力后的印记。这是第一次，也是最后一次，我们微笑着说再见，尽管我们可能不会再见面。

汽车沿着来时的路开往城里，后视镜里出现三四个孩子，挥着手向我们告别，一时间叫不出他们的名字，但只是那一眼，我仿佛看见了他们长大后的模样。嬉笑打闹着，奔向属于他们的未来……

支教，就是以心换心

2016级汉语言文学　李润琦

有人曾问，你为什么要在社会实践期间选择下乡支教？在2018年夏天到来之前，我答不上来。为了得过且过拿个实践学分，还是仅仅因为专业对口，没有其他更好的选择？迷茫、忐忑、毫无自信，这样的状态一直持续到我见到那群孩子们，那群称呼我们为“老师”的孩子。

“老师，我可以‘告状’吗？”

实践第一天，彼此还未相熟，就有孩子在充满欢声笑语的集体里格格不入，梗着脖子气鼓鼓又极其委屈地找我：“老师，我可以告状吗？他们几个欺负我。”闻声我便惯常询问：“谁欺负你呀？”“就是他们几个！有一个穿黑色凉鞋，还有一个是穿白色的衣服……”不敢说名字，虚晃晃朝着不明的方向一指，这状就算是告下了，亮亮的眼睛里，写满了“请你关心我”这几个大字。我心里了然，对这个孩子不免多了关注，劝慰几句，告知其反击和捍卫自身的重要性。他欢欢喜喜地跑开，自那以后，常躲在人群里偷偷看我的眼睛，是否时常落在他那里。

小小的年纪，还不懂得如何表达在乎，表达喜欢，表达需要，通过一些别扭又不好意思的事情，朝你伸出自己汗津津的小手，迈出他的第一步。这一步代表着接纳和初步信任，代表着一颗尚且充满着试探的真心。

“老师，这个送给你！”

课程的安排是支教实践的重中之重，前期准备、中间调整，课程安排表改了一版又一版。招来的学生人数远远超出了我们的预期，欣喜之余便立即着手更改教学安排。我负责管理中班里二、三年级的孩子，这是人生第一次有自己的学生和自己的课堂。上课、看班、课业辅导以及课间活动，无时无刻不在为他们操着心。日复一日的相处，除养成新的作息和生活习惯外，和孩子们之间的情谊也逐渐深厚起来。

“老师，这个送给你！”实践过半，总能时常听到这样稚嫩却坚定的声音。一个玩具小马、一块圆润光滑的鹅卵石、一只亲手折成的千纸鹤……大大小小、各式各样的小礼物慢慢塞满了我们的口袋。也常有家长接送孩子时，提一袋葡萄坚决要我们接着：“这是我们自己家种的，天这么热，拿去尝尝。”我们自然不能收，只能谢过好意，将感动倾注到教室里腰板挺得笔直的孩子身上。

当分享这种行为产生，代表的是彼此平等关系和亲密关系的确立。我拥有一样美好的事物，因为喜欢你，所以希望你也能拥有同样的快乐。

“老师，明年你们一定要再来啊！”

离别突然提前叫嚣起来。那些以为的煎熬难耐，以为的来日方长，全都在日渐浓郁的告别气氛里烟消云散。“我不想走”，队员们都苦着一张脸，暗暗在心里跟自己较劲，却在见到孩子的刹那转换好表情，“黄浩东！昨天的作业写完了吗？”可还是骗不过这群敏感孩子的眼睛。要电话号码、要微信、要QQ号……不知是由谁发起，看着孩子们像集邮一样收集我们的电话号码，一时间不知是该难过还是该伤心。写下个人信息前，我犹豫了，这么隐私的东西可不可以让他们知道？也许孩子们只是觉得新鲜，跟风而已呢？

黄浩东那天有些不开心，为了安慰他，我主动帮他找其他队员要联系方式。他从书包里掏出一个脏兮兮的本子，撕下自认为最干净的一页给我，却还是有些担心：“可是我奶奶只有电话怎么办？会不会找不到你们？”

这些孩子，是真心实意想要和我们联系，是发自内心不想断了这十几天的情谊。而我是个成长了十几年的成年人，我在用自己的恶意揣测一群孩子的真心。

“老师，你们明年还会再来吗？”“老师，明年你们一定要再来啊！”临别之际，这个问题成了大家口中的第一件大事。而渴望着相聚，期盼着再见，这是依赖感产生的体现。

心与心之间的亲密交流，彼此温暖，共同成长。你问我支教的意义在哪，这就是了。

盛夏蝉鸣时

下乡支教：唤醒诗意里跳动的童心

2016级汉语言文学　欧金华

“夫童心者，绝假纯真，最初一念之本心也。”明代大学者李贽如是说。孩子们从感受童诗的美好，到创作出自己的小诗，志愿者努力守护诗意里的童心。7月25日，安徽师范大学文学院赴官庄“开窗明路”爱心帮扶团队开始了在官庄中心小学的第七天支教，以“童诗寄童心”为主题的童诗写作课程也推进过半，用童诗唤醒童心，让童心在巍巍潜岳下集合。

写作课沦为“最讨厌”的课程

“老师，我们不想上写作课。”“我最讨厌写作课了，老师能讲别的吗？”“只有考试才不得不写作，平时我才不要写东西！”

七月下旬的暑气有些熏人，结束美术课后的孩子们还在欣赏自己的画作，并没有注意到走进来的新老师。来自2016级汉语言文学师范专业的欧金华，担任高年级学生的写作课老师。但当同学们知道要上写作课的时候，都不约而同地摇头，学生们的反应让志愿者感到有一些意外。

为激发孩子们的兴趣，志愿者提出一个小要求：“请大家闭上眼睛三秒钟，听一听外面有什么声音。”孩子们很不解这样的要求，但都闭上了眼睛认真聆听。“我听到了，是知了在叫。”“我也听到了，是风在吹。”志愿者摇摇头说：“我觉得知了在唱歌，风在说话。”听到志愿者的话，孩子们都发出了惊叹声，随后展开激烈的讨论。一声蝉鸣，引导孩子们慢慢走进诗意的王国。

凡是有情有美的就是诗

志愿者在课程开始时没有给孩子们定义“诗”的概念。当面对学生“老师，那什么是诗”的疑问时，志愿者采用定义讲解与实例分享的形式，引导学生走进童诗，学习童诗写作的格式以及基本写法。“原来童诗是这样写的啊！”随着志愿者讲解的深入，孩子们对童诗有了进一步的认识。诗源于生活，是生活中那些最真、最善、最美的瞬间。志愿者选取了最贴近生活的经典童诗为例子，希望能引导孩子们感受生活中的诗意，将这些感受堆积在心里，成为他们成长路上最温暖的底色。“凡是有情有美的就是诗。”一句总结，解开了孩子们最初的疑问。

你可以是世界上独一无二的诗人

童心天成，每个孩子都是天生的诗人。理论教学结束后，志愿者引导学生进行实践写作，以“露珠”为题，写一首小诗。瞬间，教室里只剩下笔尖在纸张上划动的声音。“老师，你来看看我的诗写得好不好?”“老师，我也写好了。”面对孩子们的热情，志愿者提问道：“你们现在还觉得写诗难吗?”“不难。”孩子们大声地回答道，脸上满是自豪。当志愿者提议在班级分享小诗歌时，孩子们都雀跃地将小手举得高高的。孩子们的天籁之声，在青山间沉淀。一首小诗，让孩子们心中潜藏的童心在诗意中悄悄醒来。

有人曾说，生活是草蛇灰线，伏延千里，其实诗意也是如此。“我相信，当童心遇上诗歌，一定会在某个瞬间碰撞出绚烂的火花，照亮孩子们的内心，唤醒潜藏在他们心中的无穷的诗意。”看到孩子们写的诗，志愿者欧金华发出了这样的感叹。

让童心与诗意邂逅，或许会有意外的惊喜；让童心与诗意相遇，或许会有迸发的生机；让童心与诗意碰撞，或许会有思维的光芒。

三赴贫困乡村，用爱心传递“青春孝行”力量

2016级汉语言文学　任曼玉

开展特色课程，宣传孝心精神，将孝道与行动结合，将传统文化融入实践……安徽师范大学赴阜阳“青春孝行”实践团队孝心素养课程正式开班，志愿者与孩子们积极展开实践活动。志愿者们用一片赤诚之心传播孝行，与王店镇的孩子们共谱一首“青春孝行”之歌。

特色课程，多彩教学传美德

志愿者们在实践过程中为学生设置孝心故事讲解、经典诵读、科学知识普及、创意写作、孝心课堂等特色课程。孩子们齐声跟着授课志愿者朗诵：“天对地，雪对风，晚照对晴空……”教室中的琅琅读书声传入每一位志愿者的心中，使他们感到万分欣慰与自豪。

在孝心故事讲解的过程中，教学组组长陈逸青声情并茂地讲述了二十四孝中“拾葚异器”的故事，告诉同学们要学习蔡顺尊重长辈、敬爱父母的品质。孩子们小声嘀咕着：“那以后我也要把好吃的留给父母。”孩子们的变化使志愿者们动容。志愿者陈逸青表示：“孩子们还很小，我们尽量采用最简单易懂的方式将‘孝’文化传递给他们，看到我们所讲的孝心故事能对他们有所启发，我的内心真的非常激动。”

寓教于乐，创文促美展风华

为促进师生交流，为孝心课程的顺利展开打下良好基础，实践团队成员

精心为小朋友们设置“热身运动”，王店镇中心小学的礼堂内充满了欢声笑语。孩子们羞涩地拉着新老师的衣角悄悄打着招呼，还有的小朋友欢呼雀跃，争先恐后地与其他同学玩着游戏。实践团队教学组组长陈逸青仔细登记分组，有条不紊地带领孩子们与志愿者进行细致深入的交流，消除彼此之间的距离。

队长刘畅在实践活动中为王店镇的孩子们播放团队制作的“青春孝行”视频和歌曲，使他们从身边的“孝心少年”身上体会到“孝”的品质和力量。接着带领队员们倾情演绎以“孝心”为主题的剧目，用通俗直观的方式向同学们揭示了敬爱父母长辈的道理。

三赴王店，“青春孝行”再出发

“青春孝行”实践团队成立于2016年，以“宣扬孝心文化＋X”的形式于阜阳市展开实践活动并取得了阜阳市社会各界的广泛关注。2018年，“青春孝行”团队第三次踏上王店的土地，并在7月18日于王店镇小学大礼堂顺利召开孝心素养课堂开班仪式。

“青春孝行”实践团队立志将孝亲文化融入日常素质拓展课程之中，将经典传承与创新思维相结合，推广孝行精神，传承孝心文化。第三次踏上王店的土地，新一届的队员激动地说道：“青春孝行，践还乡诺。我们一定会将这种在实践中传播孝行文化、促进地区进步的精神一直传承下去。”

用支教的方式传播孝心文化，在实践的过程中体会奋斗精神。青春在途，孝道相承。用一份真情与信念守护孝道文化，用一种坚守与初心讲好“青春孝行”故事。三赴贫困乡村，“青春孝行”力量正在心与心的沟通中散发出更耀眼的光芒！

爱心支教:星星之火,可以燎原

2017级汉语国际教育　张婉明

“星星之火，可以燎原。”为了响应国家政策号召，为教育扶贫贡献自己的一分力量，7月下旬，安徽师范大学文学院赴亳州“爱心扶智，筑梦前行”暑期社会实践团队前往亳州市古井镇进行了支教工作。

在路上,心中有爱所以未曾迷茫

从南到北，跨越467公里的距离；从凌晨到天亮，看遍一路风景。虽然车程很辛苦，但是在路上的实践队员们怀揣着对支教扶贫的热情与期待，也收获了不一样的风景，比如车窗外的风景、在火车上看到的美妙日出。终于经过两次转车，安徽师范大学文学院赴亳州市古井镇爱心扶教团队与亳州市古井镇正式相遇。

在实践队员行进的路上，最令人记忆深刻的是一位卖小玩意的老奶奶，她问队员这一队人是干什么的？队员回答说是安徽师范大学的大学生来古井义务支教。她立马用她的围裙蹭了蹭手指，接着紧握住队员的双手说道：“大学生好呀！你们要好好干。”这真的是一种无法用言语来形容的感动与支持！知道我们的到来，当地负责人翟叔叔早已站在门口等候我们，看到我们汗流浃背的样子，赶忙带我们去他的办公室休息。随即，他便为我们布置了工作。翟叔叔说：“很高兴你们能来我们古井支教，我替那些孩子谢谢你们！”古井镇人民对我们的期望令队员们更加深刻地感受到了自己身上的责任。

在课堂，望着孩子更加坚定梦想

师生见面会时，实践队员在教室正式见到了可爱的孩子们。孩子们用纯净如水的笑脸迎接队员们。有孩子小声嘀咕道："怎么来了那么多人啊！"还有孩子一边开心地笑着，一边掰着自己的小手指数来了多少位老师："一、二……十三。"为了迅速拉近孩子与队员们的距离，队员们坐到了孩子们身边，一起进行了击鼓传花的小游戏。队员们把带给孩子们的《三字经》赠送给孩子们。孩子们捧着新书开心又激动，他们对知识渴求的眼神胜过一切星辰。

下午刚走到学校门口，孩子们就高兴地迎了上来，队员们在孩子们的簇拥中走进教室。在队员的带领下，孩子们齐声读完了《三字经》选段。孩子们都非常聪明，对《三字经》都有自己的理解。鉴于上节课队员们讲述了《三字经》中《孟母三迁》的故事，所以队员金素琴抽取了两个积极的小朋友来表演《孟母三迁》。这种寓教于乐的课堂更能加深孩子们对知识的印象。

受到队员王超凡的启发，孩子们在准备好的便利贴上认真地写下了自己稚嫩而又真诚的梦想。在传统教学之外，实践队员还教授了孩子们折纸、剪纸以及书法。每一个小朋友在队员的帮助下都做得像模像样。孩子们对书法都很感兴趣。很多小朋友说，老师写的字很好看，他们也会好好练字，把字写得像老师写的一样好看。有一个叫梁璐晨的小女孩懊恼地砸了一下桌子，说，她突然喜欢上了书法，她想做一名书法家，真是可爱啊！孩子啊，只要你肯努力，什么时候都不晚。

在课外，积极采访为扶贫做导航

负责人翟叔叔带领队员们参观了关于国家扶贫教育工作的展板。翟叔叔说，安徽省亳州市古井镇为实现精准扶贫，将扶贫工作落实到个人，进行了明确的责任分工，以"一对一，一对多"的方式进行扶贫工作，并且预计今年将达到国家要求。全面贯彻党的教育方针，不让孩子们失去上大学的机会，让贫困儿童都读上书。

听到孩子们都有学可上，有书可读，实践队员们纷纷露出满足的微笑。毕竟，对贫穷的乡村孩子们来说，有学上有书读就还有出路。对这些孩子们来说，普普通通的一节多媒体课都使他们感到新鲜，队员们用电脑给孩子们上课时，还有孩子问这电脑是你们自己的吗。“对，是我们自己的，你只要好好读书，考上大学，也能买一台电脑！”队员微微红了眼眶，思考了一番后这样答道。

短短十天的支教，实践队员能做的并不多，只希望能够在孩子们幼小的心灵里播种下一颗梦想的种子，为他们打开一扇通往多彩世界的窗户，传递给他们几颗零星但耀眼的希望的火种。“我会牢牢记住你的脸，我会珍惜你给的思念，这些日子在我心中永远都不会抹去。”队员也将回到学校，更加努力地学习，期待下次见面，我们，都已成为更好的我们！

把歌声留在祖国最美的山河

2016级秘书学　宁文静

在大美祖国的一角，有一条奔流不息的淮河，有一座郁郁青青的舜耕山，有12位志愿者，有48个可爱的孩子，有关于我们的13天美好时光。

初相见，是生命最真挚的相遇

我站在一面水泥墙前，在上面歪歪扭扭地写下“1+1=2”。弟弟妹妹们乖乖地坐在小凳子上，仰起头看着我，一字一句地跟着我读……这是童年时最深刻的记忆，我总爱扮成老师的模样，教弟弟妹妹们语文与数学知识。

七月，我站在祖国山河一角，站在支教小学门口。五星红旗在空中飘扬着，孩子们早早地来到学校准备报名。

“老师，你们为什么都穿一样的衣服？”

“老师，你们为什么来这里呀？”

孩子们活泼可爱，发出一连串的问题让我措手不及，当我蹲下来，与他们同一个高度，看着他们清澈的眼眸，问题的答案便很自然地出来了。这是一种很奇妙的力量。

初次相见，孩子们都有些拘谨，我一眼就能看穿他们的小心思，他们想和我们说话，却又止于言表。我主动走过去，想听听他们讲得兴高采烈的话题，可是我刚到身边，他们就害羞地笑着齐齐看向我。我便重新找话题，和她们聊学习，聊友情，聊老师……他们好奇外面的世界，好奇大学精彩的生活，好奇关于大哥哥大姐姐的一切一切……说着说着，我们就成为彼此的好伙伴。这是一种奇妙的力量。

初相识，是孩童最天真的调皮

我坐在班级的最后面，看着张大嘴巴跟着老师读汉字的孩子，他们认真的样子真可爱。

认真，定义着乖巧。在这些孩子中，调皮也甚是可爱。早上，孩子们总是早早到学校。我们刚到学校，就看见一个平日里有些害羞的小女孩趴在课桌上哭，另一个男孩强装镇定地在一边玩足球。我蹲在那里，问小女孩为什么哭鼻子呀？小女孩一脸委屈，没有说话，旁边的同学告诉我是因为她上课不敢上台发言被嘲笑了，说完扭过头气愤地望着正在开心玩耍的男孩。我先安慰了小女孩的情绪，转身看到在另一位老师的询问下，调皮的男孩也趴在桌子上哭了。我跑过去，很不解地询问他为什么会哭，可是我怎么安慰都没有用，他只是头越埋越深，直至趴在桌子上，用手护住。

我先走了出去，想让他一个人安静一会儿。当我再次走进教室，一群同学正在劝他，好朋友用手拉着他出去玩，却被他甩到一边去，我当时就有点气了，怎么能这样对待好朋友呢？我先大声说了他几句，见他稍微抬起头，用眼偷瞄了我一眼，却又立马趴下。我暗喜着假装生气这招起了作用。说了几句后，我拉着他走进一个没有同学的教室，他才愿意和我说话。

“为什么要欺负女同学呢？”

“老师，女同学平时也欺负我们！”

听到这个回答，我忍不住笑了，我和他讲了很久，关于尊重他人，关于男生和女生，关于友情同学情……他似懂非懂地点点头，回到教室，并向那位女生道歉。

小小的事情，却让我感到他们调皮时候的可爱，也许往日的小矛盾在心里没有解开，偷偷藏在心底，又或许在某天有机会“反击”一下，因为一支铅笔，因为一块橡皮，也正是在这些小小摩擦中，友情的种子慢慢生根发芽，慢慢长大。

初感悟，是彼此最纯真的成长

“感谢老师，教给我们许多知识！”最后一天，一位小朋友抱着我，向我说道。

可是，13天的支教，并不是单方面的付出，而是双向的成长，是我们和小朋友之间最纯真的成长。

来到支教地点之前，长期的压力导致自身有些轻度抑郁。来到这里，一个偏僻的小镇，一座安静的学校，四周是绿油油的稻田，路边有羊在悠闲地吃草……在这样美丽的地方，心里的事情慢慢释然。和一群志同道合的小伙伴并肩同行，有难题大家一起面对，一起讨论应对方法；和一群可爱的孩子们一起玩耍，一起画画，一起唱歌……在这里，我慢慢放开自己，从内心里开朗起来。

孩子们教会我不顾其他，咧着嘴开怀地大笑；孩子们教会我用简单的思维去解决问题，而不是执拗着坚持寻找那一块缺失的红色橡皮泥，转而用红色粉笔画在纸上代替；孩子们教会我保留一份好奇心，会用心描绘蓝天里白云的形状；孩子们教会我保留心中的那一份童真，不管有再大的困难，都有一种向阳的力量！

所以，可爱的孩子们，感谢你们！

盛夏七月，我们一起歌唱，用心把歌声留在祖国最美的山河！

把孝心的故事说给你听

2014级汉语言文学　祝　福

这是一个充满故事的季节。池塘在诉说，麦田在诉说，人们也在诉说。在这江南小镇烟雨弥漫的日子里，皖北焦热的土地也迎来了新的气息。一群大学生从南方来到北方，用大手牵着小手，为“小候鸟”筑起了新的课堂。蝉声伴着读书声，往日静谧的校园里又产生了新的故事。现在，让我们把孝心的故事说给你听。

寻找故事，从南方到北方

我是一名文学院的学生，我的专业要求我们要听故事、讲故事、写故事。而我们这支由文学院的学生组成的暑期社会实践团队生而具有一种对文学与文艺的热忱。我是一个北方人，来自安徽人口较多的阜阳市。生长在那里的我，有着对皖北厚沃土地的深沉情感。作为队长，我选择了家乡的乡村作为实践的目的地，希望更多来自不同地域的伙伴来了解这里真实的面貌。去年暑假，我组队来到阜阳，与一百多名留守儿童相处了十余天，他们的天真与质朴给我留下了深刻的印象。今年，我再次选择来到皖北，并且期待着从他们身上发现更多的美。团队出发前，江城芜湖迎来了几十年来最大的降水量。整日的降水使城市被洪水肆虐，南方的许多山区都出现了滑坡、泥石流等恶劣的自然灾害。出于安全的考虑，许多暑期社会实践团队被迫取消或延期，而我们团队的成员们早已完成准备工作，等待着出发的号令。最终在队员和指导老师的努力下，加上实践地天气的眷顾，我们踏上了北上的火车。经过五个多小时的颠簸，我们从南方的江城到达淮河的北岸，开始了寻找故事的旅程。

发现故事，大学生遇见“小候鸟”

刚开始遇到这群孩子的时候，他们还有些怕生，不知道未来几十天的日子里我们会怎样对待他们。开班第一课的时候，所有的小老师挨个在讲台上介绍自己，孩子们很认真地记下我们的名字。抽签结对的时候，孩子们已经争取选自己喜欢的老师了。“我要选祝老师，因为我也喜欢打乒乓球。”听到有孩子选择和我结对，心里十分开心，也多了一份责任。为了让“小候鸟”拥有一个精彩的假期，队员们都努力地进行备课，制作课件、下载视频，每一个队员都尽力做出最充分的准备，给孩子们带来最精彩的课堂。文化讲解课、孝心故事课、情景演绎课……大学生与“小候鸟”在有趣的课堂上结下了深厚的友谊。通过慢慢相处，我们逐渐了解他们背后的更多感人故事。王同喜是个懂事的男生，他的父亲很早就去世了，母亲也改嫁他方，家中只有他和爷爷奶奶相依为命，小小年纪就要承担起生活的重任。在学校，王同喜踏实学习，用优异的成绩证明自己，而在家里，同喜主动分担家务，用自己稚嫩的肩膀扛起生活的艰辛。方雪惠生活在一个大家庭，家中共有八口人，众多的兄弟姐妹使她很早就担负起照顾家人的责任。面对家庭的压力，坚强的雪惠没有被生活的困难所打倒，而是始终乐观地面对生活。田豹是个典型的留守儿童，从小父母就在外打工，自己和姥姥在家里生活，虽然他性格内向不善表达，但心中满怀对尊长的感激之情。为了分担家里的经济压力，年迈的姥姥仍然在做一些零工补贴家用，懂事的田豹时常给姥姥捶肩按摩，熟练的手法满是对“孝道”的践行。他们用自己的孝心，在向我们诉说动人的故事。

讲述故事，孝心温暖人心

在寻找到孝心少年之后，队员们却遇到了麻烦。怎么样把孝心少年的故事呈现出来？怎么样让更多的人了解他们、关心他们？这些问题都摆在了我们面前。最终我们决定用一本孝心人物志、一部原创微视频、一场评选仪式来把孝心少年的故事讲述出来。为了完成这部微视频，队员们从零起点开始，自己学习剪辑，自己拍摄，自己配乐，感觉不好就一遍一遍改。一直到汇报当天凌晨五点，熬了一个通宵的队员们才关上电脑，回到房间休息一会儿。为了编纂好这部孝心少年人物志，队员们把家访收集到的材料一遍遍修改，文字材料整理好之后又进行版面设计。为了使人物志更有分量，我们特意邀请了全国五四青年奖章获得者王雅静为人物志做了序，最终这本书印刷出来。评选仪式当天，当我们播放完微视频的时候，在场的领导老师都落下了眼泪，而我们自己也忍不住眼眶中的泪水。当孝心少年代表王同喜在台上讲到“我很爱我的爷爷，为了支撑这个家，我每天早上都要早起去割草、喂羊……”时，自己已经满眼泪水，再三哽咽。所有人都被打动了，因为这些少年是在用心讲述自己的故事，用孝心温暖了人心。

在这里，我遇到了最认真的自己和最善良最孝顺的他们。“行孝以实、传孝于心”，不仅是说说而已，更需要我们用心去讲述。在实践过程中，我们听到他们的故事，我们受到触动、受到启发。同时，我们也尽力用自己的方式去讲述故事，向外界传递这种温暖。我们或许不够专业，但我们努力踏踏实实去做。这次不是结束，“青春孝行”仍在继续。听，操场上家长与孩子们的欢声笑语，好像还在讲述着什么……

菖蒲之行，融在阳光里酿成微甜记忆

2015级秘书学　叶诗平

夏日的阳光，透过茂密的树林，折射出摇曳的光芒，在那迷人的光影里，我遇到了一群温暖的人。乖巧懂事的孩子，坚守信仰的老师，艾香萦绕的手工艺者，心系留守儿童的退伍军人……一切的一切，融化在离开那天清晨第一抹温暖的阳光中，伴随着清风，酿成名为菖蒲之行的微甜记忆。

用一片云推动另一片云

从朝阳初升走到夕阳西下，风里隐约传来菖蒲花的味道，村民们在村口的大石头前迎接我们，孩子们怯生生地躲在家长身后，眼睛里闪烁着欢喜。这是故事的开端，是我与孩子们的故事。

第一天开班仪式，第二排中间的一个小女孩非常害怕上台进行自我介绍，偷偷躲到课桌底下，不停地抹泪水。我甚至生出让她逃过这一次的念头，但逃过这一次，以后还有许许多多次。最后，在一位支教老师的陪伴下，她勇敢地走上了讲台。

青翠的大山养育了这群眉清目秀的孩子，也给了他们一颗纯洁通透的心。我们用明信片将国内外知名大学介绍给孩子们，看着明信片上美丽的校园，孩子们眼中闪烁着光芒，满是对未来的憧憬。有个孩子对我说："老师，十年之后我们肯定会带着这些大学的录取通知书回来！"孩子们稚嫩的声音中，有种坚毅的力量，那种自信，是少年意气。

教育是用一片云推动另一片云，一棵树摇动另一棵树，一个灵魂唤醒另一个灵魂。这句话的真谛，在亲身经历过后，我才慢慢理解。

用大爱温暖一方土地

芒草在云起雾落的山间飘飘摇摇，守护着这群山环绕的世外桃源。从第一眼看见菖蒲的山水人文，到熟悉它的每一条街道，我们从相识到相知，走访这里的手工艺人、退伍军人、医生……这些平凡的人，耗尽半生，用心中大爱温暖这一方土地。

坚守白云生处一片艾香的老手艺人王柏林，得知故宫专家在世界范围内寻求特选古纸材料后，重新操起了七代单传的手工造纸绝活。古老的技艺重新被唤醒，底蕴深厚的桑皮纸让世人惊艳，桑皮纸终于回到文化的怀抱。

“我想要真正地去关爱孩子，哪怕他们在这里能够快乐一天，就是一天，也比整天郁郁闷闷的好。”退伍军人刘磊把关爱与陪伴带给留守儿童，成为留守儿童的“大家长”，在留守儿童服务中心筑起孩子们的心灵乐园。

当越来越多的人走出大别山区，走向繁华的都市时，在大山深处，在广袤乡野，乡村医生王文亮用十五载的悠悠岁月，点亮乡村百姓健康生活的希望。他怀着一颗热心与真心，踏踏实实工作，为村民解除病痛，守护健康。

各行各业的人们平凡地隐藏在各个角落里，用心中大爱温暖一方土地，造福一方百姓。我们若是留个心眼，就能看见他们，最好是心存感恩，让这份爱一直延续。

用微笑告别泪水中的萤火

那天吃过晚饭，我和队友们漫步在乡间小路上。在水畔的一片草木间，忽而星星点点的萤火虫一点点升起，越来越多，一闪一闪地从我们身边飞过，飞到头顶，飞向天空，一时间，竟是分不清萤火虫与星星。为了一群孩子，共同努力的队友在身旁，大自然赠予的美丽惊喜萦绕周围，那样幸福美好的景色，至今仍不能忘。

那样美丽的萤火，除了在水畔草木间遇见，我还在孩子们的眼睛里看到过。那是在离别的前几天，那些我们曾经在课堂上种下星星的眼睛里，突然闪烁着悲伤。

小女孩俊洁在我们要离开的那几天，一直追问我们能不能多留几天，却在离别的那一刻，强忍着泪水，微笑与我们挥手告别。有时候，这大山里的孩子会懂事到令人心疼。是的，在这样离别的时刻，我们都应该微笑挥手告别，让这美好的时光以最完美的姿态永远留在记忆里。我们只希望孩子们，永远记得那朗朗上口的诗谣，那心中信念的种子，带着梦想，奋勇前进。

转眼，离开菖蒲快一个月了，那段无悔的经历却在脑海中越来越清晰，有时甚至入梦而来。果然，人生需要有这么一段经历：在一个群山环绕的地方，陪伴一群纯真的孩子，如此一个夏天，才愈加美满。

大山里的魔方情

2016级汉语言文学　张　澜

“哇，老师你好厉害啊！”我快速地复原了魔方，孩子们惊叹起来。不止一次被拎上讲台，自己以一个老师的身份走上三尺讲台，还是第一次。从遥远的江城来到偏僻的大别山区，站在讲台上，看着下面天真的面孔和那些轻扬的嘴角，听着稚嫩的声音、琅琅的书声……我的思绪万千：第一次自我介绍，“我是安徽师范大学文学院赴安庆北中文化创想实践团队的张澜，以后，我就是你们的小老师了”，第一次教他们转魔方，第一次因为他们不听话而生气，第一次……与孩子的相处由陌生拘谨到相依相伴，突然好想对孩子们说一句：“原来你也在这里。”

魔方可以培养学生的思维能力和动手能力，我的第一次课就从魔方开始，讲魔方的发明、构造和转魔方的原理，讲魔方的拿法、转魔方的步骤……孩子们脸上洋溢的笑容啊，在七月的热浪里沁人心脾。

但好景不长，好奇劲儿一过，孩子们就开始了独家定制：有的面前的魔方成了一堆零件，有的转来转去变得焦躁不安，有的甚至偷偷拿出手机开始打游戏，教室里一片嗡嗡响。孩子们各自玩各自的，我的话似乎成了多余的声音。

这是我始料未及的，本以为动手类的学习，孩子们应该很感兴趣才是，可是稍微遇到一点挫折，他们便都选择了放弃，我陷入深深的沉思。

第一次训责孩子们，是在苦口婆心几节课之后，大部分孩子还是我行我素。后来知道文艺汇演上有魔方比赛，孩子们拿什么去比赛呢？拿什么去给他们的家长看呢？可是生完气就后悔了，因为当我训责他们之后，问有哪些人愿意去参加比赛时，一半的孩子都举起了小手："老师，我！老师，我参加……"小孩子呀，注意力不集中、依赖性强、贪玩坐不住，这些正是他们的特点，也是现阶段他们需要改进成长的地方，我要学会陪伴和等待，用智慧让鲜花盛开。

下课在走廊上走着，突然冒出一个小孩，奶声奶气地问我："老师，老师，你能帮我拼好六面嘛？"我一步一步教他拼好后，他举着魔方迫不及待地奔进教室，兴奋地嚷嚷："你看你看，老师帮我拼好六面啦！你看！"孩子们就是这样让人又喜欢又头痛啊，这样的孩子们才是真正的可爱。

曾经是老师看着我、陪伴我、教导我，而这回却是我陪伴教导着学生。短短的半个月支教生活竟可以让我有那么多的回忆，那么多的难忘，那么多的不舍，脑海中不断浮现那一张张天真可爱的面孔，不断思考着孩子们教会我的那些道理。

教学相长，此时此刻，我才真切懂得：魔方课教会孩子转魔方要细致观察，要有耐心，要有毅力。而孩子们教会我的，则是如何从学情出发去设计教学课程，如何真正走入他们内心，如何慢慢成长为一名合格的教师。

日日行，日日思，不惧千万里。

当山村遇见书法：墨润童心，以字塑人

2016级汉语言文学　王璇璇

书法，被熊秉明先生喻为中国艺术核心之核心。中国书法家协会主席苏士澍先生更是明确提出："书法是中国人的必修课。"7月下旬，安徽师范大学文学院赴官庄"开窗明路"爱心帮扶团队在官庄中心小学为孩子们开启书法知识的启蒙，在带领孩子们学习书法的同时，更注重于中华优秀传统文化的传承和塑造，于大山间教育扶贫，墨润童心。

"篆隶楷行草，前来报到！"

志愿者王璇璇作为书法课老师第一次见到了她的学生们，当她告诉同学们今天要上书法课时，教室里瞬间热闹非凡。"老师，我们是要写毛笔字吗？""老师，老师，我知道啥是书法，我在电视上见过别人写，可好看了。""老师，我们家就有毛笔和墨汁，有好几套呢！"孩子们对书法课的极大兴趣，也给了志愿者老师很大的信心。在老师介绍中国书法的五种主要字体的时候，孩子们被篆书像画画一样的写法逗得哈哈大笑，会捏着小手指争相向老师说扁扁的是隶书，会说连起来帅帅的是行书，看不懂的是草书，平常写的字是楷书。

志愿者在一笔一画教学生练字的同时，也向学生们讲述"篆隶楷行草"的历史发展进程。一节课下来，"篆隶楷行草"的历史印记在孩子稚嫩的朗读声中，慢慢沉淀在了这片宁静的山村。

工工整整写字，堂堂正正做人

学写字必须先学会正确的姿势。“头正、身直、肩平、足安”，短短八个字，是规范，也是信仰。

“小朋友们，头要摆正，不能左歪右倒，身子要坐直，把你们的小手放平，脚摆正，不要跷脚哟。”在老师一步一步纠正下，小朋友的姿势慢慢变得标准起来。其中有一个小朋友，姿势非常标准，吸引了老师的注意力。“小朋友，你叫什么名字呀？”“老师，我叫余子洪。”“余子洪小朋友做得非常标准、非常棒，老师看一下还有谁做得标准？”听到老师的夸奖，小朋友们纷纷转过来头，眼神里流露出羡慕和渴望，随后一个个坐得笔直，用坚毅的目光跟随着老师的身影，等待老师的检阅。在教小朋友毛笔的握笔姿势的时候，他们一个个手扬得极高，争先恐后地向老师展示他们学习的成果。自信的笑容是他们留给自己也是留给老师最好的礼物。

一撇一捺一挥毫，刚劲有力书成长

正式进入书写的环节。手写篆书“安徽师范大学”和“官庄中心小学”，孩子们用一撇一捺记录了两校之间奇妙的缘分。孩子们表情严肃，下笔非常重，像把所有的情感都汇聚在了这短短的几个字上。写完之后，他们立即从板凳上站起来，掩饰不住兴奋地喊道：“王老师，快来看，我写好了，你看我写得好不好看。”获得老师的肯定之后，他们就止不住地向旁边的同学分享。没有被夸奖的孩子都憋着一股劲要写好被老师夸奖，被夸奖的孩子就继续练习，想要进步再次获得表扬。

不仅如此，志愿者们还将书法练习和国学内容结合，将《弟子规》《三字经》等经典作为书写内容，强化学生硬笔字练写的范围与仿写的对象，让他们在日常生活中体悟汉字书法之美，传承优秀传统文化，也让他们在提升书法素养的同时，培养人文素养。

“在教育资源匮乏的山区，学生很难接触到真正的书法，希望我们能尽己所能为他们传递一些书法知识，引导他们更多地关注中华传统文化。”团队负责人吴珊珊说道。

扬传统文化之魅力，传翰墨丹青之风骨。安徽师范大学文学院赴官庄“开窗明路”爱心帮扶团队创新形式引领孩子们发现文化之美，让山区孩子切身体会书法在当下的价值与活力，尽己之力让书法之花绽放在山区。

当我们一起走过

2015级卓越语文教师实验班　谈舒钰

从长江之畔到沂蒙山区，一路辗转北上，前后约600千米的颠簸路程，15天的时间，我们以诚以坚，只为追忆共和国那段刻骨铭心的革命历史。

那些年，关于红嫂们的故事

7月18日，我们团队驱车前往临沂市沂南县马牧池乡，先后参观了沂南红嫂纪念馆与沂蒙“六姐妹”纪念馆。两所纪念馆内，丰富的史料、展品以及当年战争的场景重现给我们留下了深刻的印象。

沂南红嫂纪念馆坐落于偏远的沂蒙山区腹地，群山掩映，绵延起伏。纪念馆依照红嫂们当年的居所样子而建，低矮的土坯房、破落的茅草屋、简陋朴实的生产生活工具……全面再现了抗日战争时期当地古村落的原貌。另一面墙上，从抗日战争到解放战争，从改革开放到当下，一代代红嫂的事迹都被详尽地记录着：“沂蒙母亲”明德英、“永远的新娘”李凤兰、“革命妈妈”王步荣……这些伟大女性的名字都已载入了共和国辉煌而坎坷的历史史册，必将永垂不朽。而“六姐妹”纪念馆则生动记述了张玉梅、伊廷珍、公方莲、杨桂英、伊淑英、冀贞兰六位妇女齐心协力参与革命工作的故事，争分夺秒赶制军衣、军鞋，为前线将士们碾米磨面、烙制煎饼，参加“识字班”“妇救会”，担任村干部……敢担重任，不辞辛劳，展示了党的领导下沂蒙先进妇女的非凡风采。

那些天，孩子们的欢声笑语

“明丽，快把你的画传给我！”八年级女生赵洁着急地呼唤着她的同伴。8日下午，综合楼前的小广场热闹非凡，以“追寻红色记忆”为主题的趣味运动会在此举办。“鸡毛传信”“勇炸碉堡”和“统一战线”三个游戏成功地将现场的气氛推向高潮。

“我特别喜欢‘鸡毛传信’这个游戏！”说起下午的运动会，七年级女生邵明丽掩藏不住一脸的兴奋，“排头上的同学根据一首红歌的名字设计出大致的图像，按次序交给后一位同学抄写，最后一位同学根据前面一位同学画的图像猜出歌名。”明丽得意地告诉记者，她所在的一队获得了这个项目的冠军。

“我画的是漫山遍野的杜鹃花，指的是歌曲《映山红》。”八年级的王心如动情地说，“俺村里以前有位老红军，有年春天，后山的映山红开得最旺的时候，他告诉俺，那血红的颜色就是由烈士们的鲜血染成的，新中国的江山得之不易。”

这位小女生的话像密集的雨点，一颗一颗在我心里砸出惊讶的水坑。曾经，我认为革命文化与当今的年轻人相隔很远，而这里，孟良崮，却真正是久久浇灌着红色文化的革命摇篮。

那些人，炮火纷飞的岁月

坚持党的群众路线，广泛聆听群众呼声。我们团队先后对沂蒙地区部分健在的老兵、红嫂及其亲属，沂蒙山小调传人，孟良崮烈士陵园守陵人陈守军等进行了走访。

在老兵段玉发的家中，92岁高龄的段玉发老人颤巍巍地掀开痕迹斑斑的老箱子，荣誉勋章、老户口本儿、旧照片……每一件物品的背后都承载着无比沉重的故事。“打莱芜战役的时候，俺的大腿叫一颗小指头大的子弹打穿了。俺走不了路，是当地的老百姓一步一步把俺背过去的。”回忆起那段炮火纷飞的岁月，段老的情绪逐渐激动，“国家有难啊，俺为国出征死而无憾！”在“溯源·寻调”活动中，走访小分队在费县白石屋村遇见了一位沂蒙小调的传唱者——现年59岁的宋士芳，她不仅向志愿者们表演了拿手的《沂蒙山小调》，而且还向大家展示了当地著名特产——双头老虎枕的制作工艺。当我们围坐在沂蒙红嫂张淑贞老人身旁时，如今年逾百岁的张老主动伸出干瘪的双手亲昵地握住大家的手，笑容慈祥而温和，犹如家中的长辈。她与孙女于爱梅女士一起，缓缓讲述着那段与婆婆共同为革命支援前线的记忆。而已经驻守孟良崮烈士陵园34年的守陵人陈守军则与志愿者们踱步于园中，慢慢悉数长眠地下的英烈们的事迹。黄竞、陈若克、刘晓浦……一座座长满苔草的坟冢，都掩埋着一个个包裹着血和泪的故事。

每一场胜利的背后都凝结着无数人的血与泪。只有自己真正地深入群众走访、调查，才能够切身体悟到军民之间剪不断的鱼水情。这些天，我们一起走过的日子，没有虚度。

图15　留在军功章里的记忆

化笔为名，书信仰之行

2015级汉语言文学　凌韵梅

为期20天的暑期社会实践，我们围绕“师范生探索教育扶贫，校媒人走进村小访贫”的主题，将支教与调研相结合，依托安庆菖蒲镇的实践基地，开展集创意写作、精准教育扶贫调研及红色文化采风于一体的暑期社会实践活动。

课堂:“蚕饥妾欲去,五马莫留连”

从开学典礼，到创意写作教学，再到毕业汇报演出，我们和孩子们由陌生到熟识。我们对这个小镇的了解，很多都是来源于这些孩子。

每天的教学从国学经典的诵读开始，伴随着琅琅读书声，我们从家长手中接过孩子，进行一上午的课堂学习。“秦地罗敷女，采桑绿水边。素手青条上，红妆白日鲜。蚕饥妾欲去，五马莫留连。”这首《子夜吴歌——春歌》是我今夏支教实践路上跟孩子们初遇的第一课，我教给孩子们要学习罗敷姑娘的秀外慧中、表里如一，去做一个勤劳、善良的人，我们学习并传承着中华优秀传统文化，丰富自身的精神积淀，为实现中国梦增砖添瓦。

我在创意写作教学培训班中负责的部分是“观察作文之人物描写”，内容属于创意写作主题下观察作文之人物描写的教学内容，旨在帮助学生充分感知观察作文中对人物进行观察描写的写作技巧和注意事项，通过创意写作的方式培养学生的审美能力和崇高的价值观，陶冶情操。

从坐在课堂里的学生，到站在讲台上的老师，在角色的转换中，体味不一样的人生视角。为人师，才知责任如山。

寄宿家庭:“老师是你,姐姐也是你”

初遇林叔一家，便让我感受到了他们对我的热情，还有来自内心的淳朴与善良。每次我们围坐在餐桌前吃饭，林叔与林姨都会将荤菜推到我面前，先给我盛上一碗米饭，然后招呼我说“老师，你快吃，你快吃”。二十天里，这份来自异地他乡的一家人的温暖，每天都会包围着我。

林叔家有两个孩子：一个是小雅，性格活跃，每天都会围着我问很多问题；一个是典典，非常腼腆，话不多但是心细。每天清早我们一起去学校参与实践教学，下午的入户辅导，我为她们检查作业，巩固孩子们的学科知识。由于山区的教学资源有限，学校对英语学科的重视力度不够，所以学生英语知识非常薄弱。但是我发现我带的两个孩子对英语有着浓厚的兴趣，背单词、背短语的效率也很高，这对于作为老师的身份的我来说，有着极大的满足感。

在上台进行创意写作教学的前一天，我反复核对我的教案、课件，紧张的神情让人一目了然。那天晚上，典典缠着我问了我很多问题，小雅就在边上涂涂画画着什么，后来她们就拿出一个手工做的小房子，屋顶是紫色的，她们说因为我无意中提到过我喜欢的颜色是紫色，房子里面有一张小纸条写着“别紧张”。第二天我上完课之后，小雅就过来送我一个手工折的爱心，写着“恭喜成功”。她们话不多，却总是给我小惊喜和感动。

“老师是你，姐姐也是你”，小雅在作文《我的朋友》中这么写道。在远离家乡很远的地方，有这样一群人，让我感受到家的温情。

团队:“11个兵”的“战友情”

借由这次社会实践的契机，团队所有成员聚集在一起。尽管在这之前我们并不怎么熟悉，大家来自不同年级、不同专业，但是今夏我们为了给山区的孩子带来优秀的创意写作课程的目标而共同努力。我们一起外出采访，共同备课和总结教学经验，不虚度每一天的时光。

团队几乎所有的成员都参与过校园媒体的宣传，大家在稿件撰写、图文制作、新媒体宣传方面配合得很默契。团队指导老师赵瑜总是亲切地称呼我们为她的“11个兵”，我还记得当稿件在重量级媒体平台发表时，小小的会议室里响起的那阵欢呼声，团队的成果里有着我们浓浓的“战友情”。磨稿子、修图片的时光总是枯燥的，但是有了来自队友的鼓励，便能抖擞精神继续工作。

操千曲而后晓声，观千剑而后识器。为了准备最后一天的结业典礼暨汇报演出，团队提前两天开始策划节目台本，围绕“少年朗读者”主题分头安排表演人员、准备节目背景音乐、制作舞台幕布等。炽热的阳光里我们汗如雨下，汗水一遍又一遍地湿透队服，但是为着孩子们收获的笑容，再累的任务，我们也坚持完成。

采访天仙河爱心协会，在他人的坚毅里看见自己，感受爱的力量的传递；走访国家首批“非遗”，于渺远的古音里感受岳西高腔的慷慨激昂。这个夏季，我可以站上讲台锤炼师范生教学技能，也可以走向乡野提升新闻通讯技能，化笔为名，书信仰之行，感悟青春，有收获才有成长。

每一次的相遇都是最好的安排，从皖南山区到大别山区，同样的青山绿水，我却有了不一样的人生际遇。二十天的生活印迹，将在我的生命里镌刻下厚重的一笔。

剪纸，孩子的“独家记忆”

2014级汉语言文学　温馨雨

剪纸文化进课堂，独家记忆永珍藏。2016年8月25日，志愿者们顶着烈日来到繁昌县城关幼儿园，给孩子们上了一节别开生面的剪纸课，让喜欢剪纸的种子在他们的心中悄悄地生根、发芽……

激趣：兴趣是良师

“老师，你看姐姐手里拿的是什么呀？”

“那是小蝴蝶剪纸。”

“好漂亮呀，我想要，我想学。”

在城关幼儿园大班的课堂上，孩子们争先恐后地伸手要着。安徽师范大学赴繁昌老年大学剪纸创作暑期社会实践团队的志愿者们充当小老师，带着事先剪好的小蝴蝶，刚走进课堂没几分钟，就被孩子们浓浓的热情包围着。志愿者们将那些栩栩如生的小蝴蝶赠送到孩子们的手中，孩子们眼前一亮，露出一张张可爱的笑脸。这激发了他们对剪纸的极大兴趣，甚至还有一个小女孩对志愿者说：“姐姐，我喜欢剪纸。”

探索：剪下出风采

一张红纸，一把剪刀，一堂剪纸课就这样开始了。两名志愿者站在讲台上为孩子们演示如何剪出漂亮的五角星，一双双求知的眼睛聚精会神地看着五角星的剪制过程，一步步认真地做着。每折一次，孩子们都围着志愿者说："姐姐，你看我折的对不对。"志愿者蹲在孩子身边，仔细解答着孩子们的疑问："你看折完之后，只需一剪，一颗颗红色的五角星就成形了。"

收获：纸上奏华章

红星闪闪，纸舞翩翩。孩子们积极踊跃地将自己剪的五角星高高举起，并向大家展示着，志愿者们纷纷向他们竖起大拇指，夸赞他们说："你们剪得真棒。"孩子们欢呼雀跃，其中一个孩子说："我要拿回家送给爸爸妈妈。"课后，一个小姑娘拉住了志愿者的手："姐姐，你们以后还会来教我们剪纸吗？我还有好多东西想学呢。"志愿者们看着这群可爱的孩子，深切地感受到他们不仅是兴奋的学习者，也是急切的传承人。虽然他们的剪纸手法稚嫩，但志愿者们按捺不住兴奋，我们的剪纸文化是有生命力的，我们的剪纸艺术是有传承者的，我们的优秀文化将不断传承下去。

剪一纸童年记忆，赠一片炽热爱心。志愿者们与孩子们相遇课堂，相约剪纸，孩子们用稚嫩的双手、诚挚的心灵，在刀与纸的碰撞中闪耀出点点红星。这红星不但寄寓着孩子们的纯真无邪，而且承载着志愿者们寻根文化、弘扬传统的赤子之心和坚定信念。剪纸文化需要走进课堂，更要真正地走进孩子们的心中。传承剪纸文化需要从小抓起，让孩子们喜欢剪纸，并在以后的成长道路上成为剪纸文化的传承者和拥有"独家记忆"的接班人。

马塘街道的风

2016级汉语言文学　彭玉妍

七月末，还有一些带着暑气的梦没做完，小熊便利店门口懒洋洋的猫咪依旧耷拉着脑袋，夏天快要结束了，而我在风里诉说的今夏故事，随着风儿在外面晃悠了小半个夏季，又最终回到了它最开始的地方——马塘街道。

2018年7月18日，在聒噪的蝉鸣里，我与马塘街道的故事，与街道上14个孩子的故事正式开启。每年的暑期社会实践都是夏季限定，赏味有限，今年只有十天，所以格外珍惜和他们在一起的时光。

第一天，和十四张陌生又稚嫩的小脸初见，社区活动室里充满羞涩的因子，想靠近又害羞，那天奔走在马塘街道之间的风是青涩的苹果味。第三天，在马塘街口的早点店里，遇上了班上的一个小男生，远远的就叫"老师，老师"，他热情地朝我们扑过来，带着马塘街道热烈的风，然后开启欢声笑语的一天。

第五天，放学时我负责送一对表姐妹回家，她们是留守儿童，只有爷爷奶奶在家，父母外出打工，一年回家的次数屈指可数。小路七拐八拐，然后从菜地里穿过，她们才到家。一路上，两姐妹都很乖巧，妹妹说这是今年第一次有人送她们回家，她很羡慕有爸爸妈妈来接的小朋友，我一时语塞，不知道要怎么安慰她。那天马塘街道的风似乎是薄荷味的，带有一丝冰凉的孤单。

第八天，我负责的剪纸课上完了最后一次课，六次课的相处里，孩子们天马行空的想象力让每一次的剪纸作品都变得独一无二。下课后，曼丽神神秘秘地拉我到角落里，把她的剪纸结业作品送给了我，这是我没想到的惊喜，亦是感动，和孩子们的剪纸时光，被剪成诗，一再吟诵。那天马塘街道的风里氤氲着草莓冰激凌的味道，丝丝甜蜜，甜到心底。

第十天，迎来告别，“星光洒满了所有的童年，风雨走遍了世界的角落。水千条山万座我们曾走过，每一次相逢和笑脸都彼此铭刻，在阳光灿烂欢乐的日子里，我们手拉手啊想说的太多……”这首《同一首歌》是我们的班歌，结业典礼上再次唱起却是哽咽着的，夏天不是一个适合拥抱的季节，手心出汗，黏黏糊糊，但即使如此，最后一天，孩子们还是紧紧地抱着自己最喜爱的老师不肯放手，街道上的风拉起衣角，也在挽留。

这不是我第一次支教，每次支教总会想，我们能带给他们什么？十天不算长，但奈斯比特说过，“教育不是把篮子装满，而是把灯点亮”，我们可以在这个夏日带给他们一份最真挚的陪伴。远离父母的孩子们内心敏感又脆弱，疏导关心是我们能够送给他们的夏日礼物。

终有一别，但所有的相遇都值得感恩，对我来说，马塘街道和一张张笑脸都是我记忆中2018年夏天最美妙的一道风景。

没有一个夏天，会如今夏

2017级汉语国际教育　朱小丽

沈从文先生这样说："我走过许多地方的路，行过许多地方的桥，看过许多次数的云，喝过许多种类的酒，却只爱过一个正当最好年龄的人。"我亦有同感：我度过许多个暑假，吃过许多香甜的西瓜，连接过许多地方的"WiFi"，吹过许多个小时的空调，却只经历过一个令人难以忘怀的夏天——这个夏天，我跟随安徽师范大学文学院赴山西吕梁义务支教团队来到了康陈明德小学！

从芜湖到岚县，三次转车，两天一夜，我们终于抵达。如想象中一样，这是一个物资匮乏、教育资源紧缺但民风淳朴的地方。我们受到了村民们的欢迎，他们把孩子交到我们手里，用家乡话说了很多我们不太明白的话语。我听懂了"我孩子英语不好""真的是谢谢老师了""孩子就麻烦老师了"等出现频率比较高的几句话！我们也向家长做了承诺，会努力提高孩子们的英语水平，尽最大可能让孩子们学习到更多的知识！

教学活动进行得十分顺利，趣味语文课、体育课、美术课、音乐课等各种特色课程都有序开展，孩子们接受得也很快。我每天白天上课，放学后备课，写新闻稿，晚上和同学在操场看星星——是的，我以前很少看到过那样多的星星！现在想想都忍不住偷偷怀念，原来夏夜的风如此舒爽，空气自由而新鲜，星空如此灿烂，我在这里做着一些有意义的事情，也在思考着我自己存在的意义。

我觉得一切都挺好，可是一场家访打破了我的幻想。原来，这个教育资源紧缺的地方升学率十分低，因为缺少专业的英语老师，孩子们的英语都不好，到初中后越加追不上其他人的步伐，蝴蝶效应，这直接影响到考取高中，进而是考大学！以前我觉得多做点题，考前心态调整好就行了，现在才知道原来当你的起点比别人落后，你需要跑得更快，一旦别人加速，你可能永远都追不上！

除了升学率问题，还有经济问题。有的学生对体育、音乐感兴趣，想要往艺体生方向发展，但是家长和我们说道："不是不想给孩子发展，而是实在没有这个经济条件。父亲一个人在外打工挣钱，家里孩子又多，养活一家人都很吃力，哪里还有多余的钱去不务正业!"是的，这些特长在家长眼里是不务正业，他们认为只有好好读书，中考、高考才是正道，如果失败，他们只能重复父母的命运。因为经济上的贫困，当地人的思想还停留在以前。重男轻女是她们难以舍弃的观念：女儿嫁出去了就是人家的了，读那么多书也不见得有什么用，儿子才是留得住的……

夏天的风吹来热气，我一时间觉得呼吸有点困难。队友们在努力劝说家长改变观念，我们说了很多，家长也听进去不少。告别时，我觉得孩子们以后会慢慢变好的，但还是忍不住地难过起来，我们能做的真的太少太少，我们的能力不足以改变当地落后的经济，不能填充匮乏的教育资源，更不能守候着他们长大!

这个夏天，我听见最美的声音是孩子们呼喊"小朱老师"，我看见最美的风景是孩子们脸上的笑容，我遇见的最美的时光就是和这群孩子们度过的半个月!

这个夏天，我开始懂得同样生于农村家庭的我何其幸运，独生的女儿，接受着最好的教育，享受着最多的宠爱，以前都觉得是理所当然，现在想想才知道家人为我付出了多少!

这个夏天，我也感到一丝遗憾，我们相聚的时间太短，能带给孩子们的太少，我不知道我们走后他们的生活会是怎样。应该不会有太大的变化，就像石块丢在水面，激起一层水花后很快又归于平静!

但我依旧铭记这个夏天，记得夜晚浩瀚的星空，记得孩子们作业里的壮志豪言，记得我在康井洼村收获的一点一滴!

明天会更好

2014级汉语言文学　叶苗苗

如今的宣城市金宝圩阳光明媚，如同往日一样宁静祥和。如果不是河岸上依稀可见的水位痕迹，别人可能都不知道七月上旬水阳江的水势有多凶险。7天，186人，300余人次的志愿服务，这是水阳镇中心小学安置点的三个数字。如今水位早已退到安全水位以下，可对2016年的记忆仿佛只剩一场大水，眼前浮现的依然是和水阳人民在抗灾后方的一幕幕。

谁能不顾自己的家园

第一天去的时候，无助失措的妇孺，惊恐害怕的孩子，年迈生病的老人，眼前的一幕幕让人心酸。青壮年都出去打工不在家，安置点大多是一些妇女、年迈生病的老人和年幼的孩子。家园被水淹没，他们匆忙打包几件衣物就被及时转移到安置点。看着老人孤独的背影、孩子无助的眼神，我几度哽咽。虽然在安置点吃的喝的都有供应，但再好又怎么能和家比呢？家是归宿，是安宁，是依赖，谁能不顾自己的家园，抛弃记忆中的童年？

让我们的笑容充满着青春的骄傲

青壮年在一线抗洪，我们在后方做志愿服务。队员们到达安置点后放下背包就立刻投入到紧张的工作中。安置点人最多的时候有100多人，安置在14个教室里。老人们上下楼不便，我们每天把早中晚饭都送到教室，一份一份地交到他们手上。吃过饭后及时把垃圾收掉，打扫卫生。天灾无情，人间有爱。各方爱心人士、爱心企业的物资源源不断地向安置点输送，虽然搬物资有点辛苦，但是心里还是盼望着有更多物资过来让灾民生活得更好。每天我们都会一个教室、一个教室地看看，陪老人聊聊天，安抚小孩，做好心理辅导。等到晚上灾民安稳地休息后，内心就觉得所有的付出都是值得的。这个暑假，注定不平凡。

让我们期待明天会更好

患难见真情，安置点发生着感人的一幕幕。

早晨打饭的时候，队员们替腿脚不便的爷爷奶奶们打饭，大家井然有序排队等候。一个瘦瘦小小的小男孩拿了两个碗，队员姚佳慧想孩子这么小、粥这么烫怎么能捧两碗呢，于是上前替他捧着粥送他回教室，原来孩子的爷爷奶奶生病都躺在那里，孝顺的小男孩喂爷爷奶奶吃完自己才吃。

打扫卫生时，一位老奶奶突然拉住队员熊艳，熊艳以为是要吃的或者生活物品，正准备开口询问时，老人开口说："你们吃了吗?"刹那间，一股暖流流过我们心间。老人们说我们比他们的孙子孙女还好。听到这些话觉得再苦再累都值得了，付出真心收获了满满的感动。

人在，希望就在。家园被淹，他们只能眼睁睁看着庄稼被毁，焦急却无可奈何。可是，只要人平平安安，家园还能重建。一方有难，八方支援。安置点内每天都有志愿者自发聚集，有放下生意不做都要来的爱心商铺店主，有善良能干的水阳嫂子，还有附近的小小志愿者，发饭、倒垃圾、搬物资，大家齐心协力努力着。

志愿者们的热情服务给群众注入一股稳定的力量。群众脸上的愁容渐渐散去，暴雨终将过去，生活还将继续。让我们期待，明天会更好。

那人，那村，那些青春

——记“青春孝行”实践团队之行

2014级秘书学　宁嘉惠

教室内的琅琅书声，操场上的阵阵欢笑，这一切，就像是做了一个长长的梦。此时此刻我脑海里不断回放的场景，还是离开那天，阴沉沉的天气，我们坐在驶出的车上，回望空荡荡的校园，与我们渐行渐远的画面。

信念，执着于讲台

第一次站上讲台介绍自己时我把手攥得紧紧的，这样的感觉新奇而令人兴奋，我们在黑板上写下自己的名字，一笔一画，像小时候那样 。回过头来，稚嫩的孩子们大声叫着，老师好，老师好。我的心里好像突然就涌进了一股暖流。我打量着他们，他们的眼睛可真漂亮。

窗外的阳光投射在志愿者和孩子们的头顶，穿过他们的发梢，跳过他们跃动的笔尖，也许他们都没发现，在这金色的阳光沐浴中，他们专注的神情，是那么的让人心暖。

犹记得志愿者牵着孩子们的手，缓缓走向校门，如此一致的步伐，走得是那么的有韵律，让人禁不住顺着他们的道路看去，看向那样一个崭新的未来。

奉献，挥洒在乡间

在这里，有一群志同道合的伙伴。操场上，有他们和孩子们打篮球时的欢声笑语；办公室里，有他们深夜备课的辛勤付出；乡间小道上，有他们前去家访的渺小背影。

每天晚上，所有队员围坐在一起，说说自己今天的工作和遇到的困难，再把问题提出来共同讨论。从如何创新教学，到每一项活动的策划，大家抒发自己的观点，真正参与进来解决问题。

那些夜晚，我深刻地感受到了团队的力量有多么强大；那些黎明与黄昏，都涂抹了我们青春的色彩。我们共同地感受着阜阳的冷暖，一同奔跑，一同成长着。

成长，灌溉在心田

有人说，有些人和事的出现，是为了在我们的世界打开一扇门，照亮一条通道。

在采访大学生村官蒋雪梅的过程中，我感受颇多。“务实求进是我在村干部工作中的追求，扎实做事，努力奋进，通过农村的小视角折射出大世界。”阜阳市王店镇胡庙村第一书记蒋雪梅在采访中目光坚定地阐述着她的工作理念。2013年，蒋雪梅从安徽师范大学汉语言文学专业毕业，通过择优录取走上村干部之路。三年来，从胡庙村党总支书记助理到第一书记，她扎根乡土，辛勤奉献，用自己的满腔热血和勤勤恳恳的精神在胡庙村开拓了一番崭新的天地，见证了自己的成长，也见证了胡庙村的发展与进步。

不论是扎根基层的大学生村官，还是奉献自我的乡村教师，从他们身上，我看到了不一样的人生选择，也看到了平凡岗位上闪耀的精彩。走出课堂，贴近泥土，成长也灌溉在我的心田。

没有一场相遇，本身强大到能使我们不惧别离。但总有一种重逢，等在前方让我们为之努力。这一个盛夏，那些人、那个村，已经深深地烙在了我的青春里。

捧着一颗心来，等东风暖意起

2016级汉语言文学　龚书娴

“去的地方是合肥这种省会城市的下辖村庄，说是去支教，其实也不算支教，教育水平应该不会太差，孩子们也不会特别需要我们的帮助吧……”心里这样想着，我的心情变得轻松愉快起来。“今年暑期社会实践，就当是去体验一把当老师的感觉好了。”这是我最开始对即将到来的支教生活的期待。

7月16日，13个支教队员，1位指导老师，我们一行14人的安徽师范大学“手写记忆”支教团队从芜湖启程来到了这个位于合肥市庐江县罗河镇的小村庄——东风村。它的名字“东风”有些特别，不过谁也没有多想，但当真正接触到东风村的孩子们时，一切都发生了改变：我们慢慢地开始想着能为他们做些什么，并希望通过这短短的10天支教时间为这里的孩子们送来知识的东风。

风来，无数颗心的汇聚

在招生报名的第一个上午，很多村民就带着孩子前来咨询，可能由于不清楚我们团队的性质，他们大多问的都是“你们这里是不是可以补习功课，帮我们孩子提高一下语数外啊”“需要收费吗”等问题。

其实，团队的主要目的在于给孩子们带来新鲜的外部世界的东西，在拓宽视野的同时帮助他们提高语文的写作能力，另外再辅助性地开设作业辅导课。所以家长们的问题着实让人有些哭笑不得，但我们都会一遍遍地回答：“我们的支教都是免费的”，“会帮他们辅导一下功课的”。可对于能否提高他们的成绩，我们心里是没有底的。

风动，支教心与求学心的碰撞

当家长们都对我们投来感谢的目光，并说着“现在的老师都不负责，上课也是随便教教，让小孩课后去找他们补课，来赚取额外的收入……还好你们来了”时，除了深深的震惊外，我才明白原来这里并非我曾经想象的教育水平有多高。东风村的孩子们是需要新知识的，我们的到来突然变得意义非凡起来，我顿时感觉到肩上的担子重了很多——我有责任和义务为他们带来一些有价值的事物。

风起，用心助长知识的幼苗

考虑到团队的支教主题，我事先准备好了有关博物馆的知识课程，想着让农村儿童开阔一下眼界，引发他们走出农村、走向外界的渴望。在课程实际开展过程中，我询问班级同学有多少人去过博物馆，只有三个，结果出乎意料却也在情理之中，也就是说，对于与博物馆相关的知识，他们基本上处于一无所知的状态。受条件的限制，视频的播放与图片的展示效果都不佳，全班有些吵闹，而且可能就一小部分同学真正看见了教学内容。

面对这堂略显“失败”的课堂，我在认真反思过后发现了问题所在：一方面是自身控场能力不足，另一方面则是教学设施、课程内容和学生的年龄差。从最开始的信心满满到最后的草草收场，我内心很受打击，但转念一想，全班有40多个孩子，我不再期望他们每个人都能全部吸收我的课程内容，哪怕只有几个人能够受到我的影响，多了一份学习的动力，长了一点历史知识，那我也是满足的，这节课也是成功的。通过这堂课，我真正认识到并不是所有的课堂都能够按照预期正常进行的，在不足中得到成长，这是我在本次支教过程中最大的收获。

10天很短，10天也很长，我们捧着一颗心来，并不期望孩子们在这几天的学习过后成绩都能突飞猛进，但我们真心盼望的是有些孩子能发生改变，不管是学习上还是生活上的进步。支教队员们也都在等着风起的那一刻，我们所传递的知识、理念等无形的东西正如同东风一般，为孩子们送去希望与阳光，这教育的东风，是我们留给这片土地的暖意……

七月十五号的你还不知道

2016级汉语言文学　马永明

亲爱的七月十五号的自己：你好！七月十六号你将踏上一段新的旅程。我知道你现在充满了期待、忐忑。期待的是即将发生在你和孩子们、志愿者们之间的故事，忐忑的是你不确定自己够不够好，能不能真正站在讲台上教授孩子们一些有用的知识。而我想告诉你的是，不要有太多的期望，因为过度的期望会带来无尽的失望；不要过分不安，过分不安会让你变得盲目。

七月十五号的你还不知道：你会遇见怎样的一群孩子，他们或活泼、或害羞、或明朗、或安静，但总有一点相同，他们都对未知的世界充满了好奇。他们想知道他们认知之外还有什么，并且不断探索，渴望缩小与未知的距离。

七月十五号的你还不知道：在实践期间你会深入接触三个孩子，一个过分安静、努力缩小自己存在感的男孩子，一个眼睛里有星辰的男孩子，一个画出你的模样的女孩子。我想你大概不会轻易忘记这三个孩子。你会记得你跟那个安静的男孩子说话时他尴尬又不安的神情，以及他在志愿者们的帮助下一点一滴地转变；你可能会永远记得他在你的课上主动举起手来回答问题带给你作为一个师长的欣喜；你会记得那个眼睛里有星辰的男孩子在向你诉说他已经长大了，可是妈妈还总把他当孩子的稚气；你应该更不会忘记那个第一个为你画肖像的小女孩。

七月十五号的你还不知道：你会给孩子们上两次课，七月二十三号的读书指导课以及七月二十五号的音乐课。这两次课你将慢慢成长，努力向一个老师靠近。每至傍晚时分，你便拿起讲稿，一遍又一遍地自言自语，设想着同学们会有怎样新奇的答案，而你又应该怎样应对那些丰富的想象力。为了音乐课上不出错，你一遍又一遍地练习尤克里里，直至手上起了细小的白泡。想要告诉你的是，你的努力没有白费，两节课都很好，孩子们都很配合，让你体会到了为人师表的乐趣。你应该不会忘记你在告诉孩子们为何要读书时孩子们一双双认真的眼睛，以及音乐课上孩子们歌声响起的那一瞬带给你的成就感。

七月十五号的你还不知道：你会遇见怎样的一群队友。你与她们可谓是“患难情深”，十个人的大通铺让你们一下子放下了开始的羞涩与拘泥。在十天之中你们也许会因工作分配拌过嘴，也许会因时间安排心里存在过小委屈，但一切都不足以抵挡时间的力量，时间教会了你们珍惜与珍重。

七月十五号的你不会知道：你将遇见怎样完美的一个老师。十天的相处，你会被老师所折服，万分庆幸一路有他，真好！他总是默默地关心着队里的每一个人，提前想好团队可能经历的一切困难，并且尽全力解决。你最感动的不是他每天陪着宣传组待在会议室写稿子，不是餐桌上一本正经地搞笑，不是记住你的小特点的惊喜，而是他面对困难时明明与我们一样已经疲惫不堪却永远坚强不言放弃的体贴。

七月十五号的你还不知道：你在实践中将有怎样的意想不到的进步。你将认识到在与人相处时，应该多给每个人一点时间，你总会发现他身上的闪光点与不同；也应该尽可能地去帮助他人，“赠人玫瑰，手有余香”这句话是有它的道理的；更应该努力包容体谅他人，人与人之间存在着这样那样的不同，必然会有各种小矛盾，但你若静下心来想一想，“退一步海阔天空”这句话是多么诚恳，不必让自己活得如此锋利。你将锻炼出一套更加强大的生存技能，因为十几天来你会日夜与蚊虫为伴，从前期看到虫子大呼小叫，到最后能够波澜不惊、徒手捉虫，你克服了自己的软弱。你将体悟到一个团队力量的强大，你们一切从零开始，却能根据特长分工各司其职：上课、做饭、宣传、轮流洗碗、轮流值班……将支教的生活过得有模有样，这正是团队的魅力。

七月十五号的你啊！放弃期待与忐忑吧！感激你将遇到的一切，你永远不会知道这段旅程带给你的感动、收获、成长将会让你成为多么了不起的自己！

七月遇见，我的青春多了浓墨重彩的一笔

2016级汉语国际教育　周亚萍

六月末梢的相遇，一切发生得刚刚好，没有早一步，也没有晚一步，七月中旬的分离，一切都似乎早已注定，却多了几分抗拒，多了万千不舍，彼此相聚如流星掠过天际，转瞬即逝却留下道道长虹，承载着欢声笑语与万千思量——北中你好。

实践记事一：带着期待与忐忑出发

6月29号是实践出行的第一天，踏着清晨的微光，全队一行人从师大西门出发，回首花津河畔，谨记一份责任，前往大山深处的北中，前行途中除却兴奋激动还包含着满满的忐忑与紧张，担心会不会适应不了七转八绕的山路，会不会听不懂当地的语言……行过城市，越过山路，掠过湖区，无限的思索纠结最终化作一句："终于到了，这个地方真美！"薄雾青山笼罩着小桥人家，但北中的桥又不是江南烟雨中的泼墨画般的桥，在静谧中透着山间河流的激荡，正应和着我交织的内心。然而，紧张的情绪在到达后的不久骤然消散。"我代表北中欢迎你们的到来，希望你们能给这里的孩子带来更多精彩的新理念新知识。"陈校长的鼓励似乎犹在耳边回荡。实践的第一天期待持续，忐忑被温暖抚平，对北中之约充满了期待。

实践记事二：初登讲台，一分信任，一分收获

一声起立，一句整齐的"老师好"，面对童真的稚语，突然意识到，自

己不再是课堂中听讲的学生，而是站在讲台上教书育人的老师。作为一、二年级的班主任，与其他代课老师相比多了一些艰巨的任务，无论是每天的早读课程、课业辅导还是团结班级，都是作为班主任应该考量的问题。为了让这个临时的班级有着平常班级的凝聚力，作为班主任，我在十天的教学中还是尽力去调整方法，改变“策略”，制定班规到确立惩奖制度，并通过不同的比赛来增强班级向心力。离别前，这个临时组建的班级真正成了家。

“孩子放到你们这里，我们很放心，感谢你们给孩子们上课，你们辛苦了，这是我们自己家种的菜，知道你们在这不方便，你们一定要收下。”孩子的家长给支教服务队送菜时说。半个月的授课中，虽没有“春蚕到死丝方尽，蜡炬成灰泪始干”的献身壮举，但也尽一份心力，成为一名合格老师的同时也得到了家长的肯定。

实践记事三：童真稚语，令人“发颤”

“老师，送给你”，小海，正抬头期盼地望着我。我从他手上轻轻地拿过一张薄薄的纸片，上面是他自己画的一个钟，钟上写有一到十二的数字和用彩笔描画的时分秒的指针。“老师，姐姐讲学校的宿舍里面没有钟，我就自己做了一个，希望你看到它就能随时关注时间，上课不要迟到哟，嘻嘻嘻。”我低头透过眼角的薄雾看手中的纸片，青涩的画迹下是遮掩不住的真心，哽咽着回答：“谢谢你，小海，老师很喜欢你的礼物……”类似的情况在北中的十几天中发生了很多很多，孩子们亲手做的小礼物，孩子们给老师分享零食，甚至是家长到学校来送菜等，身处大别山处的异乡，却感受着家的温暖，不禁感慨，孩子们的真心难能可贵。

实践记事四：聚散为缘，精神永传

“老师，我爱你们，希望明年还能见面!”这是最后一天文艺汇演结束后二年级的月月在黑板上写的，青涩稚嫩的年纪比大人少了很多顾虑，最直接单纯的语言却一瞬间让人湿润了眼睛，连我这个大大咧咧的北方姑娘一瞬间都仿佛置身于南方，平添了些南方姑娘的愁怨。“月月，不要难过，就算老师们离开了北中，离开了大别山，但老师们会永远记得你们这些可爱的小精灵，记得我们一起剪的纸，一起读的《弟子规》，还有一起站在舞台上给大家表演……”“好，拉钩一百年不许变，老师你一定不能忘记我们哦。”聚散终有时，而山中的欢声、笑语，还有所有人的北中……均不曾忘怀。

因缘聚会，我走进了大别山，走进了北中，走近了一群可爱的天使，北中之行已经结束，但幸运的是，我们的故事还在继续……

图16　队歌教唱

青春陪伴时日短，孝行实践不知长
——“青春孝行”教学手记

2016级戏剧影视文学　李心茹

青春三下乡，在实践中收获，在收获中成长。现在的青春用来磨炼，以后的青春用来回忆。实践过半，在阜阳王店这座小镇里我收获了最纯的笑容、最真的感情和最美的青春。“青春孝行”，不负韶华。

呦呦鹿鸣，吟诵之音

“自古诗文皆吟唱之”，吟唱正是对传统文化的一种传承。这种新颖的方式吸引了这里的孩子，朗朗的齐诵和一双双渴望知识的眼睛，这是他们不曾感受过的远方。从刚来的身体不适干燥过敏，到现在的习惯面食，阜阳给了我很多美好回忆。

本来对教习吟诵并不是很有信心，在接受任务时也有点犹豫。畏怯大于兴奋，紧张充盈内心。从前一夜的反复练习，到开口的“蓼蓼者莪”，本以为这种新奇的方式不易被孩子接受，但孩子们稚嫩的童声，给予我信心和力量。从吟诵中感受到《诗经·蓼莪》中对父母抚育之情的感激，对不能终养父母的悔恨，那一刻迸发出的吟诵魅力，让我感受到的是教书育人的神圣。

关于夏天，总有些晒不干的记忆

“让我在王店的街头走一走，等到所有的灯都熄灭了，也仍停留。”如果说“半城山，半城水”是形容江城芜湖的，那“一马平川，骄阳似火”便是形容七月的阜城。纵使，炎炎烈日也晒不干这里的“青春孝行”记忆。

有这样一位乖巧懂事却总坐在教室后排的刘政同学，小小的身板，有种沉默的可爱。在一节英语课上，我负责助教。袁袁老师在讲台上为孩子们讲解音标，大多数孩子都很专注地听讲，只有他趴着小脑袋望向窗外。“你怎么啦，怎么不听课?”“我……我才上一年级，没上过英语课……”我心中暗自诧异，在城市里英语甚至作为胎教启蒙，但在这里五年级的孩子一学期却只能上到两次英语课。知识水平差异的背后是教育资源分配的不均，我很想为这里的孩子做些什么。“你看这个小写‘a’是不是像一个有柄的小苹果，所以就可以引申出‘apple’这个单词。”尽管那天只教了三个字母和三个单词，但从零到“ABC”的突破，在那一瞬间，我感受到的是教师的一种神圣。从认真听讲的学生到传道解惑的小老师，我们要学习的还很多。见过山见过海，见过花开见过树绿，直到看见你笑的样子，才驻足。青春下乡，以爱之名，传孝之道。

为你,追寻万里

“妈妈，快快，快点吃!”“吃不下了，真吃不下了，要哕（吐）了。”嘴上说着不要，但还是大口地吃着。这种口是心非，大概是每个家长独特的爱的表达。不论是阳光下奔跑的少年，还是终点等待的父母，烈日下的那一段路程与那一块西瓜都是亲子间美好时光的镌刻。每一片西瓜都是孩子答题、接力、全力奔跑得来的，都是父母从孩子手中接过的骄傲与荣光，每一张笑脸都在阳光下折射出别样的青春。

看到家长和孩子们在比赛中释放天性、投入其中，仿佛前期烈日下的准备都不重要，重要的是他们的肯定与参与。“笑声、歌声、说话声，声声入耳。”世间予我千万种满心欢喜，沿途逐枝怒放，全部遗漏都不要紧，得你们一枝在我胸襟就好。“青春孝行”记忆，难忘的回忆。

白茶清欢无别事，“青春孝行”少年，我们等风也等你。

青涩的岁月里留下成长的痕迹

2014级汉语言文学　李　洁

人在青春年代就应该做一些青春的事，而总有一些青春的事让你刻骨铭心，永生难忘。回到家后总会想起孩子那真诚的眼神和老人灿烂的笑容，那群可爱的伙伴们搬着沉甸甸的救灾物资在楼层里穿梭的背影在脑海中久久挥之不去。老人们的生活一直让我惦记，水位下降了，爷爷奶奶，你们应该已经回家了吧？也应该安心了吧？而我们也不用再经历“拷问”了。

暑假我参加了赴宣城“诗歌传承，爱心支教团队”的社会实践，我想，这次经历是我人生中很重要的一部分，体验了太多与平常生活不一样的东西，也留下了太多不可磨灭的回忆，是一次心灵的洗涤。

一次不一样的支教

去年社会实践我也参加了支教，不过它是班级制的形式。而这次，是一对一的对孩子进行辅导。七月份，安徽许多城市发生了水灾，宣城也不例外，在去宣城的路上，我看到许多房子的第一层都被淹了，水阳镇中心的水没过了腰，放眼望去，整座城市到处是水。这里的村民们出行一般都是靠划船，去孩子家里辅导功课的时候，每次都是坐船过去的。

很喜欢这个五年级的小男孩儿，很阳光很聪明。给他辅导功课的那几天，是一种别样的感觉，我不是他的老师，而是一起学习的伙伴。有次教他一个难度很大的题目的时候，我思考了很久但一直没想出来，于是我将我的思路告诉他，与他一起研究这个题目。事实证明，教孩子不能把自己的思想强加给他，而是应该引领他思考，启发他的思维，在一起探讨、一起思考的过程中，我们最终将题目解决了。有时候并不是孩子不会，而是他们不愿意思考，缺少正确的指引方向。稍加指导，一起思考，一起探讨，一起学习，这种支教的感觉特别的棒！

一次不寻常的志愿活动

一、最真实的现场

由于水位比较高，许多地势低的房子都被淹了，水阳镇的中心小学被作为一个安置点。听到缺少志愿者的消息，我们团队成员饭都没顾得上吃，收拾好行李就向安置点奔去。

到达安置点后，眼前的景象深深地震撼了我的心灵。从未经历过任何的灾情，也从未到达过灾情的现场，所有与灾害有关的东西都是从报纸和电视上看到的，而我眼前的这片景象却是那样的真实。教室一片狼藉，老人们衣衫褴褛，妇女们蓬头垢面，孩子们一身脏兮兮，四处都飘散着怪异的味道。最让我心疼的是老人们，有些腿脚出毛病了，有些眼睛出毛病了，有些耳朵出毛病了，却还要受这番苦。

二、最心酸的拷问

"老师，我什么时候可以回家？"每天去送饭的时候，我们都会经历这样的拷问。每每提起这最让人难以忘怀的一幕，眼眶很容易就红了。水阳镇水灾汛情严重，村里本就有许多男性劳动力外出打工，剩下的也全部去了一线抗洪。从被召去一线的那天起，孩子们已经好几天没有见到自己的爸爸了。

这里有位积极乐观的小女孩，她的奶奶年迈且腿脚不便，爷爷在她很小的时候就去世了，一直都是奶奶照顾着她长大，妈妈外出打工了，很少回家，基本只有过年才回一次家，只剩爸爸一个顶梁柱支撑着全家，家里还有一位比她小五岁的弟弟。"这是一个懂事的小姑娘，打粥的时候总是把自己的让给弟弟。"她的奶奶欣慰地说道。小女孩在每天吃饭的时候，都会夹菜给自己的弟弟。虽然她自己还是个孩子，尽管她对这场洪水也感到害怕，但是小小年纪的她依旧是一副小大人的模样。

像这样的孩子不是少数，但是大多数对于这场水灾都显得十分畏惧，他们亲眼看见家里的房子被淹，亲眼看见亲人崩溃的神情，亲眼看见自己的父兄长辈去一线支援久久未回。这些孩子只能一次次地追问我们，希望从我们的身上寻找安全感。而我们却无法回答这个问题，只能不断地安慰他们，尽自己最大的努力去帮助他们。

三、最忙碌的脚步

在这里，每个人的脚步都是忙碌的，从早到晚没有间断过，累得不行了，趴在桌子上分分钟就能睡着。每个人每天都在认真工作，勤勤恳恳，照顾着老人们的起居，就如同照顾自己的爷爷奶奶一样。老人早餐不够了就将自己的早餐让给老人，或者是将自己用来补充能量的零食藏进包里偷偷塞给老人。老人行动不便就为老人端茶送水，替老人排队打饭，喂老人吃饭。

白天陪老人聊聊天，解除老人的乏味，安慰老人让老人宽心。夜间就去巡查，看看老人们有什么需要的，帮老人们把教室的风扇调小，提醒老人们要注意用电安全。哪怕是在晚上睡觉的时候还在想着老人的事情。要忙的东西太多了，害怕忘了老人交代给自己的事情，大家就互相提醒。没人说过一声苦，也没人喊过一声累，老人一个灿烂的笑容便能使我们忘却一切的辛苦。

送饭，打扫卫生，倒垃圾，搬运物资，陪老人聊天，也许都是些微不足道的小事，但是在这种特殊时期，却具有非凡的意义，也许正是因为有了我们这群志愿者的存在，老人们的心才有所安慰有所舒缓。有了我们的陪伴，老人们艰苦的日子也变得不那么难熬；有了我们的帮助，老人们感受到了如亲人般的温暖；有了我们的努力，老人们对生活充满了希望。而对于我们这群志愿者而言，默默的奉献，即使自己再辛苦，这一切也都是值得的，老人的一个微笑就是我们努力的动力。

在这青涩的岁月里，我们留下了成长的痕迹，自己真的长大了！趁着年轻多做点有意义的事情，多为社会贡献力量，哪怕是微薄的力量，汇聚起来也是无懈可击的力量！

情系潢川之家访

2015级汉语言文学　张梦函

来到刘寨的这几天，我虽然感叹着这里条件是多么的艰苦，但因为一切还在我的承受范围之内，内心也没有太大的波澜。这样的心理状态一直维持到今天下午，在对学生郑雅雯进行家访之后，我对这个小村落的看法开始改变。

因为怕打扰到郑雅雯的家人，班主任便在上午的课间提前告知郑雅雯下午老师会去她家里家访的事情。下午一放学，我和其余两名队员一起与郑雅雯汇合，却意外发现班上的另外两个孩子是郑雅雯的弟弟妹妹，除此之外，他们还有一个刚刚高考完的大姐，爸爸妈妈一共生了四个孩子，这是这次家访第一个让我十分惊讶的地方。

一路上我不断和郑雅雯聊天，得知她和姐姐、弟弟、妹妹常年与爷爷奶奶一同生活，爸爸妈妈在北京打工，已经好几年没有回家过年了。听到这，我沉默了，我不知道用什么样的话语安慰一个离开父母多年的小女生，我想到平时在外上学的自己，短短几个月不见父母便想念万分，那么几年呢？那是多少个日夜的煎熬啊！

雅雯的家离刘寨小学比较远，到了她家之后，我们看到她的奶奶早已在门口等候。我们和奶奶打了招呼，奶奶热情地招呼我们在堂屋坐下，屋子里比较黑，还有些闷热，只有一个小吊扇在慢慢地转着。走进屋子，我们便看到一面墙上贴满了奖状。奶奶告诉我们，这是三个孩子的奖状，有一大半都是郑雅雯得到的。看到这些奖状我不禁有些惭愧，我从小到大的奖状也不过如此。

在与奶奶聊天时，我们了解到奶奶刚做完白内障手术不久，爷爷年纪大了，一家人全靠爷爷在夏天捉泥鳅、龙虾赚得的钱生活。远在北京的雅雯的爸爸患有脊椎病，不能做重活，妈妈有眼疾，精细的活也干不了，两人开了一家小超市，生意不好，只能勉强维持生计。说到这里，奶奶抹了抹眼泪，还十分心酸地说，别人家的孩子都送去了镇上的私立学校，但是他们家没钱，只能在村里的公立小学读书，很对不起孩子。

聊了没多久，爷爷便从外面回来了，头发花白的他，穿了一双胶鞋，衣服上沾了些许泥巴，笑着跟我们打招呼。我们急忙让开座位，让劳累的爷爷坐下休息休息。爷爷洗了脸，换了鞋同奶奶一起与我们聊了起来。我看着安静坐在一旁的三姐弟，眼眶不由自主地湿润了。

家访结束后，我们与雅雯一家亲切地合了影，我们也由衷地希望三姐弟能够好好学习，用成绩来回报爸爸妈妈爷爷奶奶，也希望好运能降临这个家庭，他们一定能过上幸福的生活！

确认过眼神，我遇见最好的你们

2016级戏剧影视文学　吴珊珊

日出东山，山间清风送与蝉鸣。回想与你们度过的十日，脑海中一直在想，若说来到这里一切都是注定，我们不过是来赴了一场时光的约定；若说一切都是偶然，我要感谢生命里的相遇，让我遇见最好的你们。

我初见你，人群中独自美丽

炎炎夏日，在清晨阳光的照耀下，我和安徽师范大学赴官庄“开窗明路”爱心帮扶团队的十六名小伙伴踏上了前往潜山县官庄镇的路途，怀着忐忑又激动的心情开始了我们为期十天的新征程。

曾经，幻想着自己站上讲台的样子，会不会对学生有些许的严厉？曾经，想到和学生们在课间的操场上愉快地玩耍，是不是又是有几分开心？曾经，想着孩子们会不会接受自己这个老师，他们会需要我吗？自己能不能尽己所能，为他们“开窗明路”，心中不免又多了几分担忧。拖着行李箱坐上前往那个小镇的大巴，一切的未知好像都随着那条颠簸而又狭窄的山路变得愈发清晰。

初入这里，“绿树村边合，青山郭外斜”正是对这个小村庄最贴切的形容了，乍进竟有误入世外桃源的错觉，屋舍俨然，千年银杏树下，黄发垂髫，怡然自乐。看着我们穿着统一的队服，拎着行李，周围的爷爷奶奶好奇地看着我们。“你们是来旅游的吗？”一位老奶奶夹杂着乡音用并不标准的普通话询问道。“不，我们是来支教的，就在官庄中心小学。”而在这时我看到了躲藏在老奶奶身后的你，有着一双让人忍不住心生怜爱的眼睛，微微向我们探出身子，心里不禁想着：明天的开班你会来吗？你会是我的学生吗？

一重重山水，一程程路途，潜岳苍苍，我们即将在这里，同孩子们一起谱写蓝天下最动人的歌。

天空响了雷声，催来了急雨

大山里的天气总是让人捉摸不透，一时天晴，一时就天气骤变，天空响了雷声，催来了急雨，也催来了你们。

“我们来了！”“开窗明路！”校门外贴着招生海报，教室黑板上写着方方正正的楷体字，画着安徽师范大学图书馆的简笔画，官庄中心小学教室里的板报引人注目。张贴横幅，整理打扫教室，摆桌椅，准备报名材料……十六位小伙伴分工协作，一切准备就绪，静待早上九点的开班。

穿梭于络绎不绝前来报名的家长中，有的孩子太小，因志愿者们无法照料而倍感失落，有的孩子因不能上我们的课程而流下委屈的眼泪，那时，我的心不免痛了一下。我们所提供的帮助仅仅是微不足道的，谁都不知道这次的支教之行可以为这个安静的小山村带来什么，谁也不知道可不可以打开他们的心窗，唤起他们想飞的梦想，帮助只能在这一时一刻，但梦想却在他们的心中扎根发芽，在不远的未来向他们招手。

刘陈轩是我认识最早的小女孩，她的梦想是当一名舞蹈老师。“老师，我们会上音乐课吗？我想学唱歌。”“老师，我们这里没有学跳舞的学校，只能去很远的地方或县城上课。”虽然她才七岁，即将上小学一年级，但已经练了一年的舞蹈，我想她的心中一定有个仙女般的梦想，在一个很大的舞台上翩翩起舞。

“因为刚好遇见你，留下足迹才美丽。”相遇官庄，想把爱全部留在这里。李瑞是班上最让我头痛的一个男孩，别的孩子在认真听课时，他不是坐在位子上发呆，就是一个人偷偷跑出去玩。在炙热的阳光下，胖胖的身体里有着无限的活力。我问他长大后想要做什么，他害羞地捂住了自己的脸，他说他以后想当一名老师，但更想让爸爸妈妈常伴自己的身旁……梦想简单单纯却掷地有声，竟有一种莫名的感动。

这里的山在雨后显得更加动人，站在教室窗外，听着孩子们银铃般的笑声，总让人格外有感触。夏日风采，欢趣童年，难忘的是每位孩子最盈盈的笑脸。

回首梦归处，只恨太匆匆

十天，陪伴的时间很短，可值得铭记怀念的时光很长。还剩下倒计时两天，孩子们同我们一样，也经历了一段心路历程，看着他们一点一滴地改变，想到这些都是他们和我们的磨合与成长，心情又有些许感动。而想象之中的离别会演，终于在27号下午悄悄来到。

下午的太阳依旧和往日一样毒辣，阳光也依旧是那样的刺眼，孩子们的排练也是异常的辛苦。站在会议室的门口，看着陆陆续续到来的家长和孩子们，我的心提到了嗓子眼，会演开始之前为播放设备会不会出故障而担心，开始时又为台上的两个小主持人捏一把汗。可最后的最后，所有的人都超常发挥，以最好的面貌呈现出了这场具有特殊意义的表演。最后的《小幸运》献给最幸运的你们。

这场会演其实是一群人的狂欢，是最后的告别，理应要以最好的精神面貌去对待，我们同孩子们的这个夏天，注定让人难忘。

山顶上人家，溪涧青草芽，日暖照黄花，别时傍云霞。会演结束，离别之日，走在回学校的路上，大家谈论着回想着今天的离别，不禁湿了眼眶。回到学校，最后一次打扫完教室关上门，好像如此孩子们为我们送别的画面便能永远定格。

这里啊，山太绵长，要记得开始的开始，后来的后来，与你们相遇，是这个夏天最美好的样子。

听我说“手写记忆”的故事

2016级汉语言文学　桂淑静

嘿，你听说过那个由14个人组成的奔往庐江县罗河镇的大学生支教团队“手写记忆”吗？没听过啊，好巧，2018年的夏天，我也是第一次听说。

遇·新鲜的陌生

“咦，现在都用手机电脑打字了，谁还用手写啊？这团队挺新鲜的，想去看看。”偶然的相遇，想探究其更多的内容，于是我成了“手写记忆”的一分子。

初次相遇，13个来自不同学院不同专业的大学生聚集在一起，彼此都是陌生的脸庞，甚至开始时不知道怎么开口做自我介绍。幸运的契机，周青松老师加入了我们，14个人组成“浩浩荡荡”的队伍，“手写记忆”集合完毕。

“罗河在哪里啊？远不远啊……”怀揣着一种期待，车上的我们热烈地讨论着。正值酷暑天气，一个上午的路程，越接近目的地就越兴奋，终于，我见到了它——罗河镇东风村村委会。“我的天哪，没有床怎么办？”“没办法洗澡怎么办，我会受不了的……”映入眼帘的，没有精美的床，也没有设备齐全的卫生间，更没有让人享受的可以躺在上面吹空调吃西瓜的大沙发，此起彼伏的抱怨声，大家都对未来十天的生活充满了担忧，我在心里犯嘀咕：“还好有网啊！”“手写记忆”的窝露出真容了，未来会怎么样，我们谁也不知道。

“你们就是来免费支教的大学生吗？我把孩子交给你们了啊！”“阿姨，您放心，十天虽然短了点，但我们会尽自己最大的努力的……”第二天上午，一批批家长冒着烈日，满怀着期盼将孩子交到我们手上，这是我们与学生以及学生家长的第一次见面。

与“手写记忆”的邂逅，是陌生的，也是新鲜的。

知·奇妙的熟悉

“文字打败时间，手写给人温暖。”当我看到小朋友们报名时颠倒的笔画顺序，听到他们说话也没办法准确、流畅地表达自己的意思时，我突然理解了这句口号的意思，或许我们来这一趟会为这小小的村庄增添不一样的温暖呢?

“你能帮我看一下这个课程设置合理吗?”“今天我们要互吹一波吗?”十天的时间，你一言我一语，渐渐地，我们开始熟稔起来，日常的小调侃、小吐槽、互帮互助，让我们大致摸清了每个人的脾性，甚至培养了“一起上厕所”的好交情。小小的房间里，彼此的距离好像拉近了。

“没关系的，我们十个女生挤一挤就睡下了。”两间房，我们很快分为男寝室和女寝室。白板在下，凉席在上，用衣服做成枕头，盖上自己的小被子，也是一种别样的风景。十个人的大通铺，我还是第一次睡呢，很奇妙，我睡得也很香。

“大家好，我是你们的普通话老师……”“大家不论是读书还是说话都要记得要大声一点哦，自信一点嘛!”说普通话，写规范字，我的身份在东风村变成了一名普通话兼书法老师。

小小的教室里，来自不同年级的学生坐在一起，稚气的脸庞上浮现的不是期待，而是害羞。他们不愿意大声朗诵，不知道如何表达自己内心的想法，不明白怎样和老师互动交流，忽然间，我好像明白了我们来到这儿支教的目的。我积极与他们沟通，了解他们的学习情况，由浅入深，趣味教学。虽然这不是第一次上台讲课，但在东风村的第一节课，是紧张而又新奇的。短短的40分钟，我可能教不了他们太多东西，但当下课时，一个害羞的小女生跑过来勇敢地向我倾诉她的心事时，才发现，我好像改变了什么。

十天，太长了，我已经和志愿者、和孩子们，甚至和这里的大树都熟悉起来了；十天，又好像太短了，我才刚刚喜欢这里，就又要分开了。但值得骄傲的是，“手写记忆”好像长大了，有一种奇妙的熟悉感在蔓延。

别·绵延的感动

“像刚来的时候那样，我再介绍一下我自己：我是安徽师范大学赴罗河‘手写记忆’支教团队的一名志愿者，很高兴认识大家……”

我来自农村，我们那里的教育条件也很差，我能清楚地知道这样一批大学生的到来带给这些孩子们的是什么——是一种冲击，一种没接触过的文化的冲击；也是一种温暖，让这些孩子对未来有了憧憬；更是一种传承，是“手写”的传承，也是文化的传承，这些孩子将会知道自己在这种传承中处于什么样的地位。

或许十天的时间太少了，我还有好多东西都想给他们看，我还想再和他们谈次心，可时间似乎不允许了。那这十天我们能做什么呢？“手写”文化绝不是一朝一夕就可以理解透彻的。说普通话，读好文章，是必要的前提；日常练字，学写日记，是点滴的积累；家乡文化，文物知识，是实践的运用。十天，我们所能做的就是让他们养成手写的习惯，培养他们积极进取的意志。幸运的是，我们也都做到了。他们是需要我们的，而我们又在一起得到成长。

当完成一件之前从没想过的事情时，那种喜悦与骄傲是无法用言语表达的。一开始的见面，可能是无意的，谁也没能想到，但之后的相知，却是注定了的。这是我第一次和那么多人一起完成一件很伟大的事，也可能是最后一次。这是我第一次给那么多还是不同年级的学生上课，我相信这不会是最后一次。

“老师，这是我自己折的，送给您！”“老师，您明年还来吗？”我第一次收到那么多的礼物，却无法给出你想要听的承诺。但文字还在传承，温暖还在延续，我会记得这一段可能不会再有的经历。

往事并不如烟　回忆盛满笑靥

2016级戏剧影视文学　张顺林

岁月如梭，光阴荏苒，又是一路风尘仆仆，又是一年“三下乡”暑期实践……安徽师范大学文学院赴淮南古沟蔡庙小学志愿支教活动又开始了。七月中旬，那一群刚刚结束期末考试便立即背上行囊乘上列车去往同一个地方的青年人，又怎么会想到，这次暑期社会实践支教之行会成为各自生命中一段难以磨灭的回忆。

遇见你们，何其有幸

如果没有今夏的“三下乡”社会实践，如果没有这支趣味语言写作支教团队，如果没有遇见这群可爱的孩子……淮南、古沟、蔡庙小学这样的词汇可能永远也不会在我们生命中留下印记。还记得支教实践的第一天，即使是面对还在上小学的孩子们，即使你们稚嫩的脸庞上都挂满笑容，即使你们天真无邪的双眸中闪烁着对陌生大哥哥大姐姐们好奇的光彩，走上讲台作自我介绍的我们，心依旧忍不住怦怦跳，我们会脸红也会害羞。当我同样带着对孩子们的欢喜走上讲台，用近乎孩童般的言语表达彼时彼刻的情感，我惊喜地看到讲台下报我以热烈的掌声与欢笑。即使在此后的时日里，当一群孩子课下围着我和我聊天，当我渐渐地融入他们的情感世界，那真是一种难以形容的感觉，仿佛是他们将我拉回孩童的世界，让我再次拥有做回孩童的机会。遇见的时间很短，但在一起度过的时光留存下来的记忆可以很长。何其有幸，在这个暑假遇见你们。

陪伴，是最长情的关怀

伴随着在蔡庙小学的时日渐长，与孩子们建立起的情谊越来越深，不知不觉中，孩子们每每到校的时间总是比老师早。若是问他们缘由，却总是从他们的口中得到暖心的回答。“因为我们想和老师们在一起。”“老师能带我们一起玩吗？”……每天迎着熹微的晨光抵达蔡庙小学，却总是远远地就能望见孩子们已经在操场上欢快地游戏了，也不忘带着灿烂的笑脸拉着我们的手一起走进教室，和我们分享他们的快乐与烦恼。即使在烈日炙烤的正午时分，孩子们依旧早早到校，或成群结队地嬉戏玩闹，或吵闹着让我们一起玩游戏。我们心里明白，这些孩子大多都是留守儿童，因此陪伴是我们这些志愿者对他们的关怀，也正是这十几天来的陪伴，让这本就短暂的支教时光里的点点滴滴成为我们共同的珍贵记忆。

不带半根草去，最不忍别离泪

聚散终有时，离合总关情。在支教活动的最后一天上午，我们的教学活动仍旧有条不紊地进行着。但空气中似乎都酝酿着我们即将离开的淡淡忧伤，只不过没有人提及。中午，我们被喧闹的孩子们阻于教室门口，我们心里知道孩子们在布置送别我们的教室。不久，我们就被孩子们蒙着眼睛“绑架”进了教室，说什么也不让我们偷看，我们笑着接受孩子们送给我们的最后的狂欢。当睁开眼看到孩子们歪歪斜斜地用粉笔在黑板上写着“欢送老师”“老师，您辛苦了”，我真的感觉一切支教的苦辣酸甜在那一瞬间都释然了。看着孩子们那一张张纯真的笑脸，感受着那发自肺腑的真挚情感，所有的疲惫都消失了，只觉得我为支教所做的一切都是值得的。突然我发现时间过得好快，快到我们即将离别不得不说再见。不舍，是当时充盈在心头唯一的情感。即使不忍别离泪，却也只道寸草心，希望我们给他们带去的点滴的爱能够影响他们的未来。

为孩子点一盏灯

2015级汉语言文学　袁玉心

2017年的夏天，从江城芜湖到光州古城，十三天，十五人，三百六十公里，安徽师范大学暑期社会实践团队的志愿者们奔赴河南省潢川县刘寨小学，为那里的孩子们开设了阅读、英语、音乐、美术、手工、安全教育、心理健康等特色课程，让大别山里的孩子开阔眼界、放飞梦想。

加入这个团队，和大家一起，遇见一群眼睛明亮、心灵澄澈、对大山外的世界充满无限好奇与渴望的孩子们，是何其幸运，何等难忘。

初相见——让我牵起你的手

河南潢川，本就是我的家乡，再到这里来时，还有十五个志同道合的伙伴与我同行。与孩子们接触的第一天，他们的积极和对我们这群大哥哥大姐姐的好奇是我没有想到的。对于许多孩子来说，这是他们第一次见到话筒、音箱和电吉他，是他们第一次接触到体育、美术、音乐、手工等素质拓展课程，也是他们第一次举办晚会和趣味运动会。几个孩子围上来七嘴八舌地问："这个是什么?""真的有体育课上吗?""会教我唱歌吗?"对他们来说，一切都是新奇的，我从他们的眼神中读到了对我们这些老师的期盼和尊敬。

我和彭宇航原先是认识的。可这次他再见到我，无论如何也不肯叫我"袁大姐"了。他仰起小脸对我说："以前你是姐姐，可是现在你是老师了。"我们穿着统一的队服，不管是在哪里见到，孩子们都会脆生生地唤一句："老师好。"在晚间吃饭的时候，还有孩子过来拉了我的手，悄悄地问我："老师，你们拿来的这些书可以看吗？我们不乱拿的，看完就放好。"孩子们对我们的亲近和尊敬，还有他们对知识的渴求，让我深深动容。来吧，孩子，让我牵起你的手，一起去学习知识，收获成长。

红色故事分享会——革命精神永不忘

红色故事分享会，是志愿者们基于潢川县丰富的红色文化资源设计的一堂特色课程，旨在培养孩子们的爱国意识，让革命先烈的精神对他们产生积极的影响。孩子们很认真，除了讲述自己了解的革命故事以外，还讲了自己父辈的革命故事。

在上课之前，五年级的杨宇心问我："老师，我想讲南丁格尔的故事，虽然她不是中国的革命先烈，但是我很敬佩她，我也想成为和她一样的人。"还有许多孩子讲述了王二小、刘胡兰等少年英雄的故事。"老师讲过的，王二小是个小英雄，我们都应该向他学习。"郑宝银同学这样跟我说道，语气严肃且认真。从孩子们庄重认真的神情中，我看到了榜样的力量。

"我要把我爷爷的故事讲给大家听。"杨宇康同学在黑板上写下爷爷的名字，话语里尽是自豪与对爷爷的敬佩。"我的爷爷叫杨得胜，他参加了对越自卫反击战，家里还有国家颁给他的奖章呢。虽然爷爷现在落下了很多病根，但他总是叫我好好读书，将来报效国家。在我的心目中，爷爷就是我的英雄，我不会让他失望的！"一个十岁的孩子，将最后八个字说得字字铿锵，既是对爷爷的承诺，也是对自己的要求。可以说，正是因为爷爷言传身教，在日复一日中默默影响，才会培养出这样努力、向上、优秀的孩子。

多彩活动——多希望你永远有这样的笑容

要说孩子们最开心、兴致最高的时候，那就要数举办活动了。很多孩子是第一次办晚会，第一次上台表演节目，第一次挥动荧光棒，第一次参加运动会，第一次拿到许愿瓶。这些活动对他们来说都是第一次，有无限的好奇和畅想。

让我印象深刻的是几个集体合作的项目里孩子们的默契配合。在历史剧《抗战岁月里的潢川》演出的时候，天色已经暗了下来，舞台很小也很简陋，甚至没有很好的照明，但孩子们将演出的每个环节都很好地做到了，很有条理，也有秩序，台词说得清楚，口号喊得铿锵，在谢幕的时候很有礼貌地九十度鞠躬，真的很了不起。

在趣味运动会的时候，我们把57名孩子分成了七支队伍，设置了八个游戏环节，每个环节采取计时的方式，以最后的总用时评定一、二、三等奖。在我负责的“地雷战”环节，需要一名同学蒙眼，根据其他同学的提示穿越障碍区域，拿到提示卡，猜出正确答案。令我十分惊讶的是，有一支队伍仅仅用时25秒，这离不开孩子们之间的团结合作和对彼此的信任。你看啊，他们虽然还小，但未来可期。

在参加活动的时候，你可以轻易地看到孩子们的笑脸，那是一种他们这个年龄和生活环境所特有的，那样纯粹，毫无保留。他们因为胜利而欢呼雀跃，却不会因为失败而伤心沮丧。他们享受过程，把奖励看作一种惊喜，所以总是能获得快乐。有时候，这种生活的心态令人艳羡。

离别——不想说再见

“你有一颗透明的心灵，一双会流泪的眼睛。”

“我会牢牢记住你的脸，我会珍惜你给的思念。”

我原以为，我不会舍不得。因为对我来说，这次相见并不会是最后一次。“还会再见的。”我这样告诉孩子们，也这样对自己说。可是当一大早我被孩子们围着写下自己的联系方式，当一个胖胖的小男孩将新买的红色皮筋塞进我的手里，当孩子们脆生生地唱起送别的歌曲，当他们争先恐后地要跟我留一张合照时，我还是忍不住鼻头眼角泛起的酸意。

我的脑海里跟过电影似的，想起郑可欣写的方方正正的毛笔字，想起杨宇心画得逼真的哆啦A梦，想起班长彭宇航带着班里几个同学在放学之后自觉地做卫生，想起孩子们请我吃的果冻，想起他们课堂上高高举起的右臂，想起他们在早晨那声带着几分俏皮的“老师好”，还有他们此时的一双双泪眼……

原来已经这样舍不得了啊。

郑雅雯和杨宇心两个人哭得最凶，怎么劝却还是止不住她们的泪水。

"老师，你们能不能不走了啊。"杨宇心攥着我的手挽留我。

真的，有那么几个瞬间，我想要留下来。

但我只能告诉他们，分离是人生之所必经，还有，我们终会再见的。

我相信这些孩子，他们这样聪慧，这样上进，这样孝顺，这样懂事，一定会有一个灿烂美好的未来。我对他们说："也许你现在觉得我们这些老师很厉害，但是也许再过上十几年，你们会站到比我们更高的地方，看到更加广阔的世界。"

"我在未来等着你们。"

我们在离开前，最后一次送孩子们出了校园。有几个孩子却不愿走，非要等我们离开之后再回家，爷爷奶奶来接也不走。"让我再待一会，让我最后再送送你们。"孩子们送我们的车出了村口，远远地还能看见他们高高挥动的小手。他们站在那里，直到消失在了我的视线中。

孩子们的真心——最珍贵的礼物

"袁老师，虽然我不知道你有什么梦想，但我希望你的梦都能实现。"

"祝：工作顺利，万事如意。"

孩子们的祝福写在折好的手工作品上或者是简简单单的信纸上，文字稚嫩，甚至有些歪歪斜斜的。回到家的第一个晚上，陈舰航往我的手机上发了短信，问我在干什么，晚饭吃了没，是不是和自己的爸爸妈妈在一起。他还告诉我，这几天他一直很开心，学到了以前不知道的知识，见到了以前没见过的东西。他想要和我一样，好好学习，到大城市里上大学。

我想，我们的力量终究很微薄，十几天的时间也许不能从根本上改变什么，但孩子们学到了知识，开阔了眼界，对未来有了期盼和追求，他们有所获；而我们，守护了孩子们的天真，得到了孩子们的真心和喜爱，这就足够了。

在 2017 年的盛夏，和这样一群孩子在一起，是我做过的最有意义的事。这样的经历，我不会忘记，也不舍得忘记。

我想握住你们的手

2014级卓越语文教师实验班　何　昕

沂水悠悠，蒙山巍峨。沂蒙深处，有袅袅炊烟，也有琅琅读书声。我踏遍这片炙热的土壤，握住你们的手，想把时间停留在这一刻，感悟年轻的纯真，体会时间的雕琢。

我想握住你们的手，把时间停留在此刻。

15岁·小梦想在发芽

“老师，我不会写粉笔字，你教教我好吗？”来孟良崮中学的第三天，晚自习上，我的耳边出现了一个小小的声音。这个八年级女孩很害羞，低着头不敢看我，我笑了笑，站起身来拍了拍她的肩膀，“好呀，跟我来！”走到旁边一间空教室，来到黑板前，我轻轻问她：“小妹妹，为什么想学写粉笔字啊？”女孩终于抬起头不好意思地看了我一眼，说：“我也想成为像大姐姐一样的语文老师，回镇子里教书，可是我写的字太难看了，所以……”我不觉被眼前姑娘纯净的想法所打动，就像她的眼睛，清澈透明。“来，拿一支粉笔，老师手把手教你！”我轻轻握住她的手，带着她在黑板上一笔一画地写上了“语文老师”四个大字。“姐姐和你一样，也希望以后能做一名语文老师，我希望，我们可以一起努力，把这三尺讲台站稳。”

我握着这个15岁女孩的手一起写粉笔字的时候，我听到她咚咚的心跳声，那是属于15岁女孩特有的心跳，那是属于15岁女孩梦想发芽的声音。握着她的手，为她守护这个梦，我好想把时间停留在这一刻，陪她等待梦想的长大。

60岁·这手艺啊丢不得

沂蒙山区这片充满传奇色彩的土地上孕育了悠远而古老的历史文化，在去当地乡村进行民俗采风的时候，我们遇到一位手艺非凡的老阿姨。她叫宋士芳，是沂蒙山小调的传唱者，也是山东特色民间工艺品双头老虎枕的制造者。

记得那一日，刚踏进宋阿姨的家门，我就被眼前的景象牢牢吸引了：各种颜色的花布、大包小包的艾草叶和荆棵种子堆放在狭小的客厅，老式缝纫机上摆着已是成品的双头老虎枕，十分精致可爱。“她爷爷因为事故去了以后呀，我就一个人撑起这个家，我卖过豆角、板栗，后来就自己做点儿小手工，老虎枕头呀，小帽子啊……虽然挣得很少，但每天都过得乐乐呵呵的。”宋阿姨搂着怀中的小孙女笑道。

为了满足我们的好奇，宋阿姨在现场为我们展示了她用老牌手动缝纫机做枕头布面的工作，手指飞快运作的同时，脚下也不闲着，一直不断地踩着踏板，很快，一块蓝底白花的布便做好了。我凑过去，欣赏花布的同时，看到了宋阿姨那双满是老茧的手。“宋阿姨，可以和您握个手吗？”这个淳朴的乡下阿姨把手在衣服上擦了擦，才握住了我的手，一个个老茧轻轻地磨着我的手掌，仿佛时光，在我的掌心不着痕迹地划过。这是一位手工艺者几十年如一日的职业操守，是沂蒙给予宋阿姨的无上光荣。“我准备等小孙女再长大一些，就教她做这老虎枕，老祖宗留下的手艺不能丢啊！”

我好想把时间停留在这一刻，握着宋阿姨的手，在大山深处，哼着沂蒙小调，操弄着缝纫机，默默守护着老祖宗的财富，眼瞧着老虎枕工艺代代相传，百世流芳。

99岁·敌人来犯还要上战场

在沂蒙山区，有这样一群老人，他们从抗日战争开始，参加了大大小小几十次甚至上百次战争，为的就是保家卫国，早日解放。在实践中，我有幸带领宣传组的伙伴们去往蒙阴县各个村镇，采访了数位八旬、九旬老兵，听他们讲述了那段战火纷飞的日子。而这其中，最让我触动的是今年已是99岁高龄的老兵董长松。

老人是1917年3月出生的，家住桃墟镇野老峪村。我们进门的时候，老人正坐在院子里晒太阳。这个静谧的深林小院，破旧得仿佛回到了20世纪60年代。看到我们，老人很开心，激动地站起身来和我们每个人都握了手。瘦削、褶皱、皮包骨是我对老人的第一印象。那双手，也只有一层皮还挂在骨头上，以示这个近百岁老人的峥嵘过往。战争的刻刀在这个老人的周身都刻下了两个字——风骨。

董长松老人出身贫苦农民家庭，自幼缺衣少食，饥寒交迫，吃尽了旧社会的苦，然而苦难的生活境遇也造就了董长松坚韧不拔的性格。其父母有着很高的爱国热情，在父母的教育下，董长松兄弟们从小就明白了保家卫国的道理。兄弟四人有三人在革命战争年代加入中国共产党。

1938年，日军侵占蒙阴后，四处烧杀抢掳，无恶不作。董长松耳闻目睹日军暴行，激起了心中的义愤，绝不当亡国奴，他参加村民兵队，站岗放哨查路条，样样工作抢在前头，下定了跟共产党走的决心。1944年4月，董长松光荣加入中国共产党，任村民政委员，组织群众开展反奸除恶、减租减息、拥军支前等工作。1945年3月，在解放蒙阴城的战斗中，他认真做好支前工作，多次带领村民兵队为部队送去粮食和各种给养，出色地完成了上级交给的各项支前任务。

1946年10月，蒙阴县掀起参军参战运动，董长松响应号召，积极动员村里的青年参军，常常为动员一人参军，几次、十几次地登门，耐心细致地做思想工作，使青年消除顾虑参军入伍。在他的动员下，有5位青年参加了解放军。有的青年参军后父母在家没人照顾，董长松主动承担其家务，把自家的羊杀掉慰问军属，让参军青年在部队安心打仗。1948年，董长松担任民兵营的排长，带领村里40多个民兵组成的小车队，从家乡蒙阴出发，一路跋山涉水，经过了山东、江苏、安徽三省，先后支援了兖州战役、济南战役、淮海战役。淮海战役期间，正值寒冬，白天国民党的飞机不断地狂轰滥炸，支前民工们只能边躲边走，不能生火做饭，怕暴露目标，累了就在路边歇会，饿了就吃点红薯、高粱，渴了就喝地上的雪水，省下小米、白面给部队。天上飘着鹅毛大雪，董长松就把棉衣脱下来盖在军粮上。鞋穿破了，脚上起了一个个水泡，就赤着脚在雪地里走。车队辗转数百里，把军粮送到了前线解放军的手中。

在9月3日举行的纪念中国人民抗日战争暨世界反法西斯战争胜利70周年阅兵式上，老人与山东40余名抗战老战士、支前模范、英烈子女代表以及全国各地的代表组成抗日战争老同志乘车方队，在天安门广场接受祖国和人民的检阅。董长松是山东省接受检阅年龄最大的支前模范。当说起老人的宝贝时，他“咯咯”笑了起来，召唤老伴儿从屋里拿出了一个小行李箱，打开一看，勋章、奖牌、大红花多得目不暇接，老人一个一个给我们分享这些荣誉背后的故事，脸上满是骄傲与自豪。

“现在是和平年代了，你们大学生要好好珍惜，更不能忘了为国家付出。如果有一天敌人再来侵略，我还要上战场!”临走的时候，老人对着天空行了一个军礼，或许是向那些曾经一起浴血奋战的牺牲的战友致敬吧。

董爷爷，我想握住您这双饱经风霜的手，听您再多讲讲那过去的故事，伴着沂蒙的蓝天白云，就让时间停留在此刻。

盛夏的沂蒙，有你们的脸庞轻轻拂过，年轻的，沧桑的，衰老的，都是沂蒙最动人的颜色。我想握住你们的手，就让时间停留在此刻。

心灵深处的孟良崮

2015级汉语国际教育　何　粲

支教结束有一周了，但是支教生活好像还在我的身边，那些事情仍历历在目。

七月五日，我怀着满满的期待，坐上火车，从安徽来到了山东。

先前激动的心情在见到孩子们后就被熄灭了，看着孩子们的嬉闹，我感到一股巨大的压力从头顶压来。我连讲台都没有上去过，怎么去教小孩子们的课？我连初中生都没有接触过，怎么去和他们相处？这些悲观的想法随着时间的推移，就消失得一干二净。孩子们虽然处在叛逆期的时间段，但是却善解人意，愿意和我们沟通，告诉我们他们的想法。孩子们虽然求知欲非常强烈，但也不挑剔我们这些生疏的老师的教学。

在报道的第一天，有个男生的妈妈一直拉着我说话，说自己儿子成绩不错，就是英语不是很好，希望我们可以给他补补……那位妈妈说了很多，有些我记得不大清楚了，但是我记得那位母亲的面庞以及眼睛中透露出的担心。那时我心里想，要好好对待这帮孩子们，对得起家长们对我们的嘱托。

我教学生手工剪纸课，第一节课是在八年级上的，突发情况很多，首先是带过来的笔记本电脑没有办法和教室里的线连接，其次就是上课时多媒体坏了，没有经验的我一下子就手忙脚乱。我看着做好的课件不能用了，傻了眼，完全不知道课怎么继续上下去，但是看着孩子们一双又一双的眼睛看着自己，我鼓了鼓勇气，将课上了下去。最后总结经验的确是受益不少，我犯的第一个错误便是太过于依赖自己制作的课件，有了课件万事足的心态绝对要不得。其次因为有课件的原因，课备得就不是那么充分，没有课件的情况下偶尔就会尴尬。备课是上好一节课的基础，备课是不依赖多媒体等现代手段的。

我们团队除了支教，还有对红色记忆的追寻。采访的老兵、红嫂等有很多，印象深刻的也有很多，但是印象最深刻的莫过于今年已经104岁的张淑贞老人。在抗日战争时期，曾发动群众参加抗日，也积极地做军鞋、缝军衣、磨军粮，支援前线。由于年岁已大，张淑贞老人的耳朵已经听不清了。现在的她只会笑着比画着表达她对我们的欢迎。在全程的采访过程中，她坐在沙发上，一会儿拿着扇子要给我们扇风，一会儿比画着吃瓜，一直忙活着想表达她欣喜的心情。最后，在我们走的时候，她一直抓着我们的手，不舍得我们走。等到我们坐上车子，老人仍然站在家门口，看着我们离去。

张淑贞老人的事迹感动了我，我佩服她当初的见识与勇气。她在听力不好、行动不便的情况下，仍然保持的那种对每一个人的关怀、爱护之情深深地感动了我，那种情感流淌在血液里，深入到骨髓里。

支教的时光真的很短，美好的岁月总是过得很快。我难以表达自己对这段时光的眷恋。孩子们故作成熟的小大人状，老兵上战场感人的事迹，红嫂支援前线无私的精神，这些都是我不能忘的，这些东西早已印在了我的心灵深处。

心随手动，为梦起航

2016级汉语言文学　昝　群

“老师，这节课我们要折纸吗？那我们要折什么呢？”一位小学生指着志愿者手中的卡纸，仰起小脸问道。安徽师范大学赴河南潢川实践团队志愿者昝群的支教第一堂课就这样在孩子们的好奇与期待中开始了。“同学们，大家好，上课之前老师先做个自我介绍。”话落，志愿者将自己的名字“昝群”写在了黑板上，“哪位同学知道老师的姓怎么读？”孩子们热烈讨论了一分钟之后纷纷举手“Jiu”“Chu”……各种新奇的读法层出不穷，但没有一个孩子读得正确。“z-ɑ-n，这个字读Zǎn。”经过短暂的自我介绍之后，手工课正式开始了。

“来，同学们，今天这节课老师教大家折千纸鹤。看老师的纸，首先，在方形卡纸上折出‘米’字形，然后……”“老师，这样对不对？”课堂上的小学生们十分积极，每个人的眼睛都一直认真注视着老师，生怕错过其中的任何一个环节。“老师，这边怎么折呢？”“老师，下一步应该怎么做？”已经按老师要求折好的学生迫不及待地希望老师教下一步。最终，通过折、剪、翻、拉等具体步骤，一张张小小的纸片就变成了一个个栩栩如生的千纸鹤。

孩子们将折好的千纸鹤高高举起：“老师你看，我折得好看吗？”志愿者看着孩子们天真无邪的笑脸，颇为动容地说：“同学们，千纸鹤有很神奇的魔力，你们可以对它许下心愿，在深夜你们睡着的时候，它可以飞到你们想要去的地方，帮助你们一点点地实现心愿。”

“叮……”不觉间下课铃声响起了。“好，今天的课就上到这里，下课！”志愿者昝群收起教具，正要离开教室的时候突然被一大群学生围住。

“老师，下节课你要来教我们叠‘心’啊！”“老师，下节课我想学叠小盒子。”学生们你一言我一语，话语中显示出了对折纸的无限喜爱。短短四十分钟的课程，志愿者就与学生建立了深厚的感情。

“折纸就像变魔术，孩子们可以从变化中感受到惊喜，在动手中感受到成就感。折纸可以通过千变万化的造型和奇妙的构思激发孩子们的想象力和创造力，拉近老师和学生的距离，他们会很享受这个过程。”志愿者昝群如是说。

刘寨村的孩子们很少有机会接触到城市里的生活，他们渴望手中的千纸鹤可以将他们的思念带到远在城市打工的父母那里，渴望成为自己梦想中的那个人，渴望走出村子看看外面的世界……一张小小的纸折出了学生与志愿者之间难忘的回忆，志愿者也希望用自己的力量守护孩子们这简单而美好的心愿。

需要与被需要

2014级秘书学　周　璇

朋友开玩笑说："我觉得你们根本不是支教，大学生支教都是去很穷很偏的地方，你们去的地方看起来条件还不错啊。"我笑笑回应她："那里是条件不错，可我们也依然被他们需要啊。"我想，"需要与被需要"应该是我和那群孩子之间产生的微妙情意的最好解释吧，也是我对支教对象和支教人之间关系的理解。

我有一个与他们年龄相仿的弟弟，看到他们，会自然地产生想要把他们都当作宝贝弟弟的冲动。我也告诉他们，不需要称我"老师"，叫我"姐姐"就好。但乖巧的他们，还是在课堂上认认真真地叫着我"老师"，实话说，很欣慰。

作为他们的姐姐，可能我并不称职。"姐姐"一词，在我心中的分量很特别。一直认为，姐姐应当是倾听的对象，是温暖的臂膀，是坚强的后盾。可这些，我并没有完全做到。想起支教结束的那天，不争气的我控制不了眼泪流下来的频率，吓倒了一群弟弟妹妹。一个弟弟看到我哭了，便说："老师，我给你讲个笑话吧。"哭得泪眼婆娑的我朝他点了点头，示意他说下去。他眼一转，说："小明家是卖牛肉的，有一天呢，他吃了牛肉……老师？好不好笑？"这个现编且没有技术含量的笑话实在是难以治愈沉浸于悲伤中的我。"一点都不好笑！"我带着假装生气的口气回了他一句。"老师，你笑一个好不好。"他像是一个老师，教我这个学生怎么笑，自己先憨憨地笑了起来。他这个表情，一下子就干干净净地止住了我的泪水，也点开了我的笑容。本该由我做他们坚强的后盾，但我却被这群本该被呵护的孩子们保护了一把。而这群孩子当中，最需要守护的那位孩子，却一直被我们忽略，直到支教即将结束，才被我们真正看到。一个眼睛一笑起来就一条缝的胖胖的小男生，是别的孩子口中的“学霸”，是我们眼中的“乐天派”。如果不是家访，可能我们永远难以想象那个小男生心中藏起的痛苦和肩上扛起的责任。在家访之前，他告诉我：“上学的时候，我每天早上五点半起床，大家都是六点起床，我比人家早起半个小时，就多写半个小时的作业。”当时听了这话的我，一方面自愧不如，一方面惊叹于他的刻苦懂事。在家访的时候，看到他家几近家徒四壁的情况和得了脑梗的父亲时，我把这个男生每天早上五点半起床，只为多写半小时作业的情况告诉了他的妈妈。一直笑着跟我们说话的阿姨，也抹了抹泪，说：“这孩子，好像是知道他爸爸那个样子以后，就开始发奋读书了，他比一般孩子懂事早。”当听到他的同班同学说他最大的愿望就是他能在家里的菜园里随时摘到自己想吃的水果和菜时，我内心的不忍又再一次爆发，我知道他真的不奢求什么，但我希望他相信，我们定会尽力帮助他，虽然我们发现得太迟，但我们定会竭尽所能。

作为他们的老师，可能我也并不称职。我没能记住每一个学生的名字，没能记住每一张融化人心的笑脸，这是我的失职。一开始，面对每天下午都有我的课的课表，心里是有怨言的，可当我渐渐习惯顶着烈日去教学楼的那段路时，我再也抓不住时光这个小偷了。曾经不满课太多，后来感怀上不完，我想我终于体会到老师在打下课铃时拖堂的心情了。从学生到老师，再用老师的视角看学生，偶然间，我也在孩子们的中间发现了做学生的自己。很多性格开朗、活泼外向的学生喜欢在课上主动回答问题，在课下找我单独聊天，这样一来，我便记住了他们的名字，有一些活动时，便会首先想到他们。而那些性格内向、不爱说话的孩子们，我对他们的了解不多，能给予他们的机会就相应地减少了。我也曾主动找过那些不爱说话的孩子，可他们半天才吐一个字的状态，让我不禁怀疑他们是不是不喜欢我，久而久之，我也不敢再找他们了。等到结束的那天，我才发现，原来我真的错了。结束时收到的纸条，大多是来自那些不爱说话的孩子们。他们在信中用简单纯粹却温暖人心的话语表达了他们对我的感情，这份感情，他们羞于开口，只好借助文字。而他们身上待发掘的闪光点也并不比那些活跃的孩子们少，他们只是愿做一个沉默的金子。在内疚于自己对他们的关心、关注不够时，我突然想到了自己，我自己又何尝不是那个因对老师有一种小崇拜而不敢太亲近老师的学生呢？原来，角色的转换可以让我收获很多。

再被需要，也终将有一天不再被需要，就像这支教总会结束，我们终将离开你们一样。每个人只能陪你走一段路，你们终将独自承受人生的风风雨雨，唯愿多年后的我们和你们还记得彼此说过的话，默念它，仍能点燃你的心，不再怕那漫漫长夜。

以梦为马，青春孝行

2017级秘书学　刘天生

我打花津走过，远行三合。等在季节里的三合小镇如莲花的开落、蝉声的簌簌。小小的学校就是一座小小的城，我不是个过客，我是个归人。

再一次来到阜阳这片土地上，不是和家人回老家过年，而是和安徽师范大学赴阜阳“青春孝行”暑期社会实践团队的队员们一起，历经五个小时车程，顶着炙热的太阳，以梦为马，奔赴阜阳三合这片热土，传播“青春孝行”。

这是我第一年参加“青春孝行”实践团队，我脑海里的“青春孝行”就像队服后面的两句诗，“创文促美还乡诺，长践助贫育孝心”。这是一份承诺，也是一种梦想。团队与政府、学校、乡村的紧密结合，三位一体，构建起三者之间桥梁，在漫长的求学之路上，我期待着这是我做过的最有意义的事情了。终于，一路颠簸，一路辗转，7月16日，我们到了三合学校，身躯本就沉重，没有想象中成群结队的孩子，没有来来往往的车辆，像空空的城，寂寞而稀薄。这里比我们想象的要显得艰苦，衣食住行都不是那么方便，都得自力更生。和校长简单交接过后，我们开始安顿下来，辛苦打扫收拾的欢笑中我们迎来了三合的夜，沉沉的，静静的。

阳光没有偷懒，我们也起得早。因为今天是7月18日，我们迎来了我们的第一批学生孩子。家长带着孩子陆续开始报到，就像睡莲再一次焕发了生机，亭亭玉立。家长的热情和信任，孩子的期待与天真，教室里孩子们炙热的眼神，都拨动了我们一整个夏天的心弦。第一项是破冰仪式，我作为孩子们的体育老师在破冰游戏中着实体会到孩子们的不同特色，害羞的，调皮的，乖巧的……活动开始总是有些生滞的。随着游戏深入，气氛渐渐紧张，在“五毛一元”游戏中，老师和孩子们紧紧拥抱在了一起，彼此的陌生感那一刻变成了依赖。与学生分别是不舍的，送别更加觉得不舍，这群稚嫩的面庞与我们成长的心灵之间像是建立了契约。可能这就是每一个老师所被赋予的使命感与荣耀感。

短短几天，“青孝”之花早已逐渐盛开在每个人心中。“青春孝行，促梦成长。”我们在这里短暂的驻扎也许不能留下许多知识，但希望可以留下信念，传递薪火。这些孩子大多数都是只有爷爷奶奶看护的，常常会一个人骑着硕大的自行车上学，不平凡中又显得正常，这就是普遍的现状。我想无论他们调皮或害羞，都是对这种现状的一种反映。他们内心充满着对亲人的渴望，渴望接触亲情与外界美丽的世界。

我们都怀揣理想与蓬勃朝气，来到我们青春洋溢的时节，热情挥洒的三合。躬身社会实践，挥洒青春汗水，以梦为马，“青春孝行”！

与你相拥在仲夏

2014级卓越语文教师实验班　马尔康

2016年的7月注定难忘，与之相伴的是南方大雨滂沱以致洪水滔天，我们一行20人离开芜湖一路北上，只为赴几个月前许下的约定。借此机缘，我认识了我可亲、可敬的队友们，认识了孟良崮一群可爱的孩子们，还认识了一些令我敬佩不已的老兵和红嫂。

这次的实践不仅仅是一次支教经历，对于我来说，更是一个和自我相处、斗争并不断磨合的过程。

“支教”这个字眼对我来说是陌生的，在此之前，我还没有去给任何人上过课，作为师范生，这是一次难忘的生活体验，也许还是职业生涯的初次涉足。我的内心既激动又紧张，怀着好奇，顶着压力，我开始了在孟良崮中学的第一堂课……

那堂课是给八年级学生上，是一门英语课，不是英语专业的我还是为自己捏了一把汗，所幸在上课之前做了比较充分的准备，于是我就这样强装淡定地走进了教室……至今还记得那天晒人的阳光、教室里面盯着我看的一双双眼睛、教室后面我的队友兼同事，还有我那怦怦的心跳和冰凉的手指。那天上课的内容我记不太清楚了，但上课后的感受却异常清晰。我终于体会到作为老师的感觉，内心有一种“原来如此”的味道。原来，作为老师真的是愿意倾其所有，愿意把自己的知识和方法毫无保留地传授给自己的学生；原来，作为老师真的特别不容易，我们在课堂上看到的可能只是他备课的一部分，他为了展现100%，可能需要准备200%甚至更多；原来，作为老师真的有很强的幸福感和成就感，这种感觉来自学生用渴望知识的眼神看着你，来自学生上课积极主动地配合你，来自学生课后拿着作业来请教你……

可能第一次终究是最难忘的，而后来的给七年级、八年级上的无论是英语课还是历史课都没有第一次来得刻骨铭心。

在上课之余，更多的是和队友们的相处。从中，我感受到了团队的力量，虽然这过程中碰到了矛盾和摩擦，但是很庆幸大家都能保持冷静和理智，用成熟的方式去化解。记忆犹新的一个小插曲是队友们在我闹肚子的时候送我回寝室还给我拿药，现在回想起来，内心都有一股暖流在涌动。

可能是性格使然，我现在不太擅长和年龄小的孩子交流，不太擅长去迎合他们的兴趣与喜好，所以，除了上课、作业辅导的时间和他们接触，我很少去和他们交流，我现在觉得这是一种遗憾。所幸，这期间，我和我的队友们培养了深厚的友谊，我还学会了和自己相处。从一开始的抗拒想逃离，到不断给自己打气、鼓励自己坚持下去；从不适应北方的生活，到可以淡定地吃着馒头、喝着小米粥；从对团队、对学生的不熟悉，到融入其中、自得其乐……内心有过挣扎、抗争、懊恼、委屈，也有激动、喜悦、兴奋、幸福，终究是五味杂陈，在与自己的"和解谈判"中走过了这十几天。

时光匆匆，从一开始觉得日子难熬到发现在临沂的时间越来越少，在不知不觉中，对时间概念的转变或许就是我对这次支教生活的态度转变吧：记得每次和大家吃饭时的说说笑笑，记得每天对洗澡问题的担忧与紧张，记得在校园里走过的每一条小路，记得和朋友荡过的秋千，记得每一次熬夜工作后教学楼微弱的灯光，记得每一个受访的老兵和红嫂的故事，记得这十几天里遇见的每一个人、发生的每一件事以及自己的每一种心情……

尽管有太多的不舍，可是该说再见的时刻还是准点到达。再见了，临沂！再见了，孟良崮！再见了，这里的每一个人！听说对一个地方的怀念一般是从离别开始的，可为什么还没踏出学校大门就开始伤感呢？时至今日，回想起在孟良崮的点点滴滴仍旧感慨不已，这个夏天注定在我脑海中挥之不去……

这个夏天，我们在沂蒙

2014级卓越语文教师实验班　甘国莹

这个夏天，许多年轻的爱如热气球一样升起。20个来自不同地方不同专业的大学生加入安徽师范大学文学院赴山东孟良崮实践团队，高扬“追寻红色记忆，打造创新课堂”的旗帜，几经波折来到山东省蒙阴县孟良崮中学，开始了15天的暑期社会实践。我们由爱出发，因爱远航。

寻·一段峥嵘岁月

寻红色记忆，让峥嵘岁月的印记历久弥新。15天的实践，我们先后来到了孟良崮战役纪念馆、沂蒙红嫂纪念馆、沂蒙“六姐妹”纪念馆。在这些承载着历史记忆的地方，我们看到：一块块烈士纪念碑印染着血与火的光辉，一幅幅画演绎着战争岁月的历史，一件件英雄遗物讲述着艰难生活的细节，一段段文字介绍彰显着平民英雄的精神……生活在和平年代的我们对于战争岁月多少会觉得有些遥远和陌生，但是踏上孟良崮这片红色热土，看到纪念馆中的点滴记忆，我们感受到的不再是历史书中关于战争与英雄的文字描写的单调触感，而是面对光辉岁月触及灵魂的悸动。

历史的长河始终向前流动，时光的沙砾可能会掩埋英雄的印记，但信仰与精神的力量却仍然生生不息、代代相传。我们追忆红色历史，探寻今时今日仍闪耀红色光辉的人和事。烈日当空，我们辗转寻访了沂蒙老区的老兵、沂蒙“六姐妹”之一伊淑英的后人以及沂蒙新红嫂刘桂琴、朱呈镕等人，倾听他们讲述那些年的英雄故事。忆往昔峥嵘岁月，固今朝红色信仰。历史留给我们太多的慨叹，引领今朝的我们扬起理想的风帆。

生活在沂蒙热土的乡民们对于英雄故事耳濡目染，英雄的精神始终鼓舞着他们。我们作为异乡人来到这里，眼前浮现的是峥嵘岁月里英雄浴血奋战的光影，耳边流淌的是代代相传承载厚重意蕴的沂蒙小调，心中刻下了永不磨灭的红色印记。我们赤条条地来，满载着光辉离去。

守•一群可爱学生

从江城芜湖来到沂蒙孟良崮中学，我们遇见了这样一群可爱的学生：他们爱笑，天真的眼睛像极了闪烁的黑水晶；他们时而安静羞涩，时而欢蹦乱跳，学习和玩闹是他们生活的全部；他们有着朴素的生活，却不乏遥远的梦想。初见时，他们用惊奇的眼神打探我们；相处时，他们用灿烂的笑容回馈我们；离别时，他们用热情的拥抱挽留我们。15天很短，容许我们教给他们知识的时间太少太少；15天很长，足够我们一辈子珍藏这段回忆。

在这段支教日子里，我担任八年级学生的班主任兼语文老师。我有一群很棒的学生：文静内向但在吵闹环境中也能安静学习的短发女生，家境贫困但成绩优异、乐观开朗的小胖子，黏着我叫姐姐、时不时塞给我吃的东西的微胖女孩，还有拥有自己的梦想并且朝着目标努力的长发女生……讲台上，看着他们期盼的眼神，我轻藏紧张的情绪，努力营造寓教于乐的课堂氛围；宿舍里，听着他们欢愉的说笑，我放开内敛的性子，自然融入单纯美好的青春集体。与其说是当他们的支教老师，我更愿意成为他们信任的伙伴。

支教成行之前，我曾对这样短期的支教持有保留意见，怀疑这样仓促见面又仓促告别对于学生和我们自身而言都不会有太多收获。但当我来到这里，看到这群学生，才发现我们或许没办法带给他们许多知识，然而作为经历过他们这一阶段的我们，能够帮助他们解答内心的困惑与迷茫，这才是价值所在。我们的微薄之力可能成为不了他们人生的指路人，但我们愿意用自己的热忱和真心，去为他们的人生之灯增添一点亮光。我希望我们离开的时候，光依旧还在，哪怕微弱。如同光辉岁月里英雄留下的精神和信念长留在沂蒙这片热土一样，平凡的我们也想留下一些不平凡的东西。

惜·一份奋斗的温情

一个人的力量是有限的，但一个团队可以创造无限大的潜力。作为安徽师范大学赴孟良崮团队的一员，不辞辛苦从芜湖踏上远赴山东的火车那一刻起，便从我变成了我们。吃饭、工作、活动，习惯了身边的这一拨人，当结束实践独自踏上归途的时候，当周围突然变得很安静的时候，我好像重新又认识到了团队是什么样的存在。

15天，20个人，我们开启了奇妙的实践之旅。从刚来时的没水没电到后来的冷热水交替，队员健康相继亮红灯，好像每天醒来大家都会面临层出不穷的麻烦，在手忙脚乱中我们一起面对。教学楼四楼的微机室是我们奋斗的碉堡，学校旁边的小店是我们前进的能源站。我们一起馒头就素菜，一起从早到晚忙不停，一起顶着骄阳做调研，一起带着学生嬉笑玩闹，在原本不咸不淡的暑假共同创造了有滋有味的实践时光。15天，我不仅遇见了一群可爱的学生，也遇见了一群可爱的队友。我们相见不晚，欢如平生。

这个夏天，虽然没有空调与西瓜相伴，我却觉得过得充实而有意义。临别前夜，我坐在八年级的班级里，身边围着一群学生，那个时候我真切地感受到了这次实践带给我的最宝贵的情感。离别不免悲伤，我却没有像同行的队友那样哭得厉害。最后合照时我悄悄擦掉了眼里的泪花，因为学生说第一天来这里看到我因为他们哭觉得很不安，所以即将离开的我想留给他们灿烂的笑容和美好的祝福。徐志摩说：我挥一挥衣袖，不带走一片云彩。我想说，归去，我沉甸甸的行囊里满载着学生们带给我的宝贵财富。

支教初探

2016级汉语国际教育　杨雪莲

7月16日凌晨五点，闹钟打破宁静，这是我支教的第一天。

严重的睡眠不足使我几乎睁不开眼睛，我知道未来的十天里我都要五点钟起床，洗漱完毕后和一个队的室友去学校西门和其他队友汇合，统一的队服，年轻的我们。整齐走在路上的我们总是吸引着周围人的目光。“你们是哪个学校的啊？”“我们是安徽师范大学的。”“你们这是去干什么啊，还不放假吗？”“我们是去支教的。”这是途中听到过最多的对白。从学校到荆山要花费一个多小时，要转一次车，还要步行穿过一条很长的巷子。第一趟公交车上的人每天都很多，一车都是去买菜或卖菜的老爷爷老奶奶。几乎没奢求过有机会能找到位置坐下，还经常被挤得脚不沾地。转车后的公交车是直达荆山的，在这么早的时间里车上很少有人。只有在这段路上我们才能找到座位休息一下。下车后经过一条卖早点的街道，我们都是打包好早饭带去学校，穿过一条古色古香、看起来很有人情味的巷子，再过一小段马路就能看到学校的大门了。

第一天早上，队长先进行了开班典礼，让每个志愿者和之前分配负责的学生先互相了解一下。我们志愿者主动地和学生聊天，小朋友虽然很腼腆，也不敢看志愿者的眼睛，但并没有我们想象中可能会发生的抵触。开班典礼中先强调了安全问题和纪律问题，接着给学生们分发了未来学习中要用到的语文、英语、生物等教材。然后是各个志愿者上台做自我介绍。还记得自己上台前控制不住的紧张，在讲台上强装镇定实际上身体已经在发抖。毕竟还有三次要给学生们上的课，这次介绍也算是初次历练。开班仪式结束后，我们进行了素质拓展活动，也是“破冰”活动。志愿者分成两个队分别带两组小朋友。我所在的那组一起玩了“老狼开饭”“萝卜蹲”的游戏，慢慢渐入佳境。下午先上了一节主题为“畅想未来”的绘画课，接着就到了课业辅导的时间，学生学习起来都很认真，学习氛围浓郁。

第二天早上先是早读课，然后是形式意义上真正的第一堂课——语文课。上完早读课后，我们按照计划带着学生去荆山公共服务中心，由那边的主任给我们举行开班仪式。每个志愿者都和自己负责的学生手拉手，站成纵队，一个接一个地向荆山公共服务中心走去。下午是我的一节特色课——泥塑课，有了第一次上台面对学生的经验，自己便也不怎么紧张了，相反，课堂上还能够灵活地带动课堂积极性，这都要感谢学生对泥塑课的喜爱和他们的配合。学生们捏的作品都非常优秀，尤其是捏动物泥塑的一组和捏植物大战僵尸的一组，他们的创作让我感觉到学生的创意思维是无穷无尽的。还有很多小朋友把自己做的作品送给了自己喜欢的老师，可把这些小老师给高兴坏了。

早读教了英语和语文的《水调歌头》，接着上午给学生上了书法课。下午志愿者教学生利用几种不同的树叶拼成树叶画，学生都对树叶画产生了浓厚的兴趣。接着就是每天都有的课程辅导，学生们学习也越来越认真，志愿者和学生相处也更加融洽。

这是疲惫而又充实的三天，期待未来七天自己能做得更好。

支教故事：那些回忆，纸短，情长

2016级汉语言文学　沈　笑

眼前是城市的幢幢高楼，可我却总想起那寂静、辽阔的小村庄，耳边回荡着孩子们“沈老师好、沈老师再见”甜甜的声音。离开庐江县东风村已经十天了，离开那些可爱的孩子们已经十天了，不知孩子们心里是否也在留恋着那与我们相处的十天，至少，我一直都在怀念。

“文字打败时间，手写给人温暖”，这是我们团队的实践理念。提起这句话，我的内心充盈着丝丝暖意。我们深知支教的时间有限，不能给孩子们带去很多具体的知识，所以我们就商议着为孩子们培养一个好习惯——用手写去表达情感，保存记忆，这又何尝不是一种幸福？

但现实终归是残酷的，我甚至有些寒心。第一天到实践地见到那些孩子的时候，我自告奋勇地站上讲台与他们进行交流，就像一名新任的班主任刚见到她的第一届学生一样，他们眼中充满着惊奇，我的心里也充满着忐忑和期待。简单的自我介绍以后，我尝试着询问他们：“你们有没有写日记和看课外书的习惯啊？”“没有。”“那你们有没有给自己的父母或者朋友写过书信呢？”“没有。”“你们喜欢用笔去记录生活吗？”“不喜欢。”三个否定的回答让站在讲台上的我有些尴尬和失望，我的热情被磨去了一半。沉默了几秒钟之后，我缓过神来，草草结束了第一次见面，我的心里五味杂陈。

乡下的早晨，宁静中带有一丝微风的清甜。第二天早晨七点，就有孩子们背着书包来教室了，见到我，他们甜甜地喊了声“沈老师好”，我有些发怔，好像还未适应这一声“沈老师”。几秒之后，我赶忙回了句：“你们好！”然后用微笑掩饰我内心的紧张与不安，我到底在害怕什么？

当下午我真正站在讲台上授课时，我才清楚我在害怕什么。我怕我站不稳这三尺讲台，我怕我愧对那一声“沈老师”。“师者，所以传道受业解惑也。”如若一样都做不到，那凭什么被称为老师呢？

下午的课程是我准备的一堂爱国主义教育课。我悬挂好团旗，准备了视频资料，却发现教室里没有多媒体设备。于是，我用手捧着电脑给孩子们播放了团歌，让他们观看了“大国崛起”纪录片。那一刻，孩子们就像打开了一个新世界。“这些年家乡发生了哪些新变化？”我尝试用问题去启发他们思考、发现，课堂气氛一下子活跃了起来。“教室里都用上最新的多媒体了！”“上学的路更宽了！”童眼看到的世界格外纯净、美好。在课快要结束的时候，我们起立共唱国歌，我惊喜地发现每个人的身子都站得笔直，眼神坚定，嘹亮国歌声从教室里传出，外面，阳光正烈，蝉声正鸣。

十天支教，我习惯了那一声“沈老师”，也习惯了孩子们的欢声笑语，他们那一张张活泼的笑脸是我这个夏天最美的收获。

离开的那天早上，我见到了村头的第一抹阳光，也见到了朝霞和彩虹。我手里抱着孩子们送给我的一箱手工小礼物以及写给我的信，在回家的高铁上沉沉地睡了。在罗河的十天，我的身份从学生变成了老师，我的眼泪变多了。这些纸张太短了，我要诉的情太多了，我想，这就是属于我和罗河的纸短情长吧！祝愿罗河的孩子们以及和我并肩努力的志愿者们，我们心中有梦，以梦为马，不负这美好年华！

总有人在满心欢喜，认真热爱

2015级汉语国际教育　阚薇薇

我总在最平常的热爱里，遇见最美丽的欢喜。

——题记

盛夏七月，菖蒲的花开得很美。因为暑期社会实践，我和一群小伙伴来到岳西菖蒲，奔赴一场有关信仰的七年之约。在这里，我遇见了好山好水，遇见了值得被铭记的普通人，遇见了眼里藏着星星的孩子，也遇见了青春的“最好的我们”。二十天的时间，我怀着满心的欢喜，将那些感动和温暖，认真回忆，妥帖保管，细心收藏。

山水温柔，你的眉眼一如初见

与你相遇，好幸运。在菖蒲，我遇见了一群美好的孩子，他们的单纯与善良，让我坚定了要成为一名教师守护那份纯真的决心。

初见孩子们，他们很羞涩。没过多久，我们互相熟识，发现他们很爱笑，喜欢黏着我们游戏打闹。后来正式开始上课，我负责的课程是“童书穿越创意写作”，围绕《绿野仙踪》的故事，让他们明白什么是“穿越写作”，以及如何发挥想象力进行写作。课堂上，看到孩子们听得津津有味，兴趣盎然，熬夜修改教案、反复试讲的辛苦和初次上课的紧张都在那一瞬间烟消云散。

二十天的相处很快乐。临走的前两天，看到一个孩子写的心愿“我希望像安徽师范大学的哥哥姐姐们一样努力向前”，忽然明白了支教的意义。我们都只是孩子们人生道路上的匆匆过客，但努力为孩子产生积极的影响，哪怕只有一丁点，却已足够。实践结束，孩子们纯真的笑脸还是会在眼前浮动，一如初见的时候。真心祝愿那些眼里藏着星星的孩子们，一生平安喜乐，笑容永远明朗。

初心不负，平凡也值得被歌颂

孩子们带来的温暖，是这个盛夏最美的惊喜。而走访的那些平凡的基层工作者，他们对于梦想的执着付出，同样让人动容。生活不易，梦想遥远，他们不负初心，坚定前行，平凡也是一首值得被铭记的歌。

我记得江选民，菖蒲村老书记，“为人民办实事”是他工作的宗旨，他用三十年踩出一条山区基层教育的道路；我记得余巧生，抗美援朝老兵，六十五载的光阴逝去，他还清晰记得自己部队的番号——“54军135师404团3营8连8班”；我记得王文亮，菖蒲村乡村医生，“‘医’带渐宽终不悔”，他心系万家百姓康健，是大山深处的健康“摆渡人”；我记得罗卫国，民间根雕艺人，千姿百态、各具特色的根雕作品，是他对根雕艺术的匠心坚守；我还记得五河高腔剧的老艺人们，“就是喜欢唱嘞，不唱忍不住嘛”。他们用真诚的欢喜奏响乡野的乐曲，守护着乡土文化。

平凡也值得被歌颂。走近基层工作者，聆听他们的故事，欣赏言谈举止间的云淡风轻，这些总让人心中热流涌动。他们是一群平凡的人，他们平凡着，也伟大着。

那夜星光满天，我们都没忘掉

七月初，来自不同年级和专业的十一个人组成了这个团队，在实践中，那种大家一起解决困难共同成长的经历，同样是值得怀念的风景。

从实践前策划书的撰写、教材教案的编写，到实践中创意写作教学、调研采风的开展，再到实践后材料的整理汇编，每一件事队员们都竭尽所能力争做到最好。白天完成任务后，晚上大家聚在一起开会，分享感悟，总结经验，改进工作。还有大家一起熬夜写稿、反复修改、分工投稿的经历，当稿件发表、团队的努力被越来越多人认可时的那种欢呼雀跃，发自内心，难以忘怀。

印象最深的一次是大家晚上一起散步，走在乡间小路上，我们看到了萤火虫，一闪一闪像天边的星，每个人都在笑。有青春，有梦想，有一群美好的人陪在身边，我们彼此信任，为了共同的目标前行。那夜的满天星光，我们都不会忘掉，每每想起，心上总会开出一朵花。

“总有人在满心欢喜，认真热爱”，感谢暑期社会实践这二十天的经历，让我遇到一些人，记住一些事，明白一些道理，让我能在疲惫的时候抬头望一望月亮，坚定信念，继续追逐人生旅途上的璀璨星河。

最好的时光遇见最好的你

2015级汉语国际教育　卢　茜

阜阳的火车站里人来人往，一如十天前那般热闹非凡，嘈杂的方言如今竟变得亲切。月台上的人行色匆匆，我的行李和我，离开胡庙，离开阜阳，结束了这次的暑期社会实践。车身一点一点地挪动，透过窗子，我看到田里的洪水渐渐退去，远处的天空渐渐上色，原来时间过得这么快啊。

十天前，我在暴雨倾盆的时候到另一地旅行，我坐上档次较高的双层火车，路过被洪水淹没的农田，看到旷野中独自行走的农民在驱赶着白鹅。阴沉压低的天像宫崎骏的画，泛黄的长江水缓缓地流过。旁边废弃的铁轨上生了杂草，湿滑的枕木上站立着妖艳的野百合。我看到远处云雾缭绕的山尖，发现套上纸袋的葡萄架下没有狐狸。我边欣赏奇妙的风景，边开启新的旅程。

第一次来到这个小小的乡村，有些惶恐，不知所措，不知道自己将面对的是一群怎样的孩子，不知道自己将有怎样的生活，应该怎样定位，怎样去做，茫然间在小小的学校周围绕来绕去，突然被门口玩石子的几个小孩子吸引。起初是羞怯，小心翼翼地询问他们是否能够带我一起玩，后来我索性抛开了那些令人纠结烦恼的事情，兴致勃勃地融入了他们的阵营，编发，拾毽子，那些丢失了十几年的游戏技能仿佛一瞬间又回到了我的身上。一个下午的疯狂之后，虽然灰头土脸但心里突然明朗了许多，其实，即使之前你的脑子里有千万种想法，做了千万种假设，比如，我要做一个严格或是温柔的老师，我要用怎样的言行来对待他们，我要怎样走进他们的内心，这些看上去让人苦恼的问题在你融入孩子们的一瞬间都变得特别简单，无须刻意，顺其自然就是一种最好的状态，他们天真，可爱，不加雕琢，像山中未经打磨的晶亮的原石，能够激发起你内心最原始的孩童时期的冲动。

第一次去王同喜家做家访，踏入家门的那一刻，我就被眼前的场景深深地震撼了。废弃了很久的毛坯房，杂草丛生；两只狗，黑瘦杂毛；两位老人，年近古稀，弓腰含胸。从视觉冲击到心灵冲击，我的心中涌起的是难以言说的感情。蜘蛛网、灰土、烂木，“家徒四壁”似乎是最贴切的形容词，倚在门口的是迎接我们的爷爷，布满故事的脸上透出的是无奈，是紧张，是欣喜……

走进里屋，我看到的是用长凳撑起的木板床，床脚已经烂到生虫，一条破旧的棉絮垫在木板床上，透风的窗，断裂的门，我无法用语言详尽地去描述这个空间，它让我感到压抑，让我心酸，这是三个人住的地方，我无法想象他们是怎样度过一个又一个春夏秋冬。我注视着王同喜，一个11岁的孩子，黝黑、羞怯、警惕，却在拥抱爷爷的时候露出一个灿烂的笑容。他大概是渴望学习的吧，床脚的书法练习册已经被翻得翘了角；他大概是喜欢乒乓球的吧，胶皮剥落的球拍还压在盖麦子的厚油纸上；他大概常常去喂羊吧，楼梯口的大盆和小盆里装满了切好的烂茄子。

我的内心从未有过如此汹涌的冲动，我想过去抱抱他，拉拉他的小手，想去擦干净他的脸，和他一起打乒乓球。我无法抑制自己的感情，任凭泪水一滴一滴地滚落，在这一家人面前，我显得无比渺小，没有那种顽强抵抗的坚实力量，他们就像沙漠中汲水生存的骆驼刺，所有根须的生长都是为了更好地活下去。

这一刻，我突然想要做些什么，即使不能改变，或许能够影响些什么。我想我不应只是一个教课的老师的角色，我更应该做的是一个心灵上的陪护者，一个亲情的给予者，甚至是一个母亲的角色。我想要看到每一张稚嫩的脸上绽放的笑容，想要呵护每一颗留守的心灵。每一堂孝心课程的讲解，我都努力去听去准备，每一堂课业辅导，我都想要尽自己最大的能力去帮助他们，一个一个地讲，一题一题地解，我希望看到的是他们的成长，变得敢问，敢想。

其实孩子是最好相处的，当你用最真挚的心去对待他们的时候，收获的同样是最真挚的感动。他们是孩子，但他们也懂得感恩，他们有情感，甚至比成年人更加纯粹，更加珍贵，更加值得珍惜。作为写作课的老师，我批改过他们每个人的作文，在作文里，再调皮的孩子，也有最细腻的情感流露。我为他们每一句幼稚不通顺却又朴实真切的言语所深深打动着，我想去深切地了解每一个人，我有着想对每一个孩子说的话。我在一个缺少父爱变得尖锐叛逆的男孩子的作文批语中这样写道："我不想把你当小孩子看，因为你比同龄人更成熟，作为一个男人，你可以有个性，但也要有担当，可以有脾气，但也要懂得责任，愿你的肩变得宽大，大到可以担起一个家，愿你的胸膛变得广阔，广阔到足以容下一个世界。"我觉得我们是平等的，没有什么居高临下，没有什么等级层次，所以我愿意坐下来，去安抚每一颗躁动的心，去倾听每一颗心的呼唤。

十天的支教活动带给我的最大的收获便是我可以感受到一种来自孩子的认可，一种从排斥到接受的喜悦。你可以想象刚开始喜欢捉弄你的孩子在后来的课堂上争着抢着要你坐到他的身边；刚开始上课总是违反纪律的坏小子因为一次家访开始认真写作业，甚至有责任心地帮助你管理班级纪律；刚开始沉默内向不愿交流的孩子开始变得爱笑，甚至在放学回家的路上跟你猜谜语逗乐子。我觉得欣慰，更多的是感动。我想，短短的十天或许不能够做出彻底的改变，但是他们真真切切地以惊人的速度在成长，变得懂事，坚强，乐观，勇敢。

一场送别，没有煽情的话语，没有不舍的眼泪，有的只是游戏的欢笑与拍照的争先恐后，我们好像忘记了即将上演的离别的剧情，每个人都在尽自己最大的努力，把自己最灿烂的笑脸挤进这小小的相框。直到最后一天，看到孩子们悄悄留下的黑板报，我们才潸然泪下：

"老师，你们走了，心里真舍不得，这几天谢谢你们辛苦给我们讲课，你们就像妈妈一样在我们身边温暖我们，谢谢你们。"

"老师，经过这几天的接触，我们知道了什么是孝，知道了怎么孝敬父母。老师，你们辛苦了！"

"各位大哥哥大姐姐，希望你们走了之后，还能记得我们，老师不哭！"

十天，我把自己真正定位成一个乡村教师，感同身受。我想留住每一个孩子的笑脸，想看他们向着阳光，快乐生长，我想用最善良的心去温暖最善良的人。时间很快，相聚离开都有时候，或许再见，他们都成熟已久。

此刻，我承受着离别，也享受着离别。坐在火车下层的我，透过窗户，看到的是月台上来来往往的行走的脚，在月光与铁轨之间，匆匆忙忙。我突然很庆幸自己能够有这样一段时光，远离尘世喧嚣，不被旁人打搅，可以专心去关心、去照顾那群可爱的孩子。

不知怎的，我突然想起了那个叛逆的孩子在临走之前，抢走我的手机，偷偷留给我的话："最好的事就是，在最好的年纪，遇见你。"是啊，我又何尝不是呢？最好的时光，遇见最好的你们。

心田里的守望者

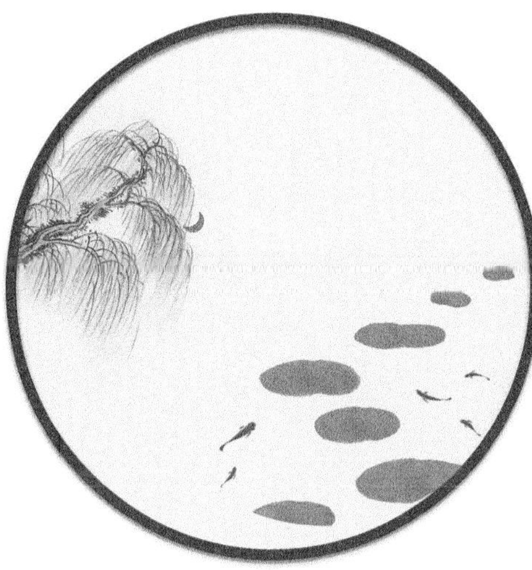

走访20年乡野文化棚：活到老，干到老

2016级汉语国际教育　王玉勤

安徽铜陵西联镇，三间普普通通的农家书棚已经默默开放了20年。据悉，该书棚是专门为村民和留守儿童提供免费读书、看报服务的场所。“多一个文化棚，少一个黑网吧”，在留守儿童因无人管教而沉溺于网络的农村普遍问题之下，一个乡野之中的书屋显得弥足珍贵。

7月23日下午，安徽师范大学文学院赴铜陵市爱心实践团队的队员们专程赶往西联镇，于乡野之中寻访爱书老人与书棚的故事。

汪世本的“乡野文化棚”设立在自家的农家小院中，普普通通的农家小院，三间红砖青瓦的小平房，屋内屋外挂满了书画作品。乡村中的淡淡墨香，使这个农家小院别有一番韵味。推门而入是两间日常起居的瓦房，老人带领着志愿者走进小院，映入眼帘的是一间玻璃大棚，中间放着一张大书桌，书本整齐地摆放在两旁。右拐，就是三间敞亮的平房，据介绍，右侧是书画室，并不宽敞的房间里整齐地挂满了铜陵有名的书画家的作品；左侧是分门别类地排列在书架上的各种文学作品。不仅如此，最大的一间阅览室上的桌子上笔墨纸砚整齐地放着，闲暇时刻，老人会教孩子们写毛笔字。每天午后时分，老人和他的老伴会趁着无人来看书时打扫、整理书棚。周末、节假日就是汪老“文化棚”热闹的时候，甚至在晚上只要你想看书，汪老都会开门欢迎。从20世纪90年代到今天，老人坚持买书、藏书，免费开放书屋已经20余年。

文化棚里的书较多，或是文学类，或是书画报刊等。据不完全统计，文化棚中字画共500余幅，藏书5000余册，报纸数万张，书画作品50多幅。此

外，还有象棋、围棋等文艺物品。“20世纪60年代，茅台酒8块钱一瓶，《红楼梦》一套4册也是8块钱。我不买茅台酒买了一套《红楼梦》。”汪老如是说。就是凭着这样的一股“痴劲”，文化棚才有如今的规模。

老人坦言，尽管书棚的建设已经初具规模。但是，瓦房漏雨、空间不足、书本的种类不多仍是老人的“心病”。“来这里看书的主要是中小学生，文化类书籍还是不够，仅靠我一人之力很难满足孩子。看到孩子问：‘爷爷，这本书有没有？我想要看看！’因为收藏还不够，看到孩子失望的眼神，我真是挺失落的。”老人表示，“每月340元的新农保和家庭务农收入只够维持我和老伴的日常生活，没有多少钱能拿出来丰富书棚藏书，书棚的未来还需要国家和社会的帮扶。”

谈及建设“乡野文化棚”的初衷，“多一个文化棚，少一个黑网吧”，面对镜头话筒，汪老如是说道。“我也是农村人，深知培养一个孩子的辛苦，不能让电子游戏、黑网吧毁了孩子的一生。我想搞个‘文化棚’，让孩子们每天来坐坐，翻翻书。知识就是在不知不觉中积累出来的。”汪老认为，尽管现在农村的生活水平提上去了，但是很多人日子富了，心还是穷的，打麻将、赌博是他们最大的娱乐。

汪老表示，虽然创办“文化棚”的第一期目标已经达成，但是建设多功能“文化棚”的路还依旧很长。“看书、学习、农业科技、乡村旅游等方面有新的发展，激励人们爱读书、读好书。虽然我可能完不成了，但是我的儿子还有十年退休，将来希望我的儿子能够完成我的心愿。”

重访记忆中的英雄

——安徽师范大学学子拜访老兵牛立仁

2016级卓越语文教师实验班　刘郁欣

七十年前，山东蒙阴的垛庄见证了孟良崮战役的胜利。七十年后，安徽师范大学的十六名学子再次踏上这片热土，去追溯时光背后的红色记忆。

为尽量直观了解当年的战争情形，队员们决定去拜访当年参加过孟良崮战役的老兵——牛立仁老人。经过事先打听，我们知道老人住在南垛庄村，于是早早出发，兜兜转转，村头正在乘凉的大娘一听说要去找牛立仁老人，十分热情地帮着带路。

"垛庄居委二组"，这里就是老兵的住处了。

有些破旧的木质大门半掩着。我们带着崇敬的心情向内探身望去，只见牛立仁老人正坐在靠近门口的轮椅上乘凉。乍一看，老人有些瘦小的身躯半蜷着靠在轮椅上，一只手握着身边的拐棍，而另一只手则有些变形，弓着悬在空中。因岁月洗礼，棕褐色的脸上攀着花白的胡须，皱纹呈现在脸上，深的就像木刻画的沟痕。一双眼睛不大，却仍有神地注视着周遭的一切。见到有人来，老人努力地把身子正了正，绷起精神。

"就是想听您说说参加孟良崮战役的故事。"了解到老人右耳在战斗中受过伤听不清，队员们纷纷蹲在老人左边大着声说道。老人点点头，就开始讲起了自己参加战役的那些事情。"当时我们一场仗打下来，就没了好多人哟。"说到战友牺牲的细节时，九十四岁高龄的牛老竟像个孩子般嘤嘤啜泣起来。虽然牛老说话口齿不大清楚，但丝毫不会影响这种情绪的传递和情感的共鸣。一边的队员眼眶湿润起来，看到老人哭，我也跟着想哭出来。

"你们今年多大岁数了？"老人问。

“我呀，十八岁啦。”

“十八好啊，我当年就是像你这么大的时候当的兵。”老人望着身边的大学生们又说，“毛主席一号召，村里头就统计上战场的人数。十三岁的，十五岁的，大家都要去。”

“上战场会害怕吗?”

“那也没法啊，硬着头皮也得上战场啊。不然谁来打仗呢? 到了战场上就不想那么多了。”老人眼神坚定地说道。

岁月慢慢流逝，在重提战友和那段风云往事时，老人心中更多的不是艰苦的生活条件，而是当时战争的情况和战友们的离去。老人走过无数枪林弹雨后唯一不变的还是那份为国为民的决心。

在不打仗的今天，老人的生活又怎么样呢?“我现在闲着，过得好呢。”当被问到有没有政府补助时，老人说:“不用政府，我们过得也挺好的。”这让人联想起近来的一则有关“老兵改名字”的新闻。那则新闻里头的张国富老人作为一位参加过抗美援朝战争的功臣，打完仗后回到家改了名字，又继续投入国家建设事业中。就连老人的女儿都是在老人去医院看病时见到以前档案才知道自己的父亲原来是国家功臣。国家需要时二话不说就为国赴难，国家安定了，并没有想着要向国家索取什么，而是深藏背后的功与名，这真的是一种需要被传承的崇高的无私精神。后来我们又了解到老人有三个女儿和两个儿子。子女们也住在村子里，天天会来看看二老，帮着打点生活。有人关心照顾，这也让人稍稍放了些心。

“您支持自己的孙子当兵吗?”“不用支持，去就是。”短短几个字，就比任何的话语要更有分量。

在今天，可能这些老兵们或离开或被遗忘，但他们的功绩却是永远闪着光芒的。“苟利国家生死以，岂因祸福避趋之!”“位卑未敢忘忧国。”与老人告别后，老人的那些话语却依旧不能忘怀。

“大国工匠”毛胜利的宣纸传奇

2017级秘书学　孔　林

宣纸是中国传统的古典书画用纸，是中国传统造纸工艺之一，是我国劳动人民的智慧瑰宝。为了了解宣纸工艺，弘扬宣纸文化，安徽师范大学文学院赴宣城泾县宣纸调研团队对“大国工匠”毛胜利做了一次专项访问。

三十年坚守一线生产

自1987年6月入厂以来，毛胜利在晒纸这个岗位上一干就是三十年。“才开始的时候对宣纸很好奇，对它有一种热爱。自己做的产品满足国内外有名画家的需求，我觉得很有成就感。”毛胜利凭着这种热情和拼劲，三十多年来一直坚守在一线，再苦再累也没有想过放弃。百分之百的出勤率，超倍完成的工作任务，同事们敬称他为“铁人”。

三丈三宣刷新世界纪录

走进毛胜利工作车间，最吸引人的是墙壁上巨大的三丈三宣纸书法作品。毛师傅向我们介绍：“三丈三宣，长11米，宽3.6米，是我们做过的最大的宣纸，是宣纸制作的‘极限面积’。”百人同步完成捞纸，48岁的毛胜利成为这项吉尼斯世界纪录的“头刷”。

“我们从没做过这么大的宣纸，遇到了很多困难，因为太大很难晒得平整，也是凭着自己多年的经验，慢慢摸索出来一套方法。”当被问及制作“三丈三宣”的困难时，毛师傅爽朗地笑着对队员说。

初心不变守工匠本分

18岁成为学徒，48岁被授予“大国工匠”的称号，毛胜利成了一位真正优秀的晒纸工人。回首过去的三十年，指引并支撑毛胜利坚持下去的是从小至今对宣纸的崇敬与热爱。

身披荣誉时，他依然保持初心，不忘工匠本分。“这是我的一份工作，这个称号就说明我把这份工作做得比较好。虽然是一份很简单的造纸工作，但是我能够在这个行业里表现突出，能够做得非常精细，达到别人不可及的境界。”求精、坚持，这就是工匠精神。

回忆起当学徒的岁月，毛胜利印象最深刻的就是工作的苦累和师父的严格。“当年我曾经常抱怨师父太过严格，如今自己带了徒弟才知道，这是一种负责任的表现。师父是希望我能够将这门技艺学到更好，严师才能出高徒。”毛师傅表示，他希望能有更多的年轻人学习这门手艺，把宣纸技艺一直继承和弘扬下去。

精益求精筑大国精神

“精益求精”是毛胜利对工匠精神的理解。“能够始终坚持自己的选择，把所做的工作做到极致，这就是我心目中的工匠精神。”三十年如一日的坚持，不拘泥于完成任务，在遵循“古法精神”的基础上不断改进，以期达到更加理想的效果。这就是“大国工匠”毛胜利。

调研队副队长表示：“也许有时候我们不欠缺树立目标的勇气，但我们却没有坚持的韧劲和精益求精的态度，最后得过且过，就只能遥望理想了。” “如果坚持下来，就一定会有收获！”毛师傅的这句话发聋振聩，为新一代青年人的未来指明了一条意义非凡的道路。

“大家好，我叫王同喜。”

2015级秘书学　马小苏

“大家好，我叫王同喜。”

一次社会实践，可以让你认识许多人，了解许多人。短短的十五天，我的目光却大多集中在一位十二岁的少年身上，他叫王同喜。

“同喜，来跟大家打招呼。”社会实践的第二天，队长王恒便骑着电动三轮车将同喜从胡庙村爷爷家接来。一位低着头，衣服上有些许污垢，两只手有些紧张地背在身后的男孩子映入了我们的眼帘。王恒说：“这就是去年胡庙村最美孝心少年王同喜，从今天起，他就和我们同吃同住了。”有些疑惑的我问了身边的老队员章怡，她向我解释道：“同喜去年在课堂上因为表现很好被我们注意，他家里很苦，他爸爸在他小时候就去世了，母亲又改嫁了，只剩爷爷一人拉扯他，生活得很拮据。”这番话说完，我的心向下一沉，抬起头望着这个面带微笑的少年。

第一天的相处很愉快，同喜是个很乖的男孩子，没有十二岁男生身上的调皮劲，多是一个人趴在桌子上写写画画，看会漫画书，玩会教学组的橡皮泥。团队的成员对同喜都很关照，会时不时看看他，问他饿不饿，渴不渴，我想这也许是由于心底的怜爱吧。到了晚上吃饭的时间了，同喜表现得很兴奋，我们被镇政府安排在当地的一家普通饭馆，菜虽然不多，但是很家常，管饱。此时我也注意到了同喜的身高，十二岁的男孩子正是长身体的年龄，同喜却看着不高，瘦瘦黑黑的。听队长说，他们到同喜家里的时候，家里有许多箱方便面，不知道是别人送的还是捐的，但这就是同喜每天的饭食。正值长身体的男孩子，每天却只能吃方便面，怎么能长得高呢？热情的我们在晚饭时一直给同喜夹菜，让他多吃一些，他当然也不负众望，吃了不少，看着露出腼腆微笑的同喜，不由得有些心酸。

第二天的“孝心课堂”开班仪式如期举行，同喜作为去年的孝心少年代表，将上台发言，发言稿昨日他便已经认真准备好了。集体观看了去年的《众里寻你》孝心少年视频后，已有诸多感触，同喜接下来便要上台了，我们都担心一个孩子面对台下那么多哥哥姐姐、叔叔阿姨会不会紧张或者害怕，结果同喜丝毫不胆怯。上台之后，同喜对着自己的发言稿，一字一句说出心里话。“大家好，我叫王同喜。我今年十二岁，在胡庙小学上三年级。”这段开场白我记得一字不差，实在是印象太深。“我记得去年的一些哥哥姐姐，我很感谢他们，他们教会了我要懂事听话孝顺……”说到动情之处，同喜声音哽咽，低声啜泣，流下眼泪。这种发言是最具震撼力的，几个女孩子已止不住眼泪，感动得红了眼睛，同喜真是一个有感情的好孩子，“大家好，我叫王同喜”这几个字也一直印在了我的脑海里。

一天，一位姓周的老师来到了我们实践的地方看望同喜，是曾经教过同喜的一位老师，也是一位热衷于志愿服务的好心人。他这次来的目的是带同喜去市里的派出所，解决他的户口问题。因找不到同喜母亲，他的户口迟迟解决不了，爷爷年龄又大，有心无力。周老师人好，势必要帮同喜解决这一问题。在社会实践结束之后不久，我们便听到好消息，同喜的户口问题已经解决，从此他就不是一个黑户了。这一消息不禁让人感慨颇多，同喜是不幸的，他有这样的身世、这样的家庭，无法享受和正常孩子一般的童年。但他又是幸运的，他遇上了一群好心人，尽心帮助他解决问题。在农村，不知道会有多少如同喜一般的孩子，甚至过得比他更为艰苦，可是少了一些好心人的关注与帮助，改变的机会太难了。

经过了几天的跑闹与玩耍，在一个晚上，前往饭馆的路上，我们发现同喜的走路姿势有点奇怪，他走得时而快，时而慢，多走在路边，两只脚迈的步子不同，一只脚一直在向里拐。观察了一会，我们发现，原来是同喜的鞋子坏了，一只脚已经完全无法挂住鞋子了，只能依靠另一只脚带动，所以，我们决定给同喜买双新鞋子。找到了路边的一家童鞋店，同喜不知道自己鞋子的码数，完全由我们挑选。最后，找到了一双同喜很喜欢的黑色凉鞋，我们特意买了质量好一些的鞋子，不知道他的下一双新鞋子会是什么时候。看着同喜满足的神情，我们也收获满满。

社会实践进入倒计时的一天，同喜拿了张纸，偷偷地趴在每个人旁边，问我们的手机号与“QQ”号，他想用这种方式记住我们。虽然他没有电话与手机，但是得到了那么多哥哥姐姐的信息，也足以让他开心。

倒数第二天下午，同喜没来。询问后才得知，是队长把他送回家了，没有来得及好好与他告别也是一个遗憾。据队长说，同喜与他分别的时候在悄悄抹眼泪。好在我们没有与同喜当面告别，不然抹眼泪的可就不止他一个了。

“大家好，我叫王同喜。”很高兴遇到你。

当我真的成了你的老师

2016级汉语国际教育　林　琳

支教的我如同一根火柴，只是偶尔在那片土地上燃烧了一下，虽然马上就熄灭了，但毕竟留下了光和热，这对于我来说就已足够。十天的时间，其间的付出和收获让我领悟一个道理：支教是要带着爱与期待的，感谢生命，感谢遇见。在最美的七月于官庄邂逅官庄中心小学最好年纪的你们！

跨越皖境土地，带着爱与期待我们在路上。数小时的山路，去时的路途十分遥远且疲惫，在一天奔波后，我们终于到达了位于白云生处的官庄中心小学，一所建立在半山腰的小学。这所官庄中心小学是一所基础设施较好但师资力量较为缺乏的学校，音、体、美课程老师严重匮乏，孩子们的音乐、体育以及舞蹈课程基本为自由活动，所以团队对这次活动课程也十分重视。

与孩子相处久了，就会慢慢感受到孩子们对老师的那份爱是何等的纯真："老师，我帮你抱作业本。""老师，下课后我们一起玩。"同时，我也深刻体会到了做教师的艰辛。以前，我总认为教师是多么舒服的一个职业呀！每年有两个可供自己支配的假期，整天和孩子们在一起分享快乐从而拥有年轻的心态和思想，同时教师又是受人敬重的一个行业，因为在精神和物质上都收益不少……而当自己亲自走上讲台，这才发现，以前看老师只看到了他们头上的光环，身处其中才发现，老师也是一个普普通通的人，有着自己的优点和缺点。唯一不同的是，老师出于自己的职业道德和为人师表的职业要求，需要付出比其他人更多的努力以及用心。通过与学生的接触并向任课老师请教之后，对教学工作的策略做了一些调整。原来，自以为成功的方式方法不再是金科玉律，只好想了一些点子，一切从头开始。"人类灵魂的工程师”是燃烧自己照亮别人后得到的荣誉，这其中所凝聚的又岂是笔墨所能道明说清的？

教学已经进入暑期复习阶段，毫无疑问，平时教学的形式仅在课堂上，凭着老师一张嘴间或寥寥几个学生的发言，内容仅限于教材的要求，对于这样一所以农民工子女居多的学校来说已完全不能引起学生的兴趣了。孩子们虽上课表现较为积极，但仍然对学习内容提不起兴趣。孩子们的思想被完全禁锢，下笔犹有千斤重。对于他们而言，由于家庭的原因，极少有外出旅游的机会，难以有效地拓展知识面，再因为父母本身知识水平的限制，也极少有机会大量阅读课外书籍，难以汲取到丰富的精神食粮。

短短的一个星期带给我非常大的收获，也重新激起了那些早已沉沦的思想，让我以纯真的眼光来看待世间的点点滴滴，让我学会了换位思考，也让我更加珍惜这美好的生活。我会不由自主去看照片，脑海里浮现出一张张天真无邪的脸，又想起那群可爱的孩子。我清楚地记得，我们班好动的热心小伙洪兴，记得班长余振兴那灿烂的笑容，记得吴思彤给我画的画，记得聪明好动的余振奥，记得被别的学生打哭跟我告状的余梦阳，记得他们每个人的面孔与声音。更让我挥之不去的是在我每次上课的时候，他们都会把黑板布置得非常漂亮，还会写一些打动我的话语，如“欢迎林老师来教我们”“林姐姐辛苦了”等，就是这些真挚、朴实的话语足以让我把在那里经历的每一秒钟都变成永恒的烙印。

老师要走了，我亲爱的学生，请不要拽着我不让离去，请不要再问我“可不可以再留半天”。离别是人生的一大悲境，真正感受它的时候，才知道心是热的，泪却是咸的。人生相遇或许偶然，或许缘分，离别便是偶然和缘分之后的一种痛，这种痛将深深地烙印在我的心中。就是这样纯朴、这样真诚的孩子们用他们那颗纯净的心灵，让我一次又一次地发自内心地对他们说：能当你们的老师，是我今生最大的幸福。

姐姐，我什么时候可以回家

2014级汉语言文学　孙雨露

“姐姐，我什么时候才可以回家？”

“快了，快了，水位下来我们就可以回去了。”

这一幕对话发生在宣城市宣州区水阳镇的安置点内，孩子们每天都隔着护栏望着窗外的雨追问着这群大学生实践团队的队员。“我很心酸小姑娘看着我的眼神，可是我没办法给她一个最好的答复。”这是队长孙雨露在接受采访时说的，也是安徽师范大学赴宣城“诗歌传承 爱心传递”暑期社会实践团队十几名队员每天都会经历的“拷问”。

最心酸的拷问

“每天送早餐，小姑娘都会拽着我问：‘姐姐，我爸爸什么时候来看我们？’”提起最让队员李洁难以忘怀的一幕，这个20岁的女孩红了眼眶。水阳镇水灾汛情严重，村里本就有许多男性劳动力外出打工，剩下的也全部去了一线抗洪。蒋雯雯的父亲就是抗洪工作人员中的一位，从被召去一线的那天起，她已经好几天没有见到自己的爸爸了。

蒋雯雯的母亲外出打工了，一年里难得回家一趟，家里残疾的父亲也没办法好好照顾她，七岁的小女孩一直都是在奶奶身边长大的。“我家雯雯是个懂事的伢子，打粥的时候总是把自己的让给妹妹。”蒋雯雯的奶奶欣慰地说道。虽然她自己还是个孩子，尽管她对这场洪水也感到害怕，但是小小年纪的她依旧是一副小大人的模样。

像这样的孩子不是少数，但是大多数对于这场水灾都显得十分畏惧，他们亲眼看着家里的房子被淹，亲眼看着亲人愁眉不展的神情，亲眼看着自己的父兄长辈去一线支援久久未回。这些孩子只能一次次地追问志愿者，希望从他们的身上寻找安全感。

最无助的背影

午间去巡查的时候，窗台边总有一个老人默默地眺望着远方。“那是我这辈子见过的最无助的背影。”负责巡查的队员说。风轻轻地吹动，老人斑白的头发有一丝凌乱，可老人却无心顾及这些，直愣愣地看着远方。队员一直站在他的身后，他都没有发觉。

“爷爷，不要担心，等水位下来就能回家啦。”

“你说什么，大声一点，我耳朵不好。”

“我说，爷爷，不要担心，等水位下来就能回家啦。”老人的耳朵不好，需要大声说话才能听见。也许是还没听懂刚才的话，他紧紧抓住队员的手，就像是抓住了救命稻草一般，不停地询问什么时候才能够回家。周围的人告诉队员，这名老人姓阮，是村子里的五保户，一直惦念着家里的电视机有没有被水浸坏，那是他最贵重的财产。

“最近天气有所好转，不用过多久就能回家了，阮爷爷您放心吧，家里的东西都好好的呢。”这时，老人的手缓缓地松开，好像听懂了队员说的话。接着又转过身去，趴在栏杆上，继续眺望着远方。望着这无助的背影，队员不禁鼻梁一阵发酸。

最忙碌的脚步

“嘘，脚步轻点，不要吵醒大家。”在安置点内的人都熟睡之际，副队长叶苗苗正带着队员们一起上楼巡查。队员们曾经开玩笑说：“苗苗的步子要是记下来肯定是朋友圈里走得最多的。”因为安置点杂务工作很多，从早到晚她都在忙碌着，没有片刻停歇。哪怕是在晚上睡觉的时候，她还在想着老人的事情，因为事情太多了，害怕忘了老人交代给自己的事情，就不停地让队友提醒她第二天要做的事。

“苗苗，床垫去哪里领?”“小叶，矿泉水去哪里拿?”“叶姐姐，叶姐姐，午饭什么时候到啊?”从老人到小孩，从安置点负责人到受灾群众，这个20岁的姑娘让大家记住了她的名字。

“我们忙了一天都很累，但是苗苗每天晚上睡得都很迟。头天晚上都要规划好明天的工作，别人交代的事情，她每天都得在小本子上记着，”同队的队员总是很无奈地“抱怨”着，“她是最后一个睡的，临睡前还会看看大家的风扇，检查充电的插板。”

早餐不够她就少吃一份，老人行动不便她就“送餐上门”。“我从不觉得自己做了多么伟大的事情，他们和我的爷爷奶奶一样，希望我在照顾他们的同时也有人照顾着我的奶奶。”叶苗苗接受采访时如是说道。这个觉得自己“没做多么伟大的事情”的女生，这个每天贴心服务的女生，是安置点里许多爷爷奶奶口中的“叶丫头”。

今年7月入汛以来，连续不断的暴雨导致宣城市近百万人受灾，宣州区水阳镇和下属的23个村民组的村民都被紧急转移到水阳镇中心小学安置点。送饭，收拾床铺，打扫卫生，倒垃圾，搬运物资，陪老人聊天……安徽师范大学赴宣城“诗歌传承 爱心传递”暑期社会实践团队的队员们每天都在做这些微不足道的小事，但她们想着多为社会贡献力量，哪怕是微薄的力量，汇聚起来也是无懈可击的力量。

天灾无情人有情，她们只想大声说：“你们可以回家了!”

“青春孝行”重逢著名诗人

2015级卓越语文教师实验班　刘章怡

“雅静姐，我们回来了！先要代表大家恭喜你了！”王雅静如花的脸庞带着阳光般的笑意，下肢撞着椅子也没有影响她敏锐的思维表达，“又见到你们了，又一次的重逢！今年的‘青春孝行’又归来了。”

去年夏天，安徽师范大学赴阜阳“青春孝行”志愿者采访了第20届“全国五四青年”王雅静，与这位先天脑瘫却写下几千首诗的著名诗人，共话青春榜样，接受模范教育。

2017年，“青春孝行”“教·研·助”衣钵传承再出发，看望获得“全国残疾人事业十大新闻人物”称号的“小张海迪”，带着对“扶贫扶智”的理解，和雅静姐亲切面谈孝文化实践，感受榜样、孝行和信念的回归。

榜样回归　青春互耀

“雅静获得特殊提名是安徽人的荣誉，也是咱大阜阳的骄傲！”大学生村官蒋雪梅和队员到达王雅静的新家，彼此充满重逢的感怀和相惜。

“不用担心我的脖颈。我为了自己而点鼠标，我也为了他人而写作。”女儿的肢体长时间绑在椅子上乱撞，不停低头让雅静妈妈十分心疼。“真的感谢妈妈教我拼音，父亲教我写诗。”王雅静看着转动自己椅子的母亲说。没上过学的雅静硬是凭借超人的意志和同龄人一样读书，勤奋思考并传递自己的声音。虽然不能走入田间地头亲身实践，但王雅静仍然心系他人，积极参与“蒲公英”等公益项目，激励那些需要的人们。“第十期‘晓之爱’的微博是今年的尾声了，一定要看看。助人之外我需要沉淀，回归我原有的读书思考，要每天限时断网，定时读书写作。”

雅静母亲把女儿的诗集《路过心的风景》拿到面前，告诉志愿者和大学生村官：雅静非常喜欢安徽师范大学的“青春孝行”团队，“闺蜜书记”、队员分享给她的快乐常挂嘴上，这些成了她生活中阳光的部分。

“你们对我很重要！”王雅静和队员相视一笑，其实对队员来说，“就像互相充电一样”，和雅静姐交流能获得榜样的感悟和力量，让彼此在交流中深化对公益实践的理解。

孝行回归　初心毅守

温馨的书桌，一面摆放老照片和文学书籍的壁柜——悉心的队员随后发现，搬家后的诗人仍保留了书房原有的格局。就在这片天地里，王雅静屈曲的肢体被椅子牵绊，思想通过鼠标、电脑与世界沟通，用精神的独立带给父母欣慰，也守护自己自强和孝亲的初心。

王雅静请队员吃西瓜，自己却轻声婉拒母亲递来的一小片。看着文弱的雅静，队长王恒关心道：“还要控制体重吗？”“是啊，爸爸挪动我不容易。‘青春孝行’，点点滴滴，你们监督我一路同行。”去年，她花费一周时间为“青春孝行”团队的《孝心人物志》作序，而随后的一年里，雅静在自媒中帮助团队宣传，发表对实践的短评，尽可能广传孝心。

回归使人看见成长和成果，团队在坚守初心的同时把“17计划”也分享给雅静姐。听完团队“在一个地方做十年”的目标时，王雅静表示对团队回归“传统文化”实践等行为表示感动。她借诗人的感性抒发道：“我被困在身体里，可以说我是贫穷的；但‘我’选择‘我’的方式来帮助，帮助会形成一个循环。像你们每回到王店镇并坚持帮助孝心少年就很好，贫苦的孩子会因为孝育和陪伴打开新世界，这是超越你我之外的传递。‘青春孝行’是独特的风景。”

信仰回归　赤子相拥

“孝是多层次的，我们教孩子、开课堂不一定全教知识，而是打开一片新天地，启发他们看见太阳。”王雅静抬头，就像望着残疾人联合会编发的《向天而歌》封面上的高远天空。“雅静姐，我们在扶立体的‘智和志’。孩子们的心是纯净的，理想教育最能使他们感动上进。”副队长刘章怡说起参与课堂的经历时尤为动容，“一句‘为祖国健康工作’的激励，晨曦中的操场就多出两个调皮男孩跑步的身影；奶声奶气的‘妈妈辛苦了’和拼祖国地图游戏，让老师看见孩子对亲长和家国的真情。”

“一直以为雅静姐这样的诗人不谈思想政治，但其实，她是理解了本质，用诗意和爱意召唤和表达罢了。”志愿者何涛感慨道。喜静的雅静坚持为“‘青春孝行’素养课堂”录制了开课视频寄语，又送给他们一首自己的诗《蝴蝶·少年》作为赠言，希望孩子“因理想而眺望”。

翻山越岭
只为了一次遇见
遇见山花对土壤倾诉感恩
借风扬起满天的花瓣
风雨兼程
只为了一次遇见
遇见初晴的小城举着彩虹
诠释一幕崭新的人间

临别时，王雅静在椅子上给设计徽标的副队长一个长久的拥抱。“我们虽然踏不同的路，但我清晰感受到我们前行的会合处。心相拥，献温暖，不离不远，孝重逢。”

老一辈教师丁宪锟漫谈:优秀教师成长记

2017级秘书学　丁玉莹

十九大报告中强调:“建设教育强国是中华民族伟大复兴的基础工程,必须把教育事业放在优先位置。”国家越强大,越重视教育。建设教育强国,除了国家的政策号召和支持外,还需要社会大众的响应,用行动说话。

高素质的教师队伍是教育事业中重要的一环。为探索一名优秀教师需具备的各项素养和能力,安徽师范大学赴安庆黄山芜湖校情校史调研团队来到安庆,拜访老一辈教师丁宪锟,向老教师取经。

“敬业”是第一要义

虽时隔数年,但丁老师回忆自己老师的课堂细节依然历历在目。冬天,天寒地冻,简陋的教室里没有暖气,同学们挤坐在教室里,窗门紧闭,仍能感受到无孔不入的寒气。大家紧紧棉袄,努力凝神听老师在讲台上眉飞色舞地讲课。课上到半途,老师做出了一个令人瞠目结舌的举动——三下五除二将大衣一脱随手扔在讲台上,继续大讲特讲一番。脸庞因讲到精彩之处泛出潮红,额头上在这寒冬时节竟冒出些许汗珠。这幅画面给丁老师留下了深刻的印象,丁老师被自己老师敬业的工作态度深深打动,这对他后来的教学生涯产生了深远的影响。从业后,无论学生上交的作业量有多少,丁老师都会亲自批改,不假手于助理或旁人,严谨尽责到连错别字都一一勾出。因此,丁老师也深受学生们的爱戴。执教多年,在丁老师心中,教师登上讲台就好比演员登上舞台,要拿出激情与活力,这样课堂才会有感染力和震撼力,才能营造好的课堂氛围,才能让学生乐意去听,激发学习兴趣,课堂反馈才会热烈,而不是死气沉沉。

学识与表达能力相结合

韩愈曾言："师者，所以传道受业解惑也。"老师因端正的品行和渊博的学识而受人敬重，用自己满腹的经纶带领学生遨游未知的世界，打开新世界的大门，开动大脑，活跃思维，并帮助他们答疑解惑。学识是一名优秀教师最基本的能力素养。而语言是将学识传授给学生的桥梁，卓越的表达能力是教师必备的一项技能。丁老师知道政治理论课在学生中间受众稀少，但在他自己求学时，有一位教这门课程的老师一反常态，将课上得有声有色，颇受学生欢迎。其中奥秘有二：一是老师能言会道，妙语连珠；二是老师善于利用时间，铃声一响，合上教案，大步走下讲台，留下一个潇洒的背影。"一节课就像一件漂亮的艺术品。"丁老师啧啧赞叹道。语言或长或短，或简单或复杂，或直白或委婉，或平实或起伏，把握语言的艺术，与学生更好地交流，为他们拨开云雾，将知识于言语间潜移默化地滋润在他们的心田。

尊师重教的社会氛围

为师者应当加强自身的修养，而社会大众虽不在其位但不能袖手旁观。中国是一个拥有绵绵五千年历史的文明古国，尊师重教是中华民族的优良传统，万万不可将之摒弃，也不能容许谁来挑战它的权威。它是每个人心中的一道道德红线，不容碰触。因为师者是懵懂无知的青年们的引路人，是人类灵魂的工程师，改变着个人、民族、国家的未来。教师是一个神圣的职位。如果老师的工作得不到支持和保护，多少老师会心寒而懈怠教学呢？丁老师坦言："我为曾经身为一名人民教师而感到骄傲，也坚信所有老师都应得到应有的敬重。"

磨砺自身才干，既对在岗教师有激励作用，也能点亮后辈们的教师理想；尊师重道的社会氛围则需要社会大众一同携手维护。期待在社会各方面的共同努力下，国家的教育事业日臻完善，早日实现教育强国之梦。

心系潜山文明相伴　梦想启航青春同行

2015级卓越语文教师实验班　曹晓言

2016年8月3日，正是酷暑难耐的时候，安徽师范大学赴潜山“文明相伴，青春同行”团队的队员们提着行李箱，从不同的省份千里奔波来到潜山，在这个古老的县城，他们将度过一段朴实而难忘的时光。

往岁的潜山，鲜有实践团队光顾。没有前辈的基础，年轻的大一团队面临颇为严峻的考验，甫出车站，身处异地的不安笼罩在每一个队员的身上。奔走在熙攘的车站里，队员们寻找着组织，寻找着安全。一滴滴汗珠慢慢汇聚为激越奔腾的浪花，每一个人都在为队员的重聚而激动不已，相携着走出车站，走过车辆穿梭的马路，所有不安都在这一刻烟消云散，在这个陌生的地方，大家携手，开始创建属于梦想的一片天地。

梦想起始，有你们的帮助

“按博物馆一向的规定，此时应该是处于闭馆状态，但考虑到你们千里迢迢赶来此处，理应更好地了解潜山的历史文化，经过多方联络，我们为大家争取到了两个小时的免费开放时间，并配备解说员随同讲解。”早在一个多月以前，潜山县供电局团委处的宋瑾书记就和同学们联系上了。面对层出不穷的问题，她总是耐心地一一解答。为了帮助同学们更好更快地适应新环境，宋书记等人专门召开会议，详细耐心地介绍潜山概况，并制定出了大致的活动安排。公司还不辞辛劳地为团队联络当地居委会，协助安排这几天的志愿工作，使接下来的行程规划事半功倍。

“如果没有这些热心人的帮助，我们在这个陌生的地方将寸步难行。”队员陈静如是感慨，“世间自有温情在，不能让这么多好心人的付出白费，我们要将这份爱和温暖传承下去。”

环境艰苦，有我们的坚持

入夏以来的洪水，使得原定的实践活动推迟。烈火八月，同学们冒着酷暑，从不同的省份奔波而来，最远的花了八个多小时，第一天晚上十一点上火车，第二天早上七点才到。谈到路上的辛苦，队长王恒不过一哂：“不想参加的理由可以有无数种，可是一旦下定决心，那么无论如何也要做到。都是年轻该吃苦的时候，为了实践活动，这些小困难又算些什么呢？”因行程安排的需要，同学们栖身在靠近实践地点的一间闲置的教师办公室。条件是颇为艰苦的：几张布满尘埃的办公桌，几堆杂乱的废纸，门后结着蜘蛛网，屋子中散发着梅雨季节带来的霉味。但是没有一个人嫌苦，大家热火朝天地收拾屋子，说笑间还原了屋子整洁的面目。“只要大伙儿能互相体谅，分工协作，又有什么是做不完的呢？就算是睡在办公桌上，和队员们一起，也丝毫不觉得苦啦。”

承继工作，有不变的恒心

作为一个年轻的团队，来到潜山的目的就不仅仅是为了完成一次任务。“也许我们是安徽师范大学第一个来到潜山的团队，但绝不会是最后一个。这一趟，我们一定要不虚此行。在奉献社会、充实自我的基础上为来年团队再赴潜山积累经验。我们想要通过自己的努力，将团队打造为校重点，吸引更多的同学前来参加。”千里之行，始于足下。这个几乎全由大一新生组成的年轻团队有着无穷的斗志。响应社会主义核心价值观的号召，结合潜山作为文明县的现状，本次实践活动将大力发掘潜山各岗位不同人物的文明事迹，并重点考察潜山县供电公司“光明驿站”的志愿模式。如果有可能，以后的实践活动将尽量与当地“光明驿站”接轨，以发挥更大的作用，将志愿文明的活动继续下去。

心系潜山，文明常随。安徽师范大学赴潜山“文明相伴，青春同行”团队不畏艰苦，开拓创新，积极投身志愿服务，寻找文明榜样，相信这个年轻而朝气的团队，能够创造独属自己的骄人成绩。

图17　包饺子的欢乐

一生痴爱处，唯在纸间舞：再忆翟晓玲老师的剪纸故事

2016级汉语言文学　程萧林

一把剪刀，一张红纸，记忆中翟晓玲老师戴着眼镜，坐在教室第一排的椅子上，正聚精会神地剪着一幅“桃花蝶舞”，碎碎的纸屑落了一地。不一会儿，一只飞舞于桃花间的蝴蝶出现在翟老师的手上，带着一缕厚重古美的情韵，翩翩起舞。2017年暑假，安徽师范大学文学院“承民俗心 传时代情”剪纸实践团队来到繁昌，跟随翟老师学习剪纸文化，在实践活动中细细聆听老师心中的剪纸故事。

缘起儿时心，兴随老来时

“小时候的自己并不知道剪纸是什么，只是对家里的一些剪纸工艺品非常喜欢，常常自己用纸剪着小花、小蝴蝶来玩。现在想起来，那时候自己就已经在心中种下了这颗种子，这么多年来一点点生长，终于在自己退休的时候，成就了自己的另外一个人生。”翟老师回忆着儿时与剪纸的相遇，一种偶然而得的喜爱慢慢在心中沉淀、加深，渐渐化为眼前的这方红色世界，延续着这一份剪纸情缘。

白天在繁昌老年大学教授剪纸课程，晚上在灯下创作着想要的图样，翟老师时刻将传承剪纸文化的信仰记在心头，在每一次拿起剪刀的时候，在每一次构思作品的时候，在每一次教授暑期社会实践剪纸团队相关课程的时候，都用全身心的诚意来对待剪纸，对待每一个和我们一样来学习剪纸的人，剪刀与红纸之间传出一缕缕古朴厚重的文化气息。

纷繁创作间，虔诚悟传承

翟晓玲老师是繁昌老年大学的剪纸班授课老师，创作了许多内涵丰富的剪纸作品，并多次获得周边剪纸比赛的奖项。在一次次的比赛过程中，翟老师不仅熟练地掌握了剪纸的技艺，并且在一次次的创作积累与学习过程中，体悟到了剪纸这份文化的传承之路。

“没有深入了解剪纸的人，可能想着剪纸就是把事先做好的图案用剪刀剪出来就好了，其实这其中的过程却困难得多，首先就是能否坚持下来，然后眼、手、心三者能否合为一体，朝着剪纸这同一个方向努力，最后对于技艺的掌握与文化的传承又是否能有深入的了解，这些都是学习剪纸需要注意的。”翟老师对剪纸实践团队说道，眼神中更是满含着对眼前人的希望、期待。这条剪纸道路，翟老师已经走了12年，从学习技艺到体悟文化再到亲自传承，翟老师始终如一地守护着这份文化积淀，传承着这份文化脉搏。

纸间不停舞，待有传承心

用一颗真心感受剪纸，坚持剪纸，传承剪纸，翟老师用不变的诚心继续走着剪纸道路，教着剪纸课程，传播着剪纸带来的快乐，传递着文化传承的感动，更给了每一个跟她学习剪纸的人一种昂扬向上的正能量。“如今的社会发展得非常快，进步的科技占据了我们大部分的生活，但剪纸，是我们中华民族优秀的传统文化，应该被我们所珍视，但同时也应该跟随时代的步伐，焕发时代的光芒。”翟老师创作了许多契合时代发展主题的作品，一幅幅“中国梦”“美好乡村建设”“民族团结一家亲”的剪纸作品挂在老年大学的教室里，彰显着剪纸鲜红的时代印记。

一心一意做剪纸，无时无刻不传承。翟老师的剪纸信仰在年复一年的坚守中找到归宿，更在现实的时代背景下散发光彩。这位延续着剪纸文化脉搏跳动的匠人，为着那份心中的信仰默默地守候，让它时刻在纸间飞舞，给文化传承的“后来人”指明了前进的方向。

剪纸实践活动已经结束，但心中那份文化传承心才刚刚开始生长。翟老师的剪纸故事时刻萦绕在耳边，叮咛着我们在一点一滴的时间沉淀里坚持剪纸，展现它厚重古美的情韵，在时代的新风中传承好它不息的文化脉搏。

一位“愣头青”班主任的自述

2016级汉语言文学　林嘉炜

“林老师！”“班主任老师！”

第一次我踏着准时响起的上课铃声，不是径直走向自己的座位，而是走向讲台。在此之前，我从未有这样与众不同的站讲台的感受。区别于当学生时的紧张和不情愿，当我以“老师”的身份站上讲台的时候，我有的是混杂着紧张和使命感的别样感受。

“上课！”“起立！”“老师好！”第一次，我不再是那个喊着“老师好”起立鞠躬的学生了，而是成了向学生们回礼的一名小老师。

而这一切的改变，都是我参加了学院的赴安庆市北中镇的社会实践活动所带来的。

印象里，从学校出发的那天艳阳高照，虽是早晨八点，炽热的阳光还是将即将出发的我们晒得大汗淋漓。经历了五个小时的长途跋涉，乘着客车翻山越岭，一路颠簸，我们从遥远的江城芜湖来到了大别山区。

我被分配为一、二年级的班主任，由此开始了我的第一次班主任生涯。而这样的第一次的班主任生涯也有着许许多多的第一次让人难以忘怀：

第一次语文课：7月1日，正是党的生日，我在第一堂课上准备讲解两首古诗：《示儿》《从军行（其四）》。经过了一个晚上的备课，我胸有成竹，却也有些忐忑，生怕自己准备的课程不够合理或者说不够适合学生，我相当害怕自己的讲台“首秀”以尴尬和失败收场。出乎意料的是，同学们都能很好地配合我。当我听到教室里响起整齐清脆的读书声，心里涌起了一股无法言说的自豪感，这大概就是成为一名老师的快乐之处。

第一次的“收礼”：成了初级班的班主任，面对的就是21名一、二年级的年龄尚小的小朋友，他们也许认识的字不多，也并不懂得许多道理，但他们的双手是灵巧的，他们的心灵是单纯而无垢的，他们折叠出的各式各样的折纸就是他们眼中最真实的世界。

“林老师，这是我折的弹簧，送给你！”我的学生高举着他刚刚折好的作品，来到了我的跟前，将它塞进我的手心里。

“老师，这是我刚画的你，好看吗，嘻嘻。”孩子那看着我的眼睛里洋溢着得到夸奖后的高兴。

“班主任老师，这是我折的星星，给你。”小女孩怯生生地将手里刚折好的小星星递给我，然后一溜烟地跑回自己的位置上，偷偷观察着我的反应。

这就是小孩子的可爱之处吧，这样纯真的他们真是让人从心底里涌出了想要包裹住他们的爱。

第一次发怒：随着一天天的接触，孩子们也渐渐对我失去了畏惧和距离感。原本可爱的他们在上课时叽叽喳喳让人头疼，自习课上的乱窜座位、大声交流，无一都在挑战着我的耐心，终于，我发怒了，大声地训斥班级里的每一位孩子，失去了一位良好的班主任应有的素养。

我这才明白，我需要的是耐心，更需要的是对孩子们的管束和让孩子们对于纪律能够有更明确的认识，要用耐心与智慧，让守纪之花盛开。

第一次的哽咽：原本以为漫长的半个月时间，竟在眨眼间就流逝。每一位学生都用祈求的语气问：“老师，你明年还来吗？”“老师，你就不能多待几天吗？”“老师，你待100天好不好？”……我都做出了回答：“老师明年还会来的，你们要好好加油，等老师再来时让老师看到你们的进步。”“老师也要回家啦，老师也想家了。”……一遍遍地回答，最后我却哽咽了，堂堂男子汉，竟要泪洒当场。

曾经在老师的带领下一步一步成长的我，有一天也成了带领别人慢慢成长的老师。也许我带给了孩子们新的知识，让他们懂得了新的道理，但孩子们也带给了我新的经验、新的生活方式。

这次相遇，有欢笑，有泪水，有疲倦，有清闲，却不曾有过后悔。

图18　一起读明信片

用爱守护桃林　用心过好生活

2016级汉语言文学　张　月

为了解大包干背景下小岗村普通农民群众的生活生产方式，7月20日，安徽师范大学文学院赴小岗村改革创新精神调研团队来到小岗村当地的一家桃园，通过采访桃园主人圣吉凤，重走她的“生活转变”之路。

种桃契机：种水稻收入太少了

经过十几分钟的步行，大家抵达了久盛桃园，阿姨热情地出来迎接并带领队员们穿过自家的院子，来到屋后的桃林之中。因为已经是夏季，所以每棵桃树上都挂有不少桃子。聊天时，阿姨向大家介绍道，她的这个桃园，是她打工回到小岗村之后才办起来的，因为现在农药化肥等都在涨价，种田收入太少，这才有了种植果树的想法。经过这些年的摸索和努力，种植桃树的经验也越来越丰富。

当问阿姨是怎样一步一步办起这个桃园时，阿姨轻描淡写地带过了其中的艰辛：“一开始也不懂，全是自己慢慢摸索的，然后又到山东卖桃苗的地方去上培训班，去学，都是要自己投入的，地到你手里了，就要靠你自己，干得好，干得坏，都要靠你自己。”阿姨还说道：“种果树不比种水稻，水稻国家年年有补贴，但果树只能享受大概四年的国家补贴，只要你见到回头钱了，补贴就没有啦，而且每年的补贴其实也不多。”队员们接着问道：“阿姨，您卖桃一年的收入能达到多少呢？”“因为现在这里有大概二十亩地，只有一半是成熟的桃子，另一半是今年才挂果，这个收入也不高，一年只有五六万，如果到盛果期，销路好的话，收入可能会高一点。农村嘛，真正的消费群体很少，村里只留下老人小孩，年轻人都出去打工去了，可年轻人才是主要消费群体，对吧。”阿姨实事求是地回答道。经过了解，阿姨一家只有卖桃这一项经济收入，她把所有的精力都放在了自己的桃园上，阿姨说全家人的生活可都指望着这些桃子呢，队员们望着这一片硕果累累的桃园，仿佛看见了阿姨一家日后的美满生活。

信息技术发展带来商机

在与阿姨聊天时，有队员发现阿姨的摊位前还摆放着微信支付的二维码塑料牌。阿姨说现在科技发展啦，好多来她这里买桃的人都不使用现金了，所以为了方便顾客付款，自己也跟了一把潮流，搞起了在线支付。队员们接着问道：“那您的桃在微信上面也推送过吗？就比如说发朋友圈什么的。”阿姨答道：“微信没有推送过，但那些来到小岗村觉得桃好吃的游客会加我微信，想吃了，就发个地址和订单给我，我就给他们快递过去，光这一方面就占我收入的三分之一呢！”阿姨说自己还动过在网上开网店的念头，但是手续太麻烦了，就放弃了这条路。

沈浩：随和亲民的好干部

说到小岗村，那就一定要提到沈浩书记。阿姨说：“沈浩书记真的是一名好干部，特别有亲和力，跟老百姓能搞到一起去，不会因为老百姓家里脏，家里穷，他就嫌弃你，他真的是挺好的一个人，很随和。”据说，在那个时候，小岗村家家户户，每个人，沈浩书记都认识，都了解，阿姨十分遗憾地说：“沈浩书记在的时候，我正在外面打工，没机会见上他一面，直到他去世我才回来，所以我和沈浩书记都没能说过一句话，我还没来得及认识沈浩书记呢。”“不过我丈夫比我早回来一年，他和沈浩书记认识。”阿姨接着补充道。当队员们问起沈浩书记的事迹时，阿姨说道：“小岗村原来有一位年龄很大的老太太，农村里面的老太太嘛，卫生方面都不是太好，但是沈浩书记不嫌弃的，他经常到她家去看望她。那个老太太就经常说沈浩书记是她干儿子，对她非常好。沈浩书记到合肥开会还特意给她买了一根拐杖，那个沈浩纪念馆里面应该有照片的。”阿姨说着指了指摊位后面的沈浩纪念馆。阿姨还补充道：“沈浩书记在我们小岗村待了六年，我们门口的这条路也是沈浩书记在的时候修的，基本上现在小岗村的框架都是沈浩书记那个时候搞好的，没什么变化。”

对未来期望：与丈夫携手进步

访谈到最后，大家问起阿姨对未来的期望，阿姨羞涩地笑了笑说：“久盛桃园这个名字，是由我和我丈夫两个人的姓名组成的，我唯一的期望就是我和我丈夫两个人能够把这片桃园管理好，脚踏实地地生活，不需要挣多少钱，只要一家人平平安安的就可以啦。”队员们感动于阿姨普通却不平凡的期望，纷纷为阿姨鼓起掌来，希望她能实现自己的期望。

冯梦龙曾说：“富贵本无根，尽从勤里得。”光影斑驳间，阳光透过桃树的枝丫和绿叶间的缝隙，照在阿姨和叔叔忙碌的背影上，虽然汗流浃背，但两人的脸上依然带着发自内心的欢欣和微笑，因为他们对未来充满着希望。

后　记

2019年1月，在耗时半年、几经删繁的努力下，我们从文学院2016年以来的暑期社会实践优秀征文、优秀札记、新闻稿件中遴选，从学生日常志愿服务心得体会、学院典型人物事迹中推介，第二部以“实践育人”为主题的高校学生作品集《风景这边独好Ⅱ——安徽师范大学文学院学生社会实践活动优秀作品集》将与读者正式见面啦！全书共收录优秀学生作品104篇，按作品内容划分为四辑，分别是“行路千里远”“念念不忘　必有回响”“盛夏蝉鸣时”“心田里的守望者”，让读者在阅读时欣赏别样的实践风景，在掩卷后感悟实践育人的真谛。

我们在编写本书的过程中，得到了学院党政领导、有关专家学者、辅导员老师和同学们的帮助支持。余大芹、储泰松等老师在本书的策划中给予了指导；文学院学生会成员彭玉妍、王艺、汪宇、黄晓珂、刘天生、李明、李明珠、徐秋玥、曲妍、张博宇、秦雅洁、王天宝、杨溢冲以及硕士生冯慧、吴迪等同学不辞劳苦，在作品的收集、整理、校对等过程中做了大量细致工作。为了编好本书，我们通过多种渠道联系作品被本书收录的同学，得到了各位同学的大力支持。另外，安徽师范大学出版社为本书的顺利出版，付出了诸多辛劳。对此，我们一并深表谢意！

在本书形成时，我们更不会忘记还有一些志同道合的青春好伙伴，如李震、杨穆龙、孙霁雯、周青松、赵瑜、汪旭、何涛、李维岩等，正是他们在社会实践的一线和同学们一起，为最美的青春奋斗。时光荏苒，当我们再翻开此书，一定能重拾当年的激情，重温曾经的感动。谨向他们致以敬意！

因为时间及水平有限，书中难免有不足之处，恳请读者朋友提出批评和建议。最后，希望本书在展示师生文字魅力和实践风采的同时，方便读者更直观地了解大学生志愿服务工作，对高校开展大学生社会实践有一点启示和借鉴意义。

徐雅萍

二〇一九年一月七日